Redaktionsbüro Dr. Andreas Gößling
Hauptstelle - Medienagentur
Am Waldspitz 1 - D-81375 München

Pre-Atlantis

Marcel MESTDAGH
(Ledeberg 8 juli 1926 – † Vinderhoute 24 augustus 1990)
Historicus

Vorsen naar de Vikingen,
de megalithische beschaving en Atlantis
begeesterden hem en werd zijn levenswerk.

Marcel MESTDAGH
Filip COPPENS

PRE-ATLANTIS
De Ogen van de Wereld

GENT
STICHTING MENS EN KULTUUR

C.I.P. KONINKLIJKE BIBLIOTHEEK ALBERT I
Mestdagh, Marcel

Pre-Atlantis. De Ogen van de Wereld/Marcel Mestdagh, Filip Coppens.
Gent: Stichting Mens en Kultuur, 1994. 256 p.: ill.; 24,5 cm

ISBN 90-72931-57-2
NUGI 641

Onderwerpen: Geschiedenis van West-Europa; Prehistorie

© Uitgeverij Stichting Mens en Kultuur
Groot-Brittanniëlaan 43, 9000 GENT

Produktie en vormgeving: Filip Coppens
Druk: Goff nv, Gent-Mariakerke
Bindwerk: Scheerders Van Kerchove's Verenigde Fabrieken, Sint-Niklaas

D/1994/5462/57
ISBN 90-72931-57-2

Niets uit deze uitgave mag worden verveelvuldigd, opgeslagen in een geautomatiseerd gegevensbestand, of openbaar gemaakt door middel van druk, fotokopie, microfilm of op welke andere wijze ook zonder voorafgaande schriftelijke toestemming van de uitgever.

No part of this book may be reproduced in any form, print, photoprint, microfilm or any other means without written permission from the publisher.

"and the eyes of the world
are watching you..."
Peter Gabriel

INHOUD

VOORWOORD

"There are three steps in the revelation of any truth. In the first step it is ridiculed. In the second, resisted. In the third, it is considered self-evident."

Arthur Schopenhauer

Marcel Mestdaghs eerste boek, *De Vikingen bij ons*, werd vooral omwille van slechts enkele passages genegeerd door bepaalde historici. Anderen gebruikten Mestdaghs vizie op de winterkampen als een mogelijk spoor in hun eigen onderzoek. De melding dat de Vikingen op zoek waren naar een legendarisch Gelukzalig Eiland in het Westen, de vondst van een coördinatensysteem met Sens als middel- of wegenknooppunt wekten mijn aandacht.

Toen ik *Atlantis*, Mestdaghs tweede boek las, stuitte het aanvankelijk op verwondering bij mezelf: lag Atlantis niet in de naar dit continent genoemde oceaan? Ik besloot de uitgever te contacteren. Marcel had in zijn boek immers verwezen naar een tweede boek en ik kon niet wachten tot dat in de boekhandel verkrijgbaar zou zijn. In dit boek zou hij namelijk bepaalde onuitgewerkte belangrijke zaken verder verklaren, zaken die onmisbaar zijn in zijn Atlantis-hypothese en die dan pas een echte evaluatie zouden mogelijk maken.
Door het plotselinge overlijden van Marcel Mestdagh leek een publicatie van dat tweede Atlantisboek verder weg dan ooit. Het was immers verre van persklaar en sommige hoofdstukken waren nog te schematisch, hadden nog geen body.

Gedreven door mijn eigen interesse en vertrouwdheid met de materie, pikte ik graag in op het aanbod van de uitgever de vele notities van Marcel Mestdagh i.v.m. Atlantis zijn archief omvat tientallen volle archiefdozen door te nemen en dat tweede boek publiceerbaar te maken.
Het is niet eenvoudig om in de huid van een andere persoon, in casu een auteur, te kruipen. Ondanks de samenwerking met de familie en met vrienden van Marcel bij het ontraadselen van sommige verwijzingen en interpretaties, zijn toch mijn eigen inzichten bepalend geweest bij het afwerken en samenstellen van dit boek.

Het stemt me gelukkig dat de uitgever me het voorrecht heeft gegeven mijn opvattingen, bemerkingen en aanvullingen op Marcel Mestdaghs thesis mee te kunnen verwerken. Enkele persoonlijke inzichten die de materie uitdiepen zijn zo weergegeven als kaderstukken. Belangrijk bewijsmateriaal voor zijn hypothese werd aangebracht, de achtergronden uitgediept en de verklaring van de symboliek uitgebreid.

Ik hoop dat dit boek de huiver van de historici voor dit nog voornamelijk hypothetisch te benaderen onderwerp moge helpen overwinnen. Marcel Mestdagh had de bedoeling de "zaak Atlantis" uit zijn keurslijf te halen en het historisch onderzoek errond te reactiveren. Plato ter ere.
Met dit boek wordt wellicht Schopenhauers derde stap gezet!

Filip Coppens, 17 januari 1994

EERSTE DEEL

PRE-ATLANTIS

HOOFDSTUK I

DE ZONNETEMPEL VAN DE HYPERBOREEERS

Hecataeus was een Grieks aardrijkskundige die in de vierde eeuw voor Christus een werk schreef dat als titel meekreeg *Geschiedenis van de Hyperboreeërs*. Het werk is helaas verlorengeraakt maar ten tijde van Caesar in Rome werd een passage van het werk wel geciteerd door Diodorus van Siculië, die een encyclopedie samenstelde.

Diodorus Siculus citeert:

"Onder de geschiedschrijvers die aan hun annalen de tradities van de Oudheid hebben toevertrouwd, beweren Hecataeus en bepaalde anderen dat voorbij het Keltische land, in de oceaan, een eiland ligt dat niet kleiner van omvang is dan Sicilië." Het enige eiland dat daar momenteel nog ligt is IJsland, dat inderdaad in een Oceaan ligt en voorbij het Keltische land (zowel Frankrijk als Engeland) ligt. Geografisch is Ijsland mogelijk, de verdere informatie die Diodorus van Siculië toespeelt maakt zulks uitermate moeilijk.

"*Dit eiland, in het noorden gelegen, zo zeggen zij, wordt bewoond door de Hyperboreeërs, zo genoemd omdat ze voorbij het punt wonen waarvandaan Borea (de noordenwind) komt.*" Van Plato weten we dat Atlantis geteisterd werd door noordelijke winden en Plato schreef dan ook dat de heuvels in het noorden van het land enige beschutting boden tegen deze koude noorderwinden. "*De grond van dit eiland is uitstekend, en zo opmerkelijk vanwege zijn vruchtbaarheid dat hij twee oogsten per jaar oplevert. Volgens hetzelfde verslag is daar Leto (de moeder van Apollo) geboren, wat verklaart waarom de eilandbewoners vooral Apollo vereren. Het zijn, om zo te zeggen, allemaal priesters van deze god. Elke dag zingen zij hymnen te zijner ere. Ook is op dit eiland een reusachtige, aan Apollo gewijde omsloten ruimte te zien, een schitterende tempel, rond van vorm en met vele offeranden versierd. De stad van deze eilandbewoners is ook aan Apollo gewijd; haar bewoners zijn merendeels citerspelers, die in de tempel onophoudelijk de lof van de goden verkondigen, terwijl ze het zin-*

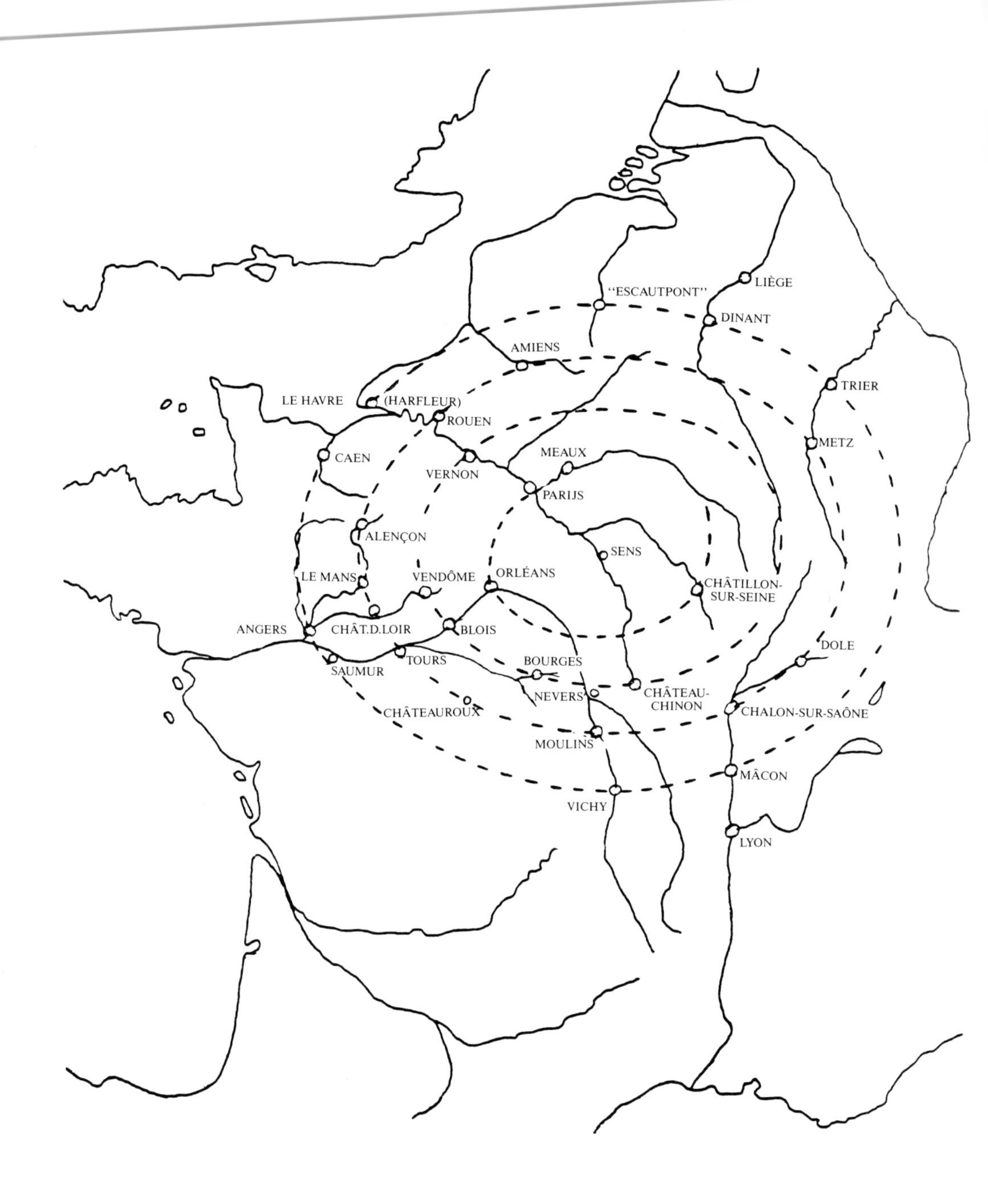

Fig. 1. De 4 ovaalstructuren van Atlantis. De vier ovalen zoals die door Mestdagh ongeveer twintig jaar geleden gevonden werden en in 1979 als Atlantis bestempeld werden.

gen van de hymnen op hun instrumenten begeleiden. Hyperboreeërs spreken een eigen taal; ze zijn zeer gastvrij tegenover de Grieken en speciaal tegenover de Atheners en de mensen van Delos, en die instelling dateert uit het verre verleden." Voor mensen rond Sens was er inderdaad een speciale band met Delos, het centrum van de Apollo-religie, zoals we verder nog zullen zien. Athene was een stad die op de hoogte was gebouwd en zowat de enige stad in Griekenland die rond 1200 voor Christus niet getroffen was door de catastrofen waar de rest van de bevolking rond de Middellandse Zee mee te kampen had. Zo behield Athene veel van zijn oorspronkelijk karakter en wijsheid. Het was daarom misschien dat zij nog op de hoogte waren van oude wijsheid en oude kennis en mogelijke verbanden tussen Delos, Athene en de Hyperboreeërs "uit het verre verleden".

Hoewel het geografisch niet mogelijk is, is het wel mogelijk de Hyperboreeërs op basis van deze feiten te vereenzelvigen met de inwoners van Sens, de hoofdstad van Atlantis. Hoewel Atlantis net voor zijn val ten strijde trok tegen de Atheners, is het mogelijk dat de catastrofe die de ene bespaarde en waaraan de andere ten onder ging, de plooien gladstreek; dat de ruzie werd bijgelegd. Op Apollo komen we later nog terug. "*Men zegt zelfs dat verscheidene Grieken de Hyperboreeërs bezochten en dat ze rijke giften met Griekse inscripties achterlieten, en dat Abaris de Hyperboreeër in vroegere dagen als tegenprestatie naar Griekenland reisde om bij het volk van Delos de vriendschap te vernieuwen die tussen de beide volkeren bestond.*" Andermaal benadrukt Hecataeus de band tussen de Hyperboreeërs en Delos, terwijl we zullen zien dat Sens en Delos ook een speciale band met elkaar hadden doordat ze allebei ooit de belangrijkste centra van wijsheid en macht waren geweest, een band die terugging tot voor de grote catastrofen van rond 1200 voor Christus, één die mogelijk zelfs terugging tot voor de stichting van Athene, een band die zelfs terugging tot voor de grote zondvloed van rond 3700 voor Christus, waarover later meer. "*Men voegt er ook aan toe dat de maan, gezien van dit eiland, op heel geringe afstand van de aarde lijkt te staan, en dat men de omtrekken van haar oppervlak duidelijk kan onderscheiden. Er wordt beweerd dat Apollo om de negentien jaar op dit eiland neerdaalt. Aan het einde van deze periode zijn de sterren, na hun omloop, ook weer terug op hun beginpunt.*" Behalve voor de maan is dit niet helemaal waar. Er bestaat eveneens een "periode van Saros"(1), die achttien jaar en tien dagen duurt en die de tijd is tussen twee volledige zonsverduisteringen. "*Deze periode van negentien jaar wordt door de Grieken aangeduid met de naam "groot*

---

(1) Chatelain, Maurice. *Our Cosmic Ancestors.* Temple Golden Publications, 1988. p. 33.

jaar". Men ziet de god, gedurende zijn verschijning, elke nacht dansen, zichzelf begeleidend op de citer, van de voorjaars-dag-en-nacht-evening tot de opkomst van het Zevengesternte, alsof hij zich verheugt in de hem betoonde eerbewijzen." Apollo was een zonnegod. Als zonnegod droeg hij ook de naam Helios, afgeleid van Helu, wat op zijn beurt dan weer is afgeleid van het Egyptische woord "heru". Heru betekent zowel zonnegod als gezicht. Heru was tevens de naam voor de afgezant van de zonnegod hier op aarde, waaraan we in het Engels het woord "hero", held, hebben overgehouden.(2) In de mythologie was een held een persoon die geen gewone sterveling was maar toch ook nog geen god. Heru is niet alleen een Egyptisch woord, het is in feite de Egyptische naam van een god, een god die men in het Grieks Horus heeft genoemd. Verder in dit werk zullen we een duidelijk en frappant verband zien groeien tussen Sens en Atlantis aan de ene kant en de Egyptische god Horus (of Heru) aan de andere kant. "*Het regeren van dit eiland en het bewaken van de tempel is toevertrouwd aan koningen die de Boreaden worden genoemd, de afstammelingen en opvolgers* van Borea." Aldus zijn zij de afstammelingen van het volk uit het noorden, hoe noordelijk dat noorden dan ook gelegen mag hebben.

Hoewel het geografische kader niet kan toegepast worden op Sens, is het toch zo dat er nergens in IJsland of ergens anders in het uiterste noorden een tempel voorhanden is die aan de tempel van de Hyperboreeërs kan beantwoorden. Bovendien is een verkeerde situering niet zo uitzonderlijk in de oude geschriften. Vaak was de schrijver er zelf niet geweest of deed hij alsof men het niet zou kunnen vinden, wilde hij de mystiek van het onderwerp behouden.
Hoewel sommigen hebben getracht deze tempel te vereenzelvigen met het megalitische bouwwerk in Stonehenge, is dit een zeer betwistbare poging. Voor de Grieken was dit bouwwerk niet echt reusachtig, zeker niet in vergelijking met andere, Griekse bouwwerken. Bovendien kan de "tempel" van Stonehenge moeilijk reusachtig worden gevonden, hoewel "groot" een passende omschrijving zou zijn. Zoals we zullen zien is het woord "reusachtig" echter wel van toepassing op de zonnetempel van Atlantis, die men in Sens aantreft. Hoewel het geografische kader dus niet past (het is altijd mogelijk dat Hecataeus of Diodorus hier een fout maakte; wat bedoelde Hecataeus met "uiterste noorden"?), meende Mestdagh toch deze tempel te mogen vereenzelvigen met de reusachtige en prachtige zonnetempel van Atlantis.

* *
*

---

(2) Temple, Robert. *The Sirius Mystery*. Destiny Books, 1987. p. 116

Zeer lang geleden heeft men opgemerkt, dat de zon op de verschillende dagen van het jaar op verschillende punten van de horizont opkomt.
In dit verschijnsel zag de mens de mogelijkheid om bepaalde tijdspunten vast te leggen. Daartoe bepaalde hij een vast centraal punt, om vervolgens op een afstand stenen vast te leggen op de uiterste punten van opgaan en ondergaan van zon en maan.
Het is dergelijk constructie die wij willen pogen aan te tonen in het gebied van Sens, in de Centrale Stad van Atlantis.
In onze Westeuropese ruimte is de grootste hoek tussen winter- en zomerstand 78 tot 80°.
In het Middellandse-Zeegebied, ter hoogte van Perpignan of Marseille is die hoek ca. 60° groot.
In het noordelijk halfrond bereikt de zon de meest noordelijke stand op de zomerzonnewende van 21 juni; de meest zuidelijke stand wordt daarentegen op midwinterdag, op 21 december, bereikt. Vanaf 21 december worden de dagen langer, komt de zon als het ware terug.

ONZE EERSTE VONDSTEN

Bij ons onderzoek naar het wegen- en kanalensysteem dat volgens Plato radiaalsgewijze de Centrale Stad doorsneed, waren wij aan de hand van de voornaamste relicten van oude wegen, tot een cirkelboogindeling in twaalf gelijke sectoren gekomen.
Daarbij was ons opgevallen, dat de voornaamste straalwegen, zoals we ze noemen, t.o.v. mekaar een hoek van 90° vormden. De weg door Jouy en St-Valérien, de bekende "Chemin de César", kwam ons als het ware als een archaïsche breedtecirkel voor; de weg door Longueville, die een hoek van 90° vormt met eerstgenoemde weg, beschouwden we op zijn beurt als een archaïsche lengtemeridiaan.
Die oude meridiaan, die niets te maken heeft met ons alternatief meridiaansysteem uit het eerste deel, vormt met ons huidige noorden (1981) een hoek van ca. 9 à 10° in westelijke richting.

Het was ons ook vrij vlug opgevallen, dat op meerdere van de twaalf straalwegen megalieten als dolmens en menhirs konden worden aangewezen.
Ook bestonden op die twaalf straalwegen een paar bijzonder opmerkelijke toponiemen of plaatsnamen.
Zo vonden we op het verlengde van straalweg 6 het toponiem de Fransen noemen het een "lieu-dit" "la Belle Etoile"; dit is niet ver weg van de Seine in Mesgrigny, in de buurt van Méry-sur-Seine en Châtres.
Genoemd toponiem bevindt zich op het einde van een 7 km lang wegrelict, dat de tweede merkwaardige plaatsnaam in kwestie draagt "la grande

Foto 1. Pierre aux Couteaux. Deze menhir bevindt zich op cirkel 3 van de Centrale Stad en maakt onderdeel uit van de zonnetempel van die Centrale Stad.

voie". Dit wegstuk wijst op de topografische kaarten heel perfect naar het centrum bij Sens.
Op het terrein doet de weg dit ook nu nog, alhoewel we er rekening dienen mee te houden dat een gedeelte van deze weg over een afstand van 50 m werd verplaatst op een evenwijdig parcours.
Het feit dat die straalweg "la grande voie", vanuit het centrum naar "la Belle Etoile" aangelegd, in datzelfde centrum bij Sens, met de huidige breedtecirkel door Sens een hoek vormt van ca. 39°, liet ons vermoeden dat dit alles wel eens het merkteken zou kunnen geweest zijn van een zomersolstitiumbepaling.
Wij werden op een eenvoudige, maar anecdotische manier in deze overtuiging gesterkt door het feit dat enkele kilometers voorbij Mesgrigny de rivier met de voorbestemde naam van "Aube" of "dageraad" passeert, om wat verder uit te monden in de Seine.
Die gedachtengang kwam overeen met een stoute werkhypothese uit de eerste weken van ons zogenaamd Pre-kelten- en Keltenonderzoek. Toen hadden wij het aangedurfd te stellen dat rondom het centrum in Sens een reusachtige Stonehenge-structuur "avant la lettre" moest hebben bestaan.
Toch hebben we de gegevens van deze stoute hypothese tweemaal weggeborgen in afwachting van een vondst die de doorslag zou moeten geven.

DE ZONNETEMPEL

Deze vroege hypothese en de ondertussen steeds maar aangegroeide reeks van merkwaardige gegevens zouden toch weer in het volle licht komen, door een klein detail dat de hele tijd onleesbaar in een plooitje van een geografische kaart was blijven steken: de vondst van een tweede "la Belle Etoile" toponiem, ditmaal precies op de derde cirkelgracht rondom de Centrale Stad gelegen.
Daarenboven bevond dit tweede toponiem zich precies op straalweg 8, vlak bij het plaatsje Arces. Dat betekende echter meteen dat straalweg 7 de bissectrice vormde van de hoek gevormd door de wegen 6 en 8 waarop de "Belle Etoile"-toponiemen voorkomen.
Herinneren we eraan dat straalweg 7 (en ook straalweg 1) of genoemde bissectrice niets anders is dan de archaïsche breedtecirkel die we langs Jouy, St-Valérien en het centrum bij Sens hadden aangewezen.
Die hoek bleek ongeveer 60° groot te zijn. Een kleine afwijking van 60° is altijd mogelijk omdat wij, zoals gezegd, op wegrelicten hebben gewerkt en niet op een zuiver wiskundige verdeling. Die hoek van 60° zou het verschil tussen zomer- en wintersolstitium kunnen betekenen, in het geval dat Sens zich bij een veranderde breedteligging eertijds ter hoogte van het huidige Marseille zou hebben bevonden.

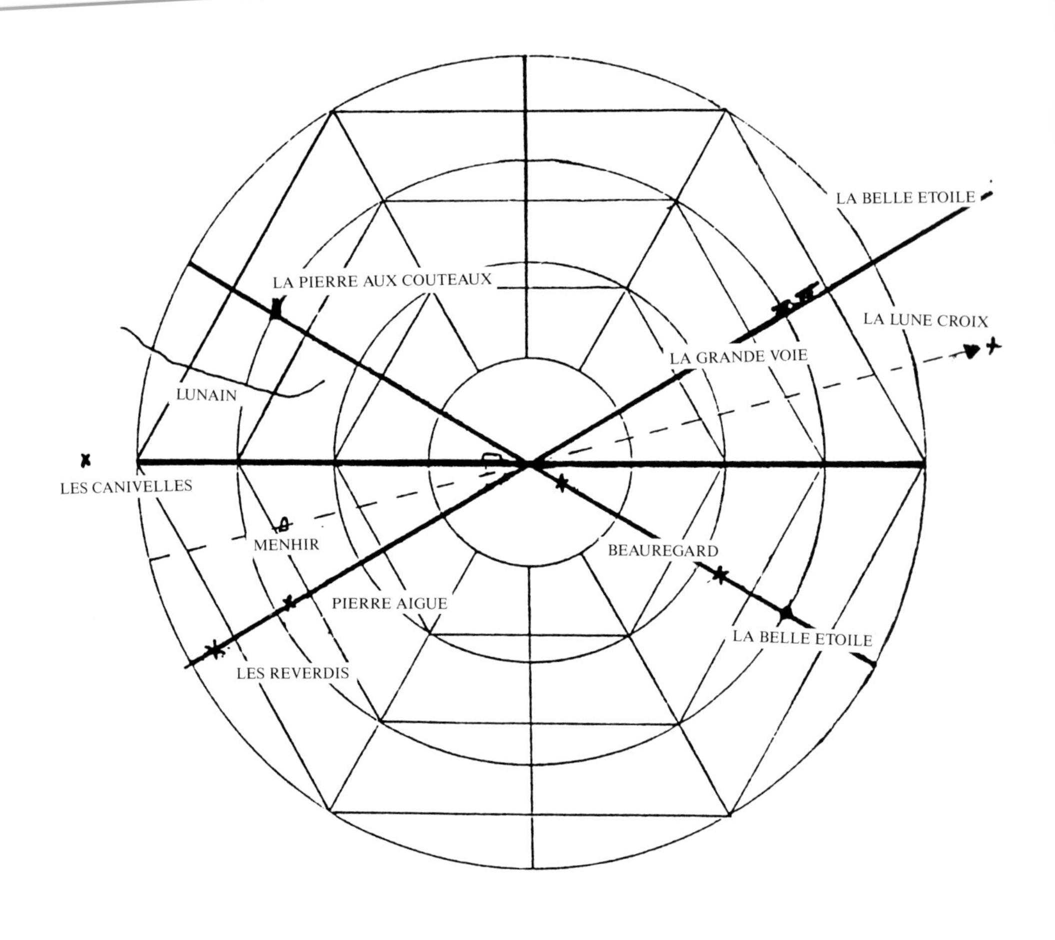

Fig. 2. De oorspronkelijke zonnetempel van de Centrale Stad. De 12 sectoren van de Centrale Stad staan duidelijk in verband met deze zonnetempel.

We willen nu alle elementen die in verband te brengen zijn met onze Zonnetempelhypothese, dus ook de reeds genoemde, samenbrengen.
Met het oog op een latere argumentatie, onderscheiden we echter twee reeksen van gegevens.

Eerste reeks Zonnetempelgegevens

• In het verlengde van straalweg 6, bestaat op 50,5 km afstand van het centrum bij Sens, het toponiem "la Belle Etoile". Dit toponiem, dat ook de naam van een grote hoeve is geworden, bevindt zich aan het einde van een 7 km lang wegrelict, dat "la grande voie" wordt geheten.
Merkwaardig is dat die straalweg 6 en dit wegrelict van "la grande voie" loodrechten vormen op een zijde van de geheimzinnige zeskant in en rond de Centrale Stad.
• Op het snijpunt van straalweg 6 met de derde cirkelgracht bevindt zich heel precies de dolmen van Bercenay-le-Hayer. Ook de twee dolmens van Marcilly-le-Hayer zijn precies op die straalweg 6 gesitueerd.
• Op het snijpunt van straalweg 8 met de derde cirkelgracht treffen we een tweede "la Belle Etoile"-toponiem aan.
• Op diezelfde straalweg 8 treffen we naar Sens toe, tweemaal het "Beauregard"-toponiem aan, telkens aan een hoeve gegeven.
Ook die straalweg 8 vormt een loodrechte met een reeks zijden van de geheimzinnige zeskanten.
• Straalweg 2 is het verlengde van straalweg 8. Op het snijpunt van straalweg 2 met de derde cirkelgracht, bevindt zich de menhir "la Pierre aux Couteaux". Zoals wij ter plaatse konden vaststellen, ligt het vlak van deze menhir in de lijn van de straalweg. De menhir wijst dus naar Sens. Meetkundig staat deze straalweg loodrecht op de zijden van de geheimzinnige Zeskantstructuren.
• Wij stellen eerst vast dat straalweg 12 het verlengde is van straalweg 6. Dit betekent uiteraard dat ook deze straalweg 12 loodrecht staat op de zijden van de geheimzinnige Zeskantstructuren.
Binnen de derde ringgracht bevindt zich op die straalweg 12 de menhir "Pierre Aiguë". Bij de aanleg van de autoweg naar het Zuiden werd deze steen over een kleine afstand verplaatst.
• Op dezelfde straalweg 12 treffen we in de buurt van voornoemde menhir het toponiem "les Reverdis" aan; dit net binnen de derde cirkelgracht. En ditzelfde toponiem "les Reverdis" vinden we dan nogmaals in de buurt van de grote stadswal.
Wij overtuigden er onszelf eerst van dat dit toponiem elders niet meer bestond en zochten dan de vertaling op: de terugkerende, de opnieuw groen wordende.
En dit precies op de lijn waar de kortste dag zich aftekent en van waaruit

de zon op 22 december haar zegevierende terugkeer inzet. Dit kon geen toeval zijn!

• Op straalweg 1 bevindt zich op 3,5 km buiten de grote stadswal van de Centrale Stad het toponiem "les Canivelles", dat ons de hete hondsdagen voor de geest roept, het tijdstip aanduiden waarop de zon bij haar opkomen tussen 19 juli en 18 augustus door de Hondsster (Sirius) wordt vergezeld.

• Tussen de straalwegen 6 en 7 bevindt zich op een afstand van 61 km van het centrum bij Sens, het zogenaamde "la Lune Croix", het kruis der maan!

Symmetrisch ten opzichte van straalweg 4, vinden we dan ook tussen de straalwegen 1 en 2 de rivier "Lunain".

Tweede reeks Zonnetempelgegevens

Op een laan die een hoek van ca. 39° vormt met de huidige breedtecirkel door Sens, bestaat het toponiem "les Retorets"; dit in de gemeente Cérisiers. Dit toponiem bevindt zich op nauwelijks 500 m binnen de tweede cirkelgracht van de Centrale Stad.

Een tweede soortgelijk toponiem, "les Ratorets", bestaat in de gemeente Piffonds. De laan door deze "lieu dit" vormt met de huidige breedtecirkel door Sens een hoek van ca. 55°. Dit tweede toponiem bevindt zich 1 km buiten de tweede cirkelgracht.

Eén Zonnetempel – Twee rekensystemen

Uit bovenstaande gegevens kan nu het eertijdse bestaan van een reusachtige zonnetempel in en rondom de Centrale Stad worden afgeleid. Wij willen echter bovendien aantonen, dat in deze Zonnetempelconstructie twee rekensystemen aanwijsbaar zijn. Het eerste systeem zou steunen op het archaïsch breedtecirkelgegeven door Jouy, St-Valérien en Sens.

Het tweede systeem zou daarentegen een bevestiging vinden in een constructie op de huidige breedtecirkel door Sens.

De oorspronkelijke Zonnetempel – Het eerste systeem

Het eerste systeem heeft als assen van symmetrie: 1) de lijn Jouy-Sens en het oostelijk verlengde ervan; 2) de lijn Longueville-Sens en het zuidelijk verlengde ervan.

De richting van het zomersolstitiumpunt der opgaande zon, straalweg 6,

wordt op het grondgebied van Mesgrigny aangegeven door het toponiem "la Belle Etoile". Richting die trouwens wordt afgetekend door de 7 km lange "grande voie". De drie dolmens van Bercenay-le-Hayer en Marcilly-le-Hayer bevinden zich heel precies op diezelfde straalweg 6. De hoek met de archaïsche breedtecirkel is ongeveer 30° groot en verraadt een vroegere breedteligging ergens in de buurt van Marseille.
Wanneer we de afstand schatten van Sens tot het gebied van de magnetische noordpool en deze afmeting vanuit de huidige rotatie-noordpool in de richting van Frankrijk uitzetten, brengt dit ons eveneens in de omgeving van Marseille!

Opmerkelijk is de vaststelling dat op de miraculeus in functie gebleven straalweg 6 de dolmens van Bercenay en Marcilly-le-Hayer werden geplaatst, terwijl daarentegen geen dolmens worden aangetroffen op straalweg 8 die niet tot het tweede rekensysteem behoorde.
Daarentegen vinden we op de straalwegen 2 en 12 in het eerste rekensysteem wel menhirs opgesteld.
De richting van het wintersolstitium van de opgaande zon, straalweg 8, is afgetekend door het tweede "la Belle Etoile"-toponiem, dat zich hier precies op de derde cirkelgracht van de Centrale Stad bevindt. Dit toponiem maakt deel uit van de gemeente Venizy.
Op dezelfde straalweg 8 treffen we meer naar Sens toe, twee "Beauregard" toponiemen aan, die telkens een hoeve aanduiden. Toch is het ons duidelijk, dat hier een verband moet worden gezocht tussen deze "schoonzicht"- plaatsnamen en het er achter liggende "belle étoile"! Ook deze richting maakt met de archaïsche breedtecirkel een hoek van ca. 30°.
In de richting van het wintersolstitium van de ondergaande zon, straalweg 12, vinden we de twee al genoemde "les Reverdis"-toponiemen. De enig mogelijke vertaling en verklaring luidt: de terugkerende, de opnieuw groen wordende. Nergens elders treffen we die naam aan! Maar we vinden hem wel tweemaal rond Sens en dit op de verste plaats waar de zon 's winters ondergaat.
Dit bewijst duidelijk dat er iets aan de hand is met straalweg 12.

De vierde belangrijke richting, die van het zomersolstitium van de ondergaande zon, straalweg 12, is in feite het verlengde van straalweg 8 door "la Belle Etoile" in Venizy.
Een krachtig en "gewichtig" bewijs voor onze stelling wordt hier geleverd door de reusachtige menhir "la Pierre aux Couteaux". Die steen staat daar precies op het snijpunt van straalweg 2 met de derde cirkelgracht en wijst pal in de richting van het centrum bij Sens.
Voegen we daar nu nog aan toe het toponiem "les Canivelles" op straalweg 1; weliswaar aan de verkeerde kant (westen) gelegen. Ook het toponiem "la Lune Croix" in de gemeente Feuges op een hoogte van 190 m

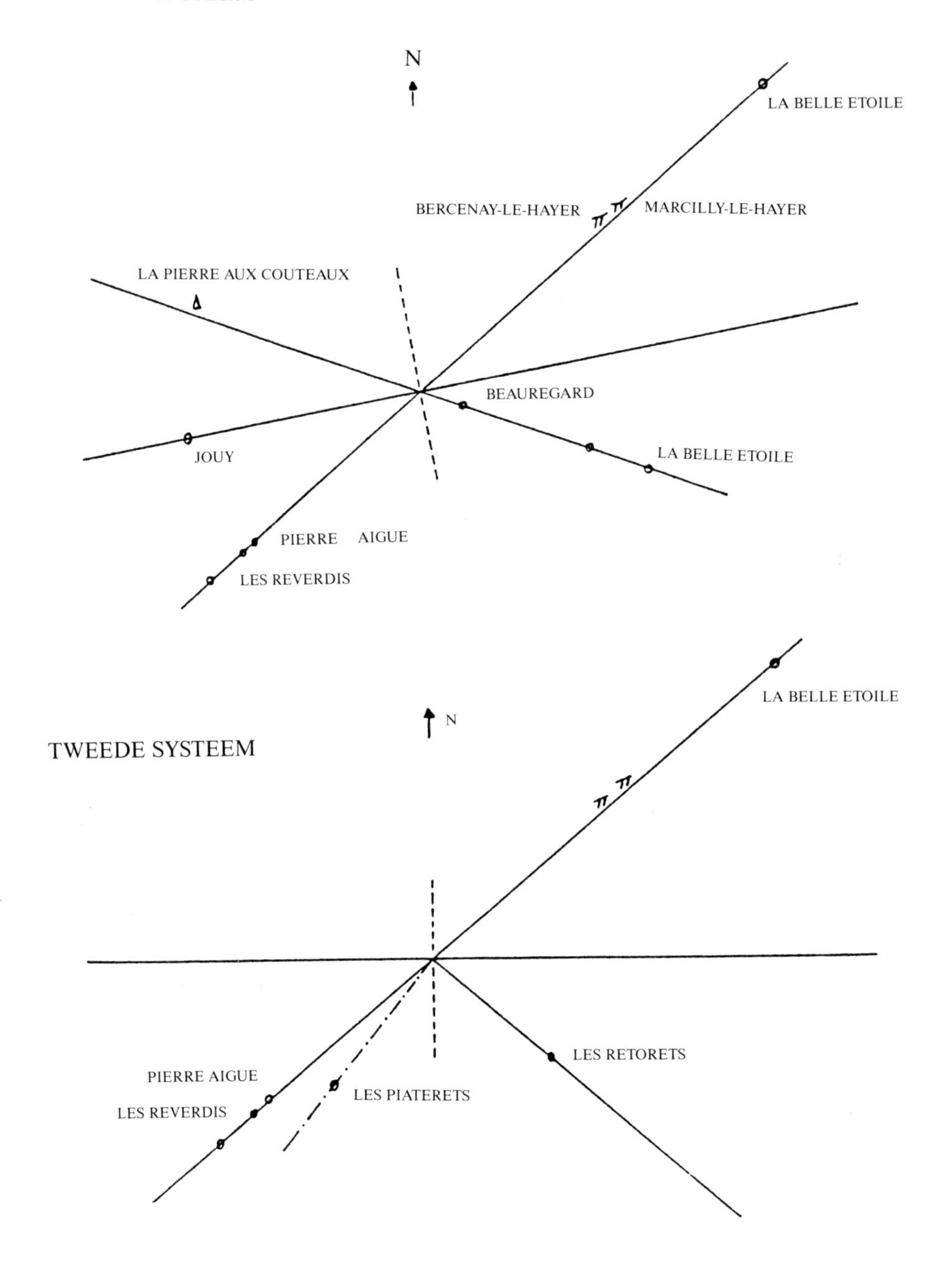

Fig. 3. Eerste en tweede zonnetempelsysteem.

gelegen, dit tussen de straalwegen 6 en 7. En symmetrisch daaraan, tussen de straalwegen 1 en 2, de rivier "Lunain".
Het is opmerkelijk hoe bij het snijpunt van de belangrijke straalwegen 2, 6, 8 en 12 met de derde cirkelgracht, zich elke keer een megaliet of een zeer merkwaardig toponiem manifesteert: zo de dolmen van Bercenay-le-Hayer, het toponiem "la belle étoile", de menhir "Pierre Aiguë" en de menhir "la Pierre aux Couteaux".

De aangepaste Zonnetempel – Het tweede systeem

Het tweede systeem heeft als symmetrie-assen de huidige breedtecirkel en lengtemeridiaan door het centrum bij Sens. D.w.z. dat het assenstelsel eertijds moet geroteerd zijn over ongeveer 10° en dit in de zin van de wijzers van een uurwerk.
Het zomersolstitiumpunt van de opgaande zon wordt opnieuw gevormd door straalweg 6 naar "la Belle Etoile" te Mesgrigny. Die weg vormt nu echter een hoek van ongeveer 39° met de breedtecirkel door het centrum bij Sens.
Het wintersolstitium van de opgaande zon wordt nu gevormd door het toponiem "les Retorets", waarvan de lijn of laan naar het centrum eveneens een hoek van ca. 39° vormt met vernoemde breedtecirkel.
De verklaring van het toponiem "les Retorets" zoeken wij graag in het werkwoord "retordre": opnieuw wringen, terugwringen, een terugkerende beweging die wordt ingezet. In dit tweede systeem zien wij het "la Belle Etoile"-toponiem van Venizy zijn betekenis verliezen. Aangezien wij in diezelfde periode ook de constructie van de eerste eenvoudige dolmens situeren, is het logisch dat op deze lijn die geen functie meer bezat, ook geen dolmens werden gebouwd.
Daarentegen is het meer dan logisch dat op straalweg 6, die zijn functie had behouden, megalieten werden opgetrokken. Alleen verstaan wij niet, waarom dolmens en geen menhirs? Het wintersolstitium van de ondergaande zon wordt opnieuw afgetekend door de ons al bekende straalweg 6. Meteen konden de aldaar bestaande "les Reverdis"-toponiemen hun betekenis behouden.
Van het zomersolstitium van de ondergaande zon vonden we geen spoor!

Samenvatting

Met centrum bij Sens menen wij een zonnetempel te kunnen aanwijzen, waarvan de noordzuidas een fouthoek van ca. 10° maakt met ons huidig noorden, dit in westelijke richting. Zomer- en wintersolstitia zijn voor de

opkomende zon aangeduid door de toponiemen "la Belle Etoile" en vastgelegd door dolmen- of toponiemenrijen (Beauregard).
Ook voor de ondergaande zon zijn die punten vastgelegd. Voor de avond- en winterzonnewende door de menhir en het toponiem "Pierre Aiguë", en door de twee "les Reverdis"-toponiemen, die "de terugkerende" en "de opnieuw groen makende" betekenen.
Voor de avond-zomerzonnewende is het vastleggen geschied door de menhir "la Pierre aux Couteaux", die zich vlak op het kruispunt met de derde cirkelgracht bevindt.
Symmetrische punten die een maanstand oproepen zijn in dit systeem eveneens aanwijsbaar.

Deze straalwegenconstructie met haar merkwaardige en symmetrisch voorkomende toponiemen, megalieten en wegrelicten, wijst ons op ondubbelzinnige manier een reusachtig Zonnetempelcomplex aan.
We stellen vast, dat het centrum van Atlantis naast zijn wereldse en glorieuze opdrachten, ook andere, meer kosmisch gerichte, taken had te vervullen.

De zonnetempel bezat duidelijk twee rekensystemen, die mekaar in de loop der tijden zijn opgevolgd. Voornoemde aanpassing van rekensysteem verraadt o.i. eveneens het probleem van de veranderde aardas.
Dit tempelcomplex rondom Sens, rondom de Centrale Stad, moet de reusachtige zonnetempel van de Hyperboreeërs zijn geweest, waarvan de legende tot Diodorus van Siculië was doorgedrongen.
Stonehenge valt slechts van op een paar honderd meter afstand op en beantwoordt dus absoluut niet beantwoordt aan de beschrijving van een reusachtige tempel.

Stonehenge, dat precies 600 maal kleiner is dan de structuur in en rondom de Centrale Stad, zou één van de hoekpunten worden van de cromlechverdeling in 8, die vanuit de reusachtige zonnetempel in Sens werd uitgezet om een nog gigantischer Atlantistempel te vormen.
En na vele jaren zou Stonehenge tenslotte in meerdere fasen worden omgebouwd tot een maquette van de door ons vooropgestelde zonnetempel.
De stad waar de reusachtige zonnetempel bestond, was volgens Diodorus van Siculië aan Apollo gewijd en volgens ons niets anders dan de Centrale Stad, de metropool van Atlantis!

Het aardse paradijs en de hemel op aarde?

Het zoroastrianisme is een godsdienst die men aantreft in Iran en die, zoals de meeste andere godsdiensten, zijn wortels heeft in het sjamanisme. Het sjamanisme vindt men in nog vrij oorspronkelijke vorm terug bij de primitieve volkeren, terwijl men in de "geïnstitutionaliseerde" godsdiensten, of het nu het christendom of de Egyptische godsdienst is, deze oorsprong vaak enkel terugvindt na een grondige analyse van de religieuze gebruiken.

Net zoals andere godsdiensten heeft het zoroastrianisme ook een voorstelling van het aardse paradijs, waarvan ze het centrale gedeelte het Eran Vej noemen. Voor een complete uitbeelding van het aardse paradijs: cf. figuur 4. Bij een vergelijking van dit aardse paradijs met de zonnetempel rond Sens is het duidelijk dat ze een identieke structuur hebben. De sjamanistische voorstelling van het aardse paradijs weerklinkt in het ontwerp van de centrale stad, hoewel het onduidelijk is of de mythologische symboliek aangepast werd aan de fysieke werkelijkheid, de zonnetempel rond Sens, of (logischerwijze misschien waarschijnlijker) dat de zonnetempel gebouwd werd naar het voorbeeld uit de mythologie.
Mestdagh vermeldde (op pagina 277 van *De Vikingen bij ons*): "*De Noormannen schenen op zoek te zijn naar een soort aards paradijs, Sens, wat ze tevens beschouwden als het middelpunt, de navel van de wereld.*"
Het woord paradijs is van origine Perzisch. "pairi" betekent rondom, "daeza" muur. Pairidaeza is dus een ommuurd gebied. Het Franse jardin en het Engelse garden betekenen eveneens omwald gebied. Het grootste omwalde gebied dat wij kennen is Atlantis en zijn centrale stad.

Opmerkelijk is ook hoe het Bijbelse aardse paradijs mogelijk slaat op Atlantis. Het aardse paradijs en de hof van Eden waren meer dan waarschijnlijk ooit twee begrippen die door de tijden heen als één en dezelfde plaats werden beschouwd. Eden ligt dus mogelijk ergens in het Oosten, maar daarom niet het aardse paradijs of "de hof van Eden", zoals het nu bekend staat.
Het Bijbelse aardse paradijs kende vier grote rivieren. In de tweede eeuw na Christus stelde Theophilus van Antiochië dat één van die rivieren, de Gihon, een stroom in Ethiopië was. Het aardse paradijs werd zo aangezien als het gebied van het Tweestromenland (Eufraat en Tigris) tot in Ethiopië. Niets in deze reusachtige oppervlakte duidt echter op omwallingen. Atlantis en zijn centrale stad is echter befaamd voor zijn omwallingen.
Mestdagh noteerde hoe de Y-on(ne), de rivier die door Sens stroomt, lijkt op de Gih-on. On(ne) is een rivier-toponiem en de uitspraak van Y en Gih is vrijwel identiek. Y is het teken voor de cadeucus, de levensboom. De bij-

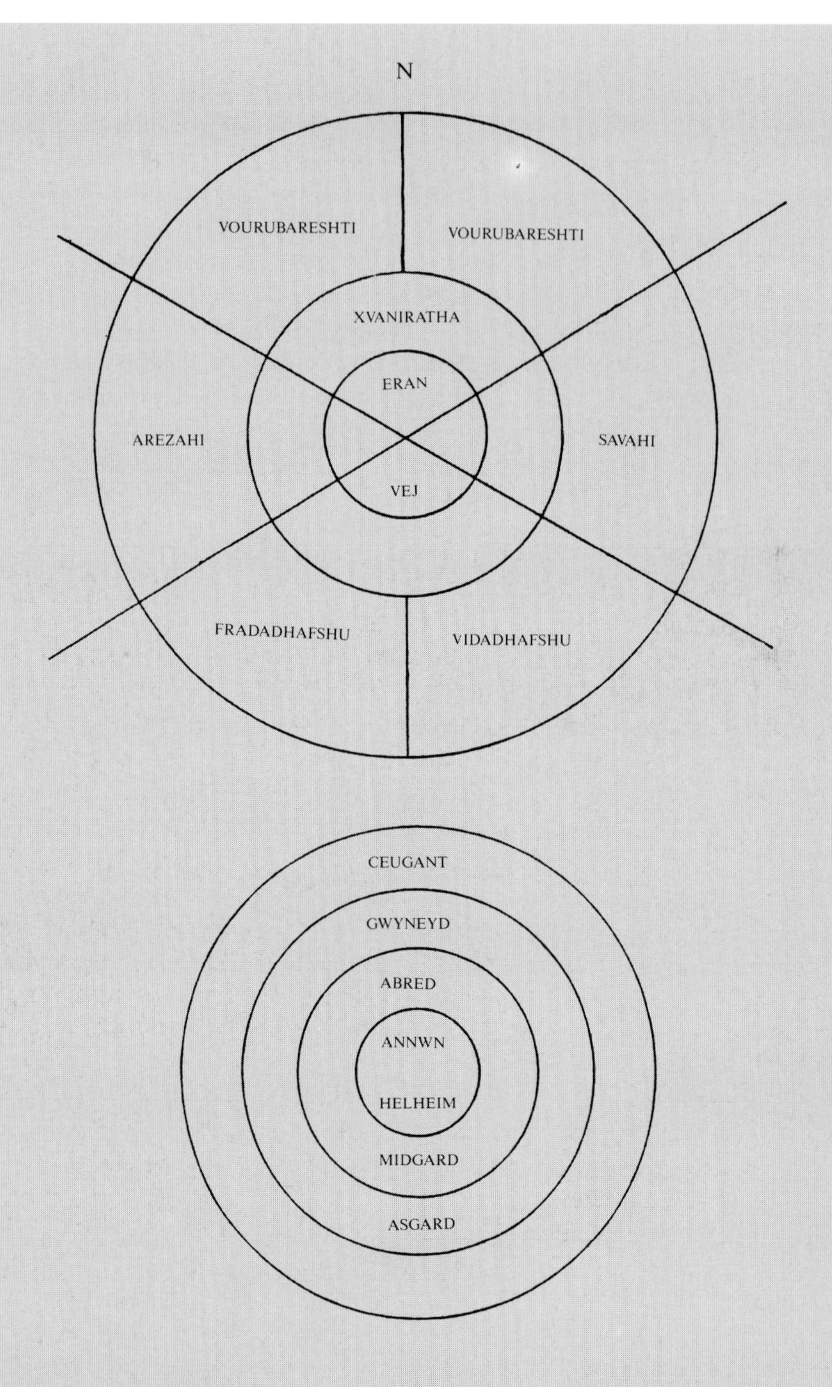

Fig. 4. De mythische gebieden van het aards paradijs.
Fig. 5. De Keltische kosmologie.

bel vermeldt uitdrukkelijk dat er in het midden van het aardse paradijs een levensboom stond. Welnu, de Yonne dankt misschien haar naam aan de levensboom langs zijn oevers; de Yonne als levensstroom.

Zoals we weldra zullen zien, loopt in de onmiddelijke omgeving van Aizenay een rivier met als naam: La Vie, het leven.
De Kelten stelden hun kosmologie eveneens voor aan de hand van drie concentrische cirkels: Abred, Gwynfyd en Ceugant. De Abred-cirkel bestaat echter uit twee gedeeltes: Abred en Annwn, wat betekent dat de Keltische kosmologische voorstelling overeenkomt met de cirkels van de zonnetempel rond Sens.
De Abred komt overeen met onze aarde, wat aangezien werd als een leerschool voor de ziel. Wanneer men zijn leven niet had geleefd volgens de juiste principes en van het rechte pad was afgeweken, dan werd men, meende men, in Annwn (door de Germanen Helheim genoemd) aan een zieleoordeel onderworpen. In moderne taal betekent dit dat, als men niet voldoende had geleerd tijdens het leven hier op aarde, men moest reïncarneren en dit gebeurde via Annwn. Als men zijn taak hier op aarde wel had volbracht, als men genoeg had geleerd tijdens het leven, kreeg de ziel toegang tot de hemel, Gwynfyd, waar de ziel, bevrijd van stof [d.w.z. zonder (aards, materieel, stoffelijk) lichaam] zich in een gelukzalige staat bevond. Buiten deze regio, de hemel, bevond zich de verblijfplaats van God, het Ceugant.

De christelijke mythologie nam deze wereldvisie bijna geheel over en aanzag het Annwn, het Helheim, als de hel, het vagevuur waar de zielen eeuwig branden, ook al was er geen basis in de bijbel voor zo'n vagevuur te vinden en was de "hel" voor de Kelten wel een soort "straf" voor de ziel maar zeker en vast geen eeuwige verblijfplaats zoals de hemel dat wel was. Interessant is wel dat in de centrale cirkel van Sens de koning ook in oordeel zat en "straffen" uitgesproken werden.
De Egyptische kosmologie is identiek aan de Keltische. Zij geloofden eveneens dat de ziel reïncarneerde totdat de perfectie bereikt werd en toegelaten werd in het rijk der hemelen. De Egyptenaren wilden echter wel de periode tussen reïncarnaties verlengen door ervoor te zorgen dat het lichaam van de overleden persoon goed bewaard bleef. Zij geloofden immers dat de ziel niet kon reïncarneren vooraleer het oude aardse lichaam ontbonden was. Het is daarom dat de faraos gemummificeerd werden: om de volgende reïncarnatie zo lang mogelijk uit te stellen, als een volgende incarnatie nodig zou zijn. Sommige godsdiensten geloofden hetzelfde maar wilden dan weer de reïncarnatie bespoedigen door het lichaam van de overleden persoon te verbranden.

HOOFDSTUK II

EEN AAN OVAAL I IDENTIEKE STRUCTUUR

Reeds in de vierde maand van mijn onderzoek naar de reusachtige topografische structuren die zich over Frankrijk en West-Europa uitstrekken en die tenslotte compleet zouden overeenstemmen met de Atlantistekst van Plato, vond ik in het gebied tussen Carnac en La Rochelle een aan Ovaal I identieke structuur terug.
Deze nieuwe ovaal bezat dezelfde afmetingen en kenmerken van oriëntatie en ligging als de ons zo vertrouwde Ovaal I van Atlantis. Ik kan moeilijk de omstandigheden vertellen waaronder ik die nieuwe ontdekking deed. Wel kan ik verklappen, dat ik deze nieuwe gegevens zeer goed wegborg, om ze pas na twee jaar en dit na enkele nieuwe ontdekkingen, opnieuw te voorschijn te halen, bij te werken en ... opnieuw te verbergen.
Het project, de planning die uit deze nieuwe ontdekking naar voren kwam, was zo schrikwekkend dat ik het voor mijn andere opzoekingen veiliger vond, deze nieuwe feiten nog een tijdje te verzwijgen. Dit tweede systeem was zo evident, dat ik op een stel geografische kaarten van West-Frankrijk, mijn onderzoek van het Sens-systeem als het ware ging overdoen.

Daaruit zou definitief blijken dat ook in de Vendée een ovaalstructuur had bestaan.
Het middelpunt van dit nieuwe systeem, d.w.z. Aizenay (Vendée, M 67-13) bleek eveneens te zijn gesitueerd op het ons uit het eerste Atlantisboek bekende prehistorische meridiaansysteem, en bevond zich daarenboven op dezelfde breedtegraad als het ons reeds bekende middelpunt bij Sens.
Daar een rationele verklaring onmogelijk bleek, besloot ik, zoals al gezegd, de nieuwe ontdekking voorlopig geheim te houden.
Het zou pas 1 à 2 jaar later zijn, en dit na te hebben begrepen dat het cirkelsysteem rondom Sens niets anders kon voorstellen dan de iris en de pupil van een reusachtig oog, dat ik mijn aandacht opnieuw zou gaan richten op de tweede ovaalstructuur tussen Carnac en La Rochelle.
Deze toespelingen op één oog of op twee ogen brachten me opnieuw zo in de war, dat ik, na zorgvuldig nota te hebben genomen van alle nieuwe feiten, opnieuw besloot dit alles veilig weg te bergen.

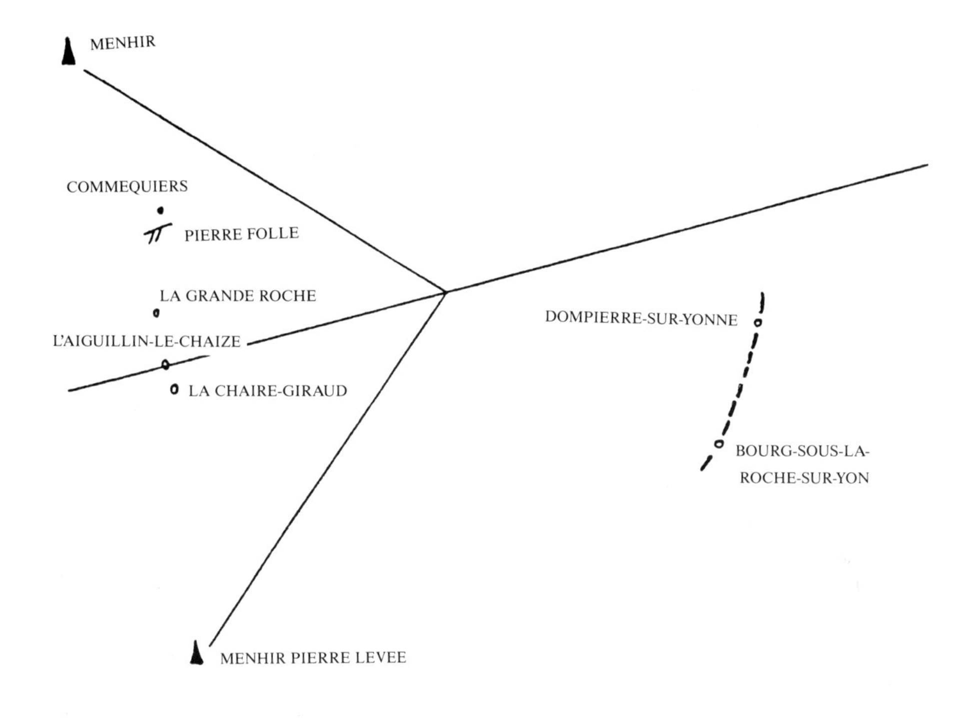

Fig. 6. De zonnetempel rond Aizenay-l'Augisière. Megalieten en steen-toponiemen in de tweede oogstructuur.

Ja, ik ging zelfs verder toen ik deze nieuwe vondsten bestemde voor mijn zevende boek, het boek dat nooit zal worden uitgegeven. Het was pas na te hebben ingezien wat de naam Agedincum (Sens) feitelijk betekende, en dat deze naam nog zoveel keren terug te vinden was, dat ik me realiseerde dat de meeste bewijzen en argumentatie voor deze nieuwe hypothese zich in dit zevende boek, onze doos van Pandora, bevonden.

Toen besloot ik toch tot bekendmaking en publikatie.

MEGALIETEN ROND AIZENAY

Met centrum rond Sens, vond Marcel een zonnetempel die de bevolking in staat stelde om de zomer- en winterzonnewende te bepalen. Hij ontdekte dat er een zelfde structuur rond Aizenay bestond. Met als "basis" de alternatieve breedtecirkel, vond Marcel twee menhirs die de zonsondergangen op 21 juni en 22 december aanduidden.
De menhir die de midzomerszonsondergang aanduidt staat in de omgeving van Challans, 23.5 km verwijderd van Aizenay-l'Augisière. Ten zuiden van Challans, nabij Château de la Vérie, staat de "Menhir de la Pierre Levée".
De menhir die de midwinterszonsondergang bevindt zich zo'n vijf kilometer buiten het bekende Les Sables-d'Olonne. Nabij Olonne-sur-Mer staat het Château de Pierre Levée, 24.7 km verwijderd van l'Augisière. De menhir Pierre Levée heeft zijn naam aan dit kasteel gegeven.

Een cirkel-constructie op een afstand van 17.7 km (100 stadia) brengt interessante "toevalligheden" aan het licht. Zo loopt die cirkel door een dolmen, Pierre Folle Dolmen, net ten zuiden van het plaatsje Commequiers, wat eveneens 17.7 km ligt van Aizenay. Op deze straal (Pierre Folle-l'Augisière), precies in het midden, bevindt zich nabij Apremont het Croix Hossanière, aan de rivier La Vie.
De cirkel met doorsnede 17.7 km wordt, ten noordoosten van Aizenay, tussen les-Lucs-sur-Boulogne en Belleville-sur-Vie, gevormd door de rivier Boulogne. Langs het zuidwesten, tussen l'Aiguillon-la-Chaize en Vairé, wordt deze cirkel bij benadering afgelijnd door de weg D 32.

De kleinere cirkel, met straal van 8.8 km, wordt op enkele plekken nog steeds afgelijnd door wegen. Dit is duidelijk waarneembaar in het zuidwesten, tussen Venansault en le Poiré-sur-Vie, de weg D.4. Opmerkelijk is dat de weg D.4 naar Venansault afbuigt in het verlengde van de zonsondergang op 21 juni. Verlengt men die lijn, dan belandt men in le Bourg, nabij la-Roche-sur-Yon, op de grote cirkel. le Bourg, de stad, bevindt zich dus letterlijk op de rand van de stad, de centrale stad rond Aizenay.

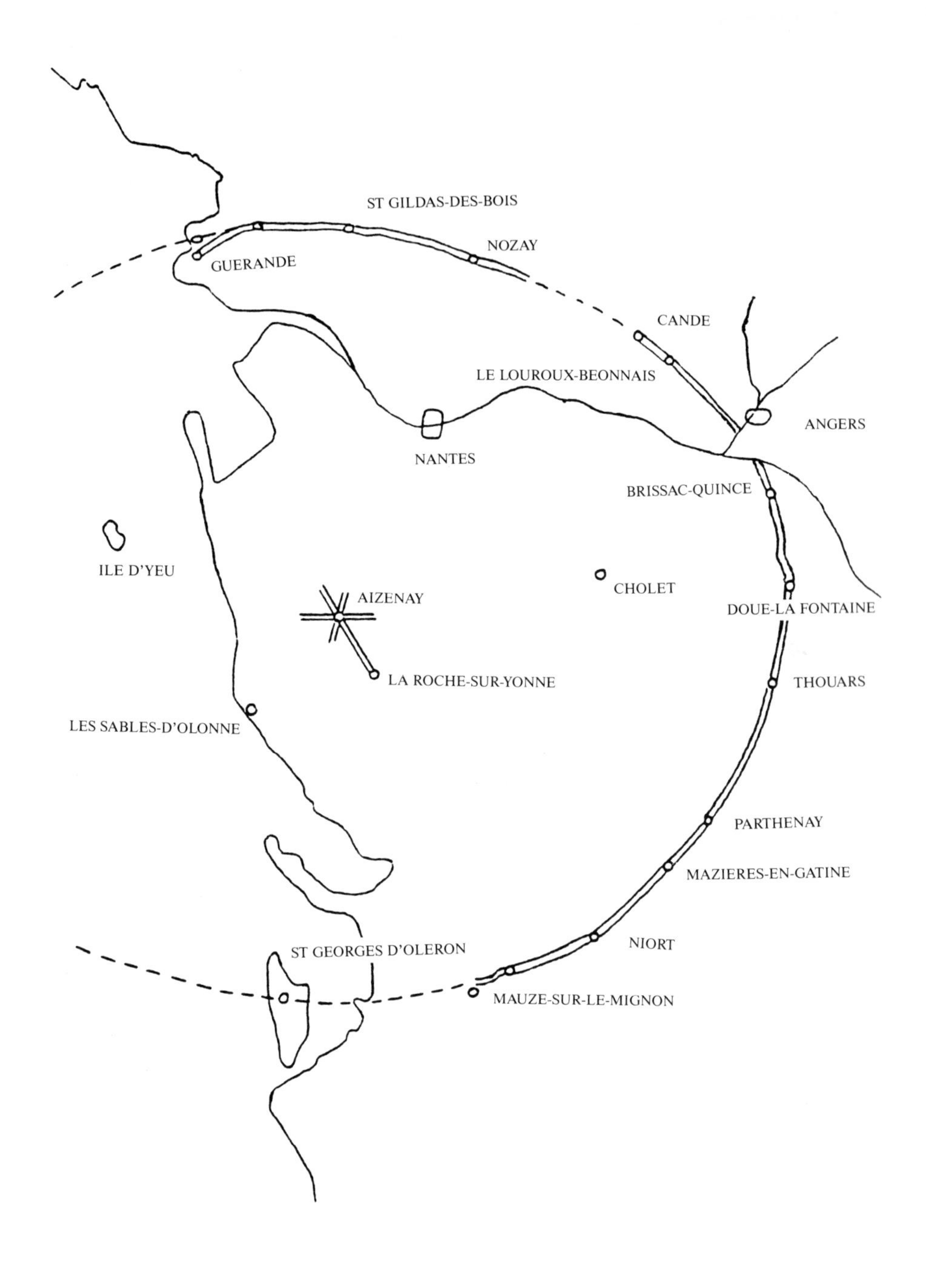

*Fig. 7. Ovaal I*bis. *Het tweede (rechter-)oog van Atlantis.*

ARGUMENTEN DIE SPREKEN VOOR HET BESTAAN VAN EEN TWEEDE OVAAL I: DE OVAAL IBIS

We zagen dat ook rond de stad Aizenay (M 67-13) een topografische structuur bestond en trouwens nog bestaat met eenzelfde vorm en afmetingen als de ons wel bekende Ovaal I.
Van deze nieuwe structuur, die wij in het vervolg steeds Ovaal I*bis* zullen noemen, maakt slechts 2/3 van de oorspronkelijke oppervlakte nog deel uit van het huidige vasteland van West-Europa.
Het westelijk gedeelte ervan is verdwenen in en bedekt door de Atlantische Oceaan. Dit gebeurde in een ver verleden, dat wij situeren rond 4000 v.Chr. Laatstgenoemde datum stemt in West-Europa trouwens overeen met het opschuiven naar het oosten toe van het zeeklimaat ten nadele van het vastelandsklimaat.

Ovaal I*bis* wordt afgetekend door het wegennet dat in wijzerzin de volgende plaatsen verbindt:
le Croisic, Guérande, St.-Lyphard, Ste.-Reine-de-Bretagne, St.-Gildas-des-Bois, Guenrouet, Plessé, Vay, Nozay, La Meilleraye-de-Bretagne, St.-Sulpice-des-Landes, Candé, le Louroux-Béconnais, Bécon-les-Granits, Ste.-Gemmes-sur-Loire, les Ponts-de-Cé, Brissac-Quincé, Saulgé-l'Hôpital, Ambillou-Château, Doué-la-Fontaine, le Puy-Notre-Dame, Bagneux, Thouars, Châtillon-sur-Thouet, Parthenay, Mazières-en-Gâtine, Malvault, Niort, Frontenay-Rohan-Rohan, Epannes, Mauzé-sur-le-Mignon, Puyravault, Forges, Thairé, Ile d'Aix, St.-Georges-d'Oléron.

Herinneren we ons dat het middelpunt van de Ovaal I*bis* zich bevindt in of bij de stad Aizenay, die wij beschouwen als een soort zusterstad van Sens. Om elk misverstand te vermijden kan hier worden aan toegevoegd dat met de stad Aizenay, de agglomeratie Aizenay-l'Augisière wordt bedoeld. In laatstgenoemd toponiem l'Augisière herkennen wij een oogtoponiem, dat kan worden vergeleken met Agedincum.

De oude naam van Sens, Agedincum, kunnen wij ook lezen als Ayge-dincum, of Aye-din-cum.
Het feit dat in het Oudgrieks, dat één der oudste en best bekende Indoeuropese talen is, elke vertaling van "din" de betekenis heeft van cirkel of bol, is de reden dat wij Agedincum vertalen als "oog-cirkel" of "oogbol", wat ook kan gelezen worden als "oog-rond" of "rond-oog" en dus ook als "cycloop".

De kleine as van Ovaal I*bis*, of de afstand tussen St-Gildas-des-Bois en het Ile d'Aix, meet 178 km, wat overeenstemt met 1000 stadiën en met de kleine as van Ovaal I.

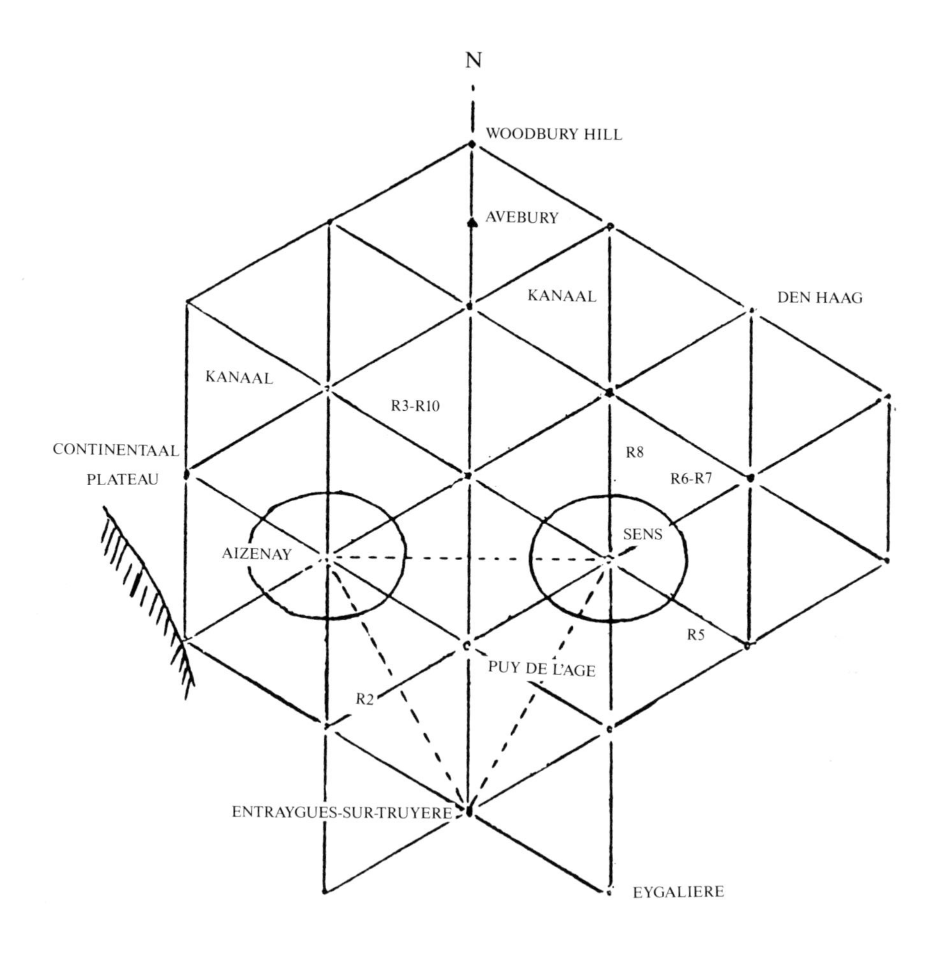

Fig. 8. De triangulatie en age-toponiemen. De twee oogstructuren zijn in dit systeem verwerkt.

De exacte afstand tussen de twee Ovalen I en *Ibis*, d.w.z. tussen de plaatsen Doué-la-Fontaine en Orléans, bedraagt 178 km, wat opnieuw 1000 stadiën voorstelt.

Het kan misschien interessant zijn er hier de aandacht op te vestigen dat Doué-la-Fontaine met zijn merkwaardige zogenaamd feodale Motte, gesitueerd is tegenover de deuk die in Ovaal IV bestond en die gevormd werd door de Loire-bocht bij Saumur.

De zeer exacte afstand tussen de middelpunten van Aizenay-l'Augisière en van de "Ferme des Saints-Pères", ten oosten van Sens, bedraagt 399,5 km, wat één honderdste (1/100) voorstelt van de omtrek van de aarde, die over de polen gemeten 39.918 km bedraagt.

Omgezet in het systeem van oude Griekse maten gebruikt door Solon en Plato is 399,5 km gelijk aan 2250 stadiën.
Het is deze afmeting die in ons eerste Atlantisboek, in het hoofdstuk gewijd aan de oude Franse Gemene Mijl van 4,444 km, de afmeting C wordt genoemd: 90 mijlen.

Op de lijn of breedtecirkel die de middelpunten van Aizenay en Sens verbindt, construeren wij in de richting van het zuiden een gelijkzijdige driehoek. Die bezit dus drie gelijke zijden van 399,5 km.
Het naar het zuiden wijzende hoekpunt valt samen met de plaats bezet door de stad Entraygues-sur-Truyère.
"Entraygues" wordt door ons gelezen en verstaan als de plaats die zich tussen de ogen bevindt.

TRIANGULATIE

Aangaande triangulatie vermeldde Marcel in zijn eerste Atlantisboek (pagina 219): "*De landmeetkunde van de Atlanten vindt haar oorsprong in de aanleg van een netwerk van vernuftige meridiaanmetingen, waarvan de basispunten nog steeds terug te vinden zijn in het Westeuropese landschap. Op deze triangulatie steunen de twee coördinaatsystemen...*"

Triangulatie is het creëren van driehoeken op het aardoppervlak, zodat men o.a. gebieden in kaart kan brengen of zijn plaats kan bepalen. Triangulatie is "officiëel" uitgevonden door Tycho Brache op het einde van de zestiende eeuw. In theorie zou dit betekenen dat deze structuren getekend op Frankrijk dus ofwel niet bestaan ofwel na Brache gedateerd moeten worden! Gelukkig is er de harde realiteit die de theorie naar het land der fabelen verwijst.

Wiskundig gaat triangulatie als volgt: als er een driehoek ABC is en men kent de zijde AB en de hoeken van A en B, dan kunnen de zijden BC en AC berekend worden aan de handen van wat men de sinus noemt.

$$BC/\sin A = AC/\sin B = AB/\sin C$$

Deze triangulatie biedt dus vele mogelijkheden.

Zeer opvallend is dat de zes stralen vanuit Agedincum (Sens) samenvallen met de grenzen en mediolanen van de koninkrijken van Atlantis.
Wat ook opvalt is dat de oogstructuur perfect past in deze triangulatie. Aangezien het toeval vrijwel nooit de perfectie behaalt, is dit weer een bewijs dat die triangulatie geen zichtsbegoocheling is, maar inderdaad ook in het Franse landschap aanwezig is.
De zijden van deze driehoeken meten 231 kilometer, wat overeenstemt met 1300 stadiën.

Op de kruispunten van deze lijnen, de hoekpunten van de driehoeken, vindt men Age-toponiemen, zoals daar zijn: Den Haag, Aigueperse, Agedincum (Sens), Agenville enz.
Op de Puy de l'Age, een hoekpunt ten zuiden van Agedincum, is er een "point de vue". Ook andere age-toponiemen liggen inderdaad op hoogten, wat dus betekent dat er een goed uitzicht is over het omringend landschap. Deze "point de vue" wordt in het Nederlands trouwens vertaald als gezichtspunt of... oogpunt!

Alsof enkele ovalen rond Sens nog niet moeilijk genoeg waren, tekende men er ook rond Aizenay. Dan deed men er nog een driehoek bij. En nu dus nog meer (en andere) driehoeken. En er is nog meer terug te vinden!

DE GROTE PIRAMIDE VAN FRANKRIJK

Maurice Chatelain is de man die wij moeten danken voor het feit dat wij op 21 juli 1969 de maanlanding van de Apollo 11-vlucht konden zien, maar ook dat wij astronaut Neil Armstrong zijn beroemde woorden, "Het is een kleine stap voor een mens, maar een grote voor de mensheid", konden horen door ons televisietoestel. Grote delen van zijn vrije tijd besteedde Chatelain aan UFOlogie en oude beschavingen en ontdekte, als geboren Parijzenaar maar genaturaliseerd Amerikaans staatsburger, dat er "iemand" op het grondgebied van Frankrijk een reusachtige geoglief in de vorm van een piramide had uitgetekend. Niet zo maar een piramide, zo bleek, maar de Grote Piramide van Gizeh, alleen veertien miljoen keer vergroot.(3)

De basis van deze piramide wordt gevormd door een lijn die de Bretonse stad Quimper verbindt met Istres, een stad in het achterland van de Azurenkust. De top van de piramide wordt gevormd door een heuvel die omsloten is door een rivier, de Semois, dichtbij de Frans-Belgische grens bij Sedan en Bouillon. Vandaag noemt men die heuvel "Le Tombeau du Géant", het graf van de reus, omdat, zo vertelt men, de steile hellingen rondom dit monument van de natuur aan de Tombeau de vorm geven van een graftombe. Vanop het officiële "point de vue" in het dorpje Botassart kunnen mensen met genoeg verbeelding misschien inderdaad die indruk krijgen; het heeft mij persoonlijk nooit kunnen overtuigen.
Aangezien de "Franse Grote Piramide" op de grond getekend is, vond ik het ook best mogelijk dat de betekenis van de Tombeau enkel van boven uit kon gezien worden. Als je een stafkaart van de regio neemt en het oosten naar boven legt, is heel duidelijk zichtbaar dat de rivier de Semois en een klein beekje de vorm hebben van een slangekop met uitgerolde tong. De "ouden" hadden de slang in hun religie opgenomen en waren er enorm aan gehecht.

Voor de Egyptenaren bijvoorbeeld symboliseerde het dier (onder andere) de gedachte van reïncarnatie: telkens zij haar huid afwerpt (hoewel uittrekken een beter passend woord zou zijn) wordt zij als het ware herboren. John Aubrey, de eerste man uit de moderne tijd die serieus onderzoek deed naar de megalitische bouwwerken in en rondom Avebury (een plaats waaraan Mestdagh in zijn eerste en ook in dit boek groot belang hecht), geloofde dat, als men de megalitische bouwwerken in Avebury van boven uit als een geoglief bekeek, men een reusachtige afbeelding van een slang kon waarnemen. Hoewel Aubrey's theorie door bepaalde onderzoekers niet wordt aanvaard, zit er zeker en vast een korreltje waarheid in. In Aubrey's tijd, toen de monumenten in een betere toestand verkeerden, zagen ze er waarschijnlijk zo uit.

Hoewel Botassart een leuk dorpje is, is het veel interessanter de heuvel te bekijken vanop de "Pic du Diable", een kaal stukje rots op de Tombeau zelf. Die rots geeft een prachtig uitzicht op de Tombeau en de Semois, die net beneden de Pic schijnt te liggen, hoewel een (gedurfd?) kijkje naar beneden ons een illusie armer maakt. De naam van de rots, Pic du diable,

---

(3) Chatelain, Maurice, *Our Cosmic Ancestors.* Temple Golden Publications, 1988; de auteur, 1990.

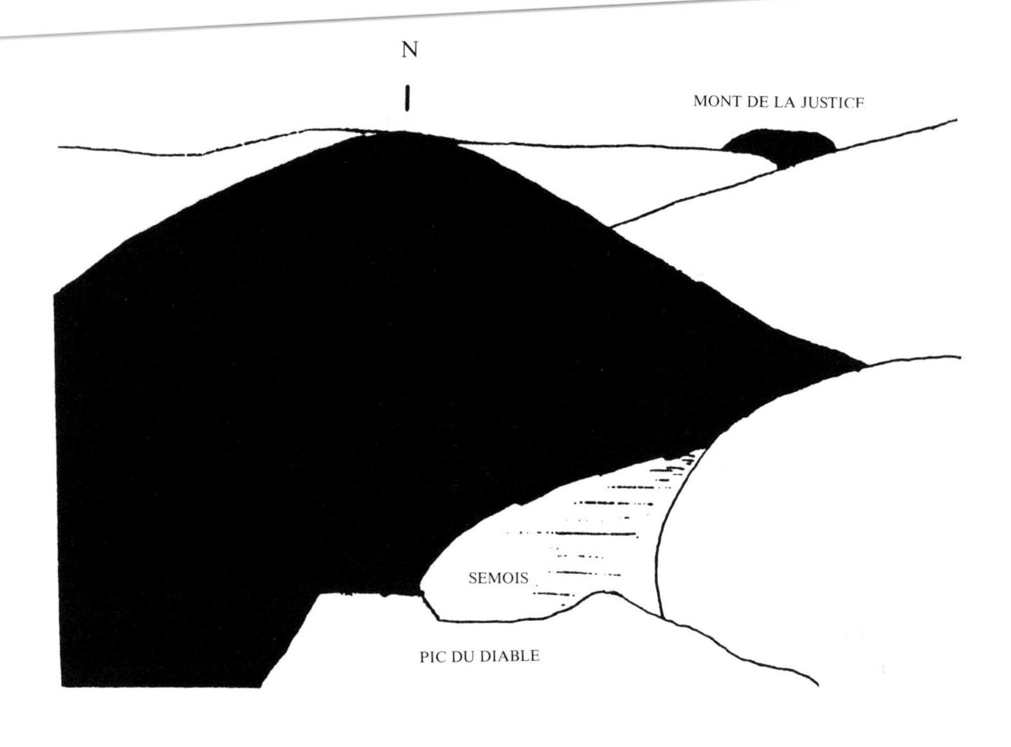

Fig. 9. Pic du diable. Panorama vanop de rotspunt op de Tombeau de Géant.

doet vermoeden dat het niet zozeer de woonplaats was van de duivel maar een plaats is waar de plaatselijke bevolking, voordat het christendom in de regio neerstreek, bepaalde religieuze handelingen verrichtte. Hoewel de "Pic" uitermate geschikt is om mensen erover in de diepte te werpen, iets wat in de Oudheid af en toe gebeurde als onderdeel van de religie, zullen we maar geloven dat ze er enkel "erediensten" hielden.(4)

Hoewel ik er meer dan één keer ben geweest, zag ik pas tijdens mijn laatste bezoek dat er zich aan de horizon een tafelvormige heuvel bevond. De stafkaart vertelde me dat die heuvel "Mont de la Justice" werd genoemd. De Kelten, zoals zoveel andere volkeren, of zij nu Grieken, Noren of Egyptenaren waren, plaatsten steeds ten noorden een "Berg van Justitie"(5), wat te maken had met wat de Egyptenaren het "wegen van de ziel na de dood" noemden. Men geloofde dat de overledenen vanop die berg over een brug, al dan niet gemakkelijk, het "leven na de dood" trachten binnen te komen. Tot mijn verbazing lag deze heuvel echter niet ten noorden van de "Pic" zoals verwacht kon worden (precies ten noorden lag er de top van de Tombeau, die vanop de Pic net even hoog schijnt te zijn als de achterliggende heuvel), maar op de hoogtelijn van de Franse Grote Piramide, in het verlengde ervan om heel precies te zijn.(6)

De afmetingen van deze Franse Grote Piramide zijn als volgt: de hoogtelijn meet 550 kilometer, zo'n 3100 stadiën, de zijden meten 500 kilometer, de basis zo'n 865 kilometer. De apex bedraagt 76 graden. Net zoals de Gizeh-piramide dus.

Deze Piramide beslaat een oppervlakte van 237.000 vierkante kilometer. Dit is dezelfde oppervlakte als een geoglief in de Egeïsche Zee, die wij het Maltezerkruis noemen.

De driehoek die gevormd wordt door Sens, Aizenay en Entraygues-sur-Truyère staat met deze Franse Piramide in een direct verband aangezien één van diens zijden, de zijde Aizenay-Entraygues-sur-Truyère, evenwijdig loopt met de basislijn van de Franse Grote Piramide, een basislijn die dus gevormd wordt door de lijn Quimper-Istres. Er is zelfs meer harmonie in die geoglief verwerkt dan deze evenwijdigheid: de afstand tussen Quimper en Aizenay en de afstand van Istres tot Entraygues-sur-Truyère zijn

---

(4) Coppens, Filip. *The Giant's Tomb: The Serpent's Head.* In: *Viewed From Above*, Nummer 1.3, p. 2.
(5) Devereux, Paul. *Symbolic Landscapes.* Gothic Image, 1992. p. 97.
(6) Coppens, Filip. *The Giant's Tomb.* In: Viewed From Above, Nummer 2.5, p.1.

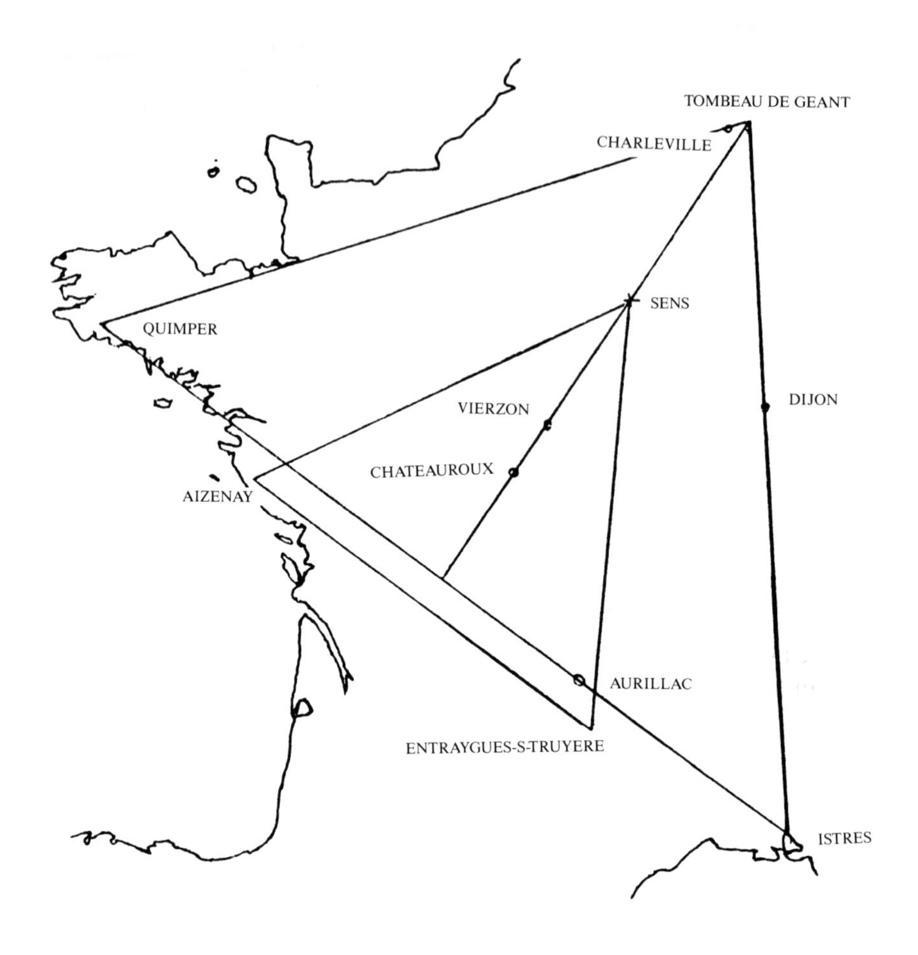

Fig. 10. De Franse Grote Piramide. In die piramide is ook de driehoek Sens-Aizenay-Entraygues-s-Truyère weergegeven.

even lang, wat betekent dat de “oog-driehoek” mooi verwerkt is met de Franse Grote Piramide.

Deze Franse Grote Piramide is geen losstaande geoglief. Maurice Chatelain vond rondom de Egeïsche Zee een geoglief in de vorm van een Maltezer-kruis (afgeleid van de Orde van Malta), hoewel door zijn vondst de oorsprong van dit kruis duizenden jaren eerder te dateren is.
Verlengt men de lijn Athene-Delos (een onderdeel van dit kruis) naar beide kanten, dan belandt men in Istres (hoekpunt van de Franse Grote Piramide) en aan de andere kant in Jerusalem. Jerusalem werd als een “navel van de wereld” aangezien (net zoals Delos en Delphi). Jerusalem figureert bovendien in de geogliefen die Zecharia Sitchin in het Midden-Oosten terugvond. Zo doorkruist een rechte lijn (geen ley-lijn) zowat de hele Middellandse Zee.

Langsheen die lijn bezoekt men de belangrijkste religieuse en/of politieke centra van de Oudheid, zoals Delos, Athene, Dodona, en een plek net ten zuiden van Rome. Tenslotte belandt men bij de Franse Grote Piramide en Atlantis, de megalithische beschaving van de Oudheid.
De basis van deze Franse Grote Piramide vormt een hoek van 25 graden met de rechte lijn. Zo lijkt deze piramide te balanceren op deze rechte lijn.

Of aan deze rechte lijn of geogliefen langs of op deze lijn symbolische/mythische betekenis(sen) moet(en) toegekend worden is een even gigantische vraag als de omvang van de geogliefen.

Foto 2. Tombeau de Géant. De top van de Franse Grote Piramide.

HOOFDSTUK III

DE OGEN VAN DE WERELD
DE OGEN VAN DE AARDE

Wij zijn er dus toe gekomen de complexe topografische structuur, die rondom Sens gevormd wordt door Ovaal I en de concentrische cirkels, te beschouwen als een reusachtig oog.
We hebben ook een associatie gemaakt met het oog van de legendarische Cycloop.
Bij dit alles kwam dan ook nog aan het licht, dat op ruim 400 km naar het westen toe, een tweede en identieke ovaal- of oogstructuur had bestaan en zelfs nog gedeeltelijk bestond.
We zagen dat in de middelpunten van deze ovaalstructuren I en *Ibis*, plaatsnamen als Agedincum en l'Augisière bestonden of nog bestaan. Meetkundig verbonden met deze twee plaatsnamen vonden we in zuidelijke richting een derde plaatsnaam van dezelfde soort: Entraygues-sur-Truyère. De onderzoeker wordt hier geconfronteerd met een situatie die wantrouwen en ongerustheid wekt. Een situatie die irrationeel aandoet.

Ergens in een verre prehistorie, rond 5500 v.Chr., heeft een bepaalde groep mensen West-Europa bezet. Om één of andere reden hebben die mensen het idee opgevat gigantische ogen te tekenen op het landschap van het huidige Frankrijk.
Ogen waaraan men de taak moet hebben meegegeven zoniet de kosmos, dan toch ten minste ons zonnestelsel te observeren.
Ogen die moesten waarnemen, domineren, hypnotiseren of misschien maar gewoon verschrikken of afschrikken. Maar wat afschrikken?
Ogen die door hun regelmatige situering op een zelfde breedtecirkel, behorende tot het prehistorisch meridiaansysteem, en dit op een toenmalige breedte van ca. 45° noorderbreedte, op een regelmatige wijze rond de magnetische noordpool draaiden, die te dien tijde nog samenviel met de astronomische noordpool.

Feit dat onze ideeën over een verschuiving van de aardas, die zich in de historische tijden zou hebben voorgedaan, nog versterkt.
Dit alles is zonder enige twijfel buitengewoon, zelfs buitensporig en zeker ongewoon.

Het project, gezien in zijn geheel, was zo kolossaal dat wij ons afvragen hoe dergelijke gigantische karwei kon worden uitgevoerd.
Dit project kan slechts door giganten of titanen uitgevoerd geworden zijn!

ARGUMENTEN DIE PLEITEN VOOR DE STELLING "DE OGEN VAN DE AARDE"

Wanneer wij kunnen afspreken en/of overeenkomen dat de twee op de aarde getekende ogen de kosmische ruimte inkeken, kunnen wij het oog dat rondom Sens was afgetekend als het linkeroog beschouwen en het oog dat rond Aizenay bestond als het rechteroog.

Van beide ogen, d.w.z. van de ovalen I en I*bis*, zijn de meest puntige krommingen naar elkaar gekeerd, wat bewijst dat het hier gaat om een paar ogen in een zelfde kop, en dat beide structuren terzelfder tijd werden aangelegd.
Het heeft dus geen zin te gaan veronderstellen dat het rechteroog, het oog van Aizenay, het eerst zou zijn geconstrueerd, om dan te vergaan in de catastrofe van 4000 v.Chr. en later te worden gereconstrueerd rondom Sens.

Door het linkeroog rondom Sens, het oostelijke oog, vloeit vlak bij het middelpunt de rivier de "Yonne".
Door het rechteroog rondom Aizenay, het westelijk oog, dat gedeeltelijk in de Atlantische Oceaan verdronken ligt, vloeit eveneens vlak bij het middelpunt de rivier de "Yon".
Dit soort naamgeving, de samenstelling van Y met het oude riviertoponiem onne of onna, Yonne en Yon, bestaat elders in Frankrijk niet. Daarom ook is het dat wij durven stellen dat er een relatie bestaat tussen de middelpunten der ogen, de pupillen en de riviernamen Yonne en Yon.
Het Sanskriet "Yoni" betekent vrouwelijke geslachtsorganen. Wordt de Yonne verbonden met de Marne, de rivier van de Moeder?
Het enige dat wij over de riviernaam de Yonne weten is dat hij in de periode van 3000 tot 2000 jaar geleden nog steeds "Inca-Onna" heette; dit betekende: de rivier van de koning! Merkwaardig is wel dat het baskisch woord voor koning "Inca" is. Yonne en Yon zouden kunnen betekenen: de rivieren van de koning of van de koningen. Een uitleg die beide plaatsen een merkwaardige onderscheiding bezorgt.
Interessant is ook het begrip "in-aug-uratie" van de koning. Opnieuw een oog-toponiem.
De twee ogen, de ovalen I en I*bis*, zijn verbonden door de stroom de "Loire" en de rivier de "Loir". Zelfs de kleine "Loiret" (Ligerulus) helpt

mee om de beide ovalen aan elkaar te hechten. De Loire heette in het Latijn: Liger. Het Latijns werkwoord ligare betekende verbinden of verenigen.
Zo is het ons dus mogelijk de Latijnse naam Liger voor de rivier de Loire te zien als een verbinding. Praktisch gezien als het gedeelte van de montuur van een bril, dat op de neusbrug rust. Het is duidelijk dat de Latijnse naam voor de Loir "Lidericus" op dezelfde manier moet worden verklaard.
De Latijns aandoende woordvorm Lidericus bestaat of bestond nochtans niet in het Latijn en moet derhalve worden beschouwd als een verbastering van het woord ligare.
Elders in Frankrijk vinden wij geen riviernamen zoals Loire, Loir en Loiret terug.

DE OGEN VAN GARGANTUA

Uitdrukkingen als "de ogen van de wereld" of "de ogen van de aarde" stellen een mystieke verklaring voor van een historisch probleem, een verklaring die eerder naïef aandoet.
Omdat het onze bedoeling is te proberen dit complexe probleem te demystificeren, wil ik trachten de naam die oorspronkelijk aan de ovaalstructuren I en *Ibis* werd gegeven terug te vinden.
Een belangrijke bron van informatie vinden we in de plaatsnaam of toponiem "Gâtine".

Het gebied dat met het westelijk deel van het linkeroog (Sens) samenvalt, heet "le Gâtinais". In dit gebied onderscheiden we een "Gâtinais français" en een "Gâtinais orléanais".
Dit gebied strekt zich uit tot Orléans. De stad Château-Landon, het zeer oude Keltische Vellaunodunum, mag als de historische hoofdstad van het gebied worden beschouwd.

En in de aftekening van het rechteroog, rond Aizenay dus, is het in het oostelijk gedeelte van de oogstructuur, dat wij in de omgeving van de stad Parthenay, eveneens het toponiem "la Gâtine" aantreffen als naam van een gebied. De rij van heuvels die deze streek bedekt, kreeg de naam "les monts de la Gâtine".

Boven de twee ogen, waar zich bij de mens de wenkbrauwen bevinden, en dit op een afstand van 30 km van de ovalen, onderscheiden we stroken of banden met een breedte van ca. 20 km, waarin we opnieuw Gâtine-toponiemen aantreffen.

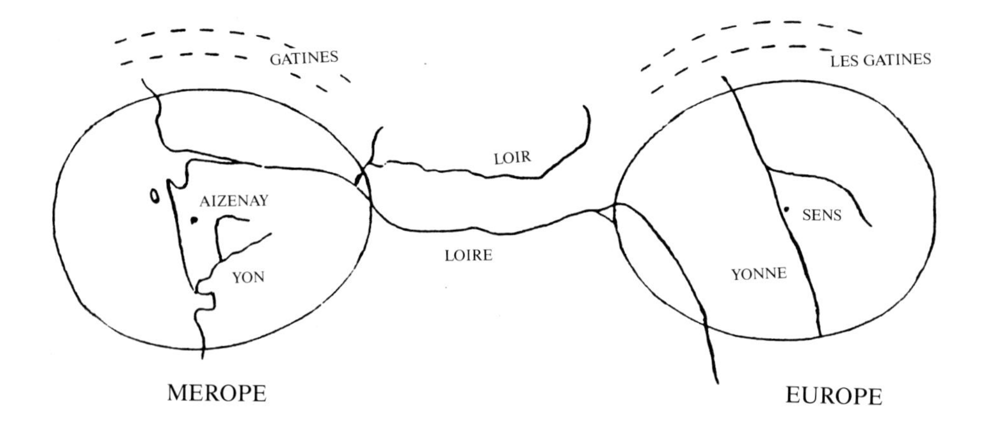

Fig. 11. De ogen van Gargantua. De wenkbrauwen die gevormd worden door de gatine-toponiemen, de verbinding tussen de twee ogen door de rivier Loire.

Zo voor het linker- of oostelijk oog: "la Gatine" in de buurt van Meulan; en "les Gatines", een eerste maal bij Neaufle, een tweede voorbeeld bij Bonnières.
Voor het rechter- of westelijk oog zijn er de "Gatines"-toponiemen bij Craon en bij Sablé.
Onze wenkbrauwen beschermen onze ogen tegen zweet dat van ons voorhoofd afloopt. Misschien beschermden "les gatines" de ovalen tegen de gure noordenwind?

Franse taalkundigen hebben dit Gâtine of Gatine-toponiem willen verklaren als afkomstig van het Latijn Vastinium,(7) dat een onbewerkt stuk land voorstelt (ons Woestene).
Mijn verklaring voor dit toponiem is gebaseerd op de naam gedragen door de dolmen van Moutiers-sous-Argenton (Deux-Sèvres, M 67-7); die megaliet bevindt zich in de omgeving van Thouars en binnen de aftekening van de Ovaal *Ibis*. De dolmen heette altijd "la Pierre Levée du Grand Gât". De Franse geleerden Germont en Pillard hebben de volksvertellingen willen geloven en zo kunnen begrijpen dat het toponiem van de "Grand Gât" een referentie is die verwijst naar de legendarische reus Gargantua.(8)

En ik, op mijn beurt, wil nu graag steunen op deze twee geleerden en op mijn intuïtie, die, waar het Gargantua betreft, telkens ik in Frankrijk reis, nog meer wordt verlicht en gevoed.

Gargantua, de legendarische reus, zou, na een enorme overstroming, door het eertijdse primitieve Franse landschap gewandeld hebben en zo, door de modder die hij aan zijn laarzen meedroeg, de bergen en heuvels gevormd hebben.
Gargantua, de reus, van wie de naam in een of andere vorm aan tientallen megalieten werd gegeven.
Gargantua, de naam die wij zullen geven aan de ogen die eertijds op dit wonderbare land werden getekend.
De gigantische ogen die werden vastgelegd door Gâtine-toponiemen, waren de ogen van Gargantua.
Gargantua! Niet alleen een reus uit de folklore, maar ook en vooral een vergoddelijkte en als zodanig vereerde en onsterfelijk gemaakte reus.

---

(7) "gâtine" betekent in het Frans: moerassige, onvruchtbare grond – f.c.
(8) Germond, *Inventaire des mégalithes de la France*, 6. Deux-Sèvres, p. 102; Pillard, G., *Les traditions mythologiques dans le département des Deux-Sèvres*.

GARGANTUA: DE WANDELENDE REUS

De legende van een wandelende Gargantua die het landschap al wandelend creëert is niet uniek en moet hier, zoals in de andere gevallen, zeker en vast als een symbolische uitbeelding opgevat worden. De Aboriginals, de autochtone bevolking van Australië, interpreteerden het ontstaan van heuvels, dalen en riviertjes als volgt: in de droomtijd daalde een "voorvader" (wat, bij een gebrek aan een beter woord, als een soort nabije god kan geïnterpreteerd worden) neer op aarde, op wat men de "eerste heuvel", een omphalos, noemde, en liep doorheen het landschap, vaak indien niet altijd langs een rechte lijn, waarbij hij op zijn tocht het landschap boetseerde. Het is in deze sfeer dat men bepaalde leylijnen moet interpreteren en mogelijk de grote geoglief vanuit Jeruzalem. De materie is uitermate uitgebreid en complex. In appendix A probeer ik deze materie enigszins te illustreren aan de hand van een voorbeeld.
Lange tijd dacht men dat Gargantua de uitvinding was van de romancier Rabelais, maar die mening heeft men moeten herzien. Onze romancier gebruikte deze legende wel als inspiratiebron. De legende van deze reus is waarschijnlijk naar Frankrijk overgewaaid vanuit Groot-Brittannië, waar men vermeldingen vindt in de twaalfde eeuw na Christus. Daar treft men "Gurguntius" aan.

"Gargantua kent een enorme populariteit, voornamelijk op het platteland, in dorpjes en gehuchten. Over heel Frankrijk bewaart de plattelandsbevolking herinneringen aan zijn enorme krachtexploten en de mirakels van zijn eetlust. In de Beauce spreekt men nog steeds van "eten als Gargantua". Zijn naam kleeft aan vele monumenten, maar voornamelijk aan wat men Keltische of druïdische monumenten noemt."(9)
Het woord Gargantua zou afgeleid zijn van gargant, de "participe présent" van garg, afgeleid van de stam "gar", wat "opeten, verslinden" betekent. De reus Gargantua is dus de Verwoester. Als men dan aanstipt dat Gargantua waarschijnlijk eerst een god was die later als een incarnatie, hier als reus, afbeeldde, dan hebben we dus een Verwoestende God. Hier schijnt dus enige tegenspraak te zijn, want Gargantua is eveneens een god die het landschap boetseerde, het landschap schiep. Gargantua was dus iemand die zowel gaf als nam, zoals onze God aanschouwd wordt als een god die ons het leven geeft, maar ons ook "tot zich roept", als we sterven.

---

(9) F. Bourquelot, *Notice sur Gargantua*, in volume XVII van de *Mémoires de la Société royale des antiquaires de France*. De "Keltische" monumenten van Bourquelot bestempelt men nu als "pre-Keltisch", Atlantische monumenten dus.

HET OGENMOTIEF OP VAZEN EN MEGALIETEN IN DE NEOLITHISCHE PERIODE

De bovenstaande ogenhypothese zou de ontelbare ogenafbeeldingen binnen en buiten Atlantis gevonden op megalieten, vazen en bekers kunnen verklaren.
Op een Deense vaas die gedateerd werd op 2000 v.Chr.; op een beker gevonden in Los Millares; op fragmenten van een vaas gevonden in Peu-Richard (M 71-4/5) bij de Franse stad Saintes; op de dolmen van Availles-sur-Chizé (M 72-2) in het departement van de Deux-Sèvres.
Zo ook op een megaliet in Magleby op het eiland Moen, en op een dolmen in Arby, bij Kalundborg, op het eiland Seeland.
Scandinavië telt trouwens nog tientallen voorbeelden van dit ogenmotief.

Dit ogenmotief is, zowel in het noorden als in het zuiden van Europa, door cirkels omgeven waarin stralen zijn getekend. Al deze ogenuitbeeldingen zijn te dateren als behorende tot de neolithische periode, d.w.z. van 5000 tot 2000 v.Chr.
In Portugal heeft men gepoogd dit motief te verklaren als twee zonnen naast elkaar. Die verklaring overtreft mijn stoutste hypotheses.
Naast die Portugese verklaringen, die onze zon als een dubbelster willen zien, zijn er nog andere pogingen tot verklaring, die dit motief willen herleiden tot een Griekse oorsprong. De zogenaamde Griekse beschaving is 2000 jaar jonger dan de ogenuitbeeldingen!
Wij durven zelfs stellen dat de Grieken de verre afstammelingen zijn van hen die, het eerst, die ogen tekenden!

HET OOGMOTIEF

Het oogmotief is een thema dat in alle culturen van Europa en het Midden-Oosten wordt aangetroffen. Te Tell Brak bijvoorbeeld, gelegen in Noord Mesopotamië, heeft men honderden beeldjes met uitgesproken grote ogen teruggevonden.

Valgaerts en Machiels(10) stippen aan hoe het oog als een voorstelling werd gebruikt van de aardmoeder. In deze context vermeldde Mestdagh in

---

(10) Valgaerts/Machiels. *De Keltische erfenis*. Stichting Mens & Kultuur, 1992.

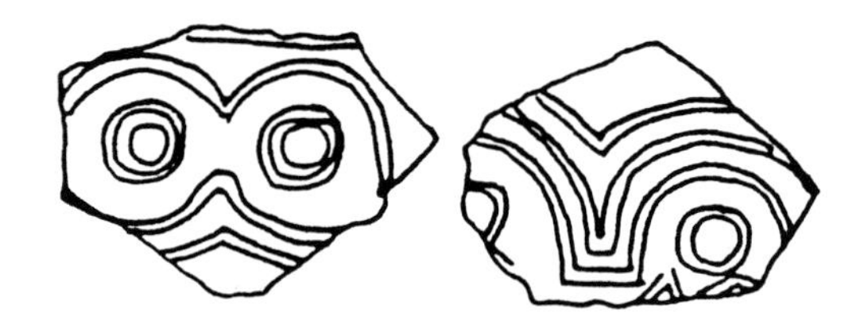

PEU-RICHARD, BIJ SAINTES

DOLMEN VAN AVAILLES-SUR-CHIZE (DEUX-SEVRES)

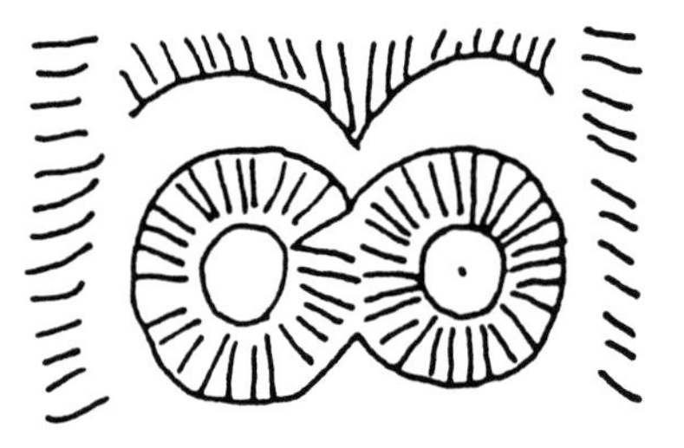

DENEMARKEN, CA. 2000 V. CHR.

LOS MILLARES

Fig. 12. Oogmotieven uit het neolithische tijdperk op vazen en bekers.

zijn eerste boek hoe hij de Keltische naam voor de Marne (de rivier die het noordoostelijk deel van de grens van Ovaal I, "het rechteroog", afbakent), Matrona, verklaart als de rivier van de moeder. Hij interpreteerde het centrale koninkrijk (Koninkrijk 1) als "de woonplaats van de moeder en het gebied er omheen".(11)

Valgaerts en Machiels merken ook op dat het Hebreeuwse woord "ayin" zowel oog als bron betekent. In de Keltische visie, net zoals in de Hebreeuwse en andere godsdiensten, ontsprongen er in het aardse paradijs vier rivieren, wat impliceert dat er ook vier bronnen waren. Bovendien lijkt een semantisch verband tussen "age" en ayin mogelijk.
Als excursie bij dit thema kan het misschien genoteerd worden dat Mestdagh bij zijn constructies rond Avebury en Stonehenge(12) eveneens die oogstructuur aanstipte.

Zoals gezegd kan deze oog-symboliek toegepast worden op de structuren in en rond Avebury. Centraal in dit complex staat de Silbury Hill, op jongere datum gebouwde heuvel (in vergelijking met de andere structuren te Avebury), wiens "jeugd" mogelijk kan verklaard worden doordat de huidige heuvel de tweede is die men daar heeft moeten bouwen. De heuvel was waarschijnlijk niet goed bestand tegen een intensief gebruik, zoals we tot op heden kunnen waarnemen. In de Oudheid werd hij waarschijnlijk zeer intensief gebruikt.

Het woord "Silbury" (van de gelijknamige heuvel) vindt zeer waarschijnlijk zijn oorsprong bij de godin Sul (ook bekend als Sele, Seale, ... allemaal woorden die als "sil" worden uitgesproken). Sul was bovendien een godin die op heuvels boven bronnen vereerd werd. De Romeinen stelden die godin gelijk met hun Minerva. De godin is de Romeinse tegenhangster van de Griekse Athena, een godin die bekend staat omwille van haar krachtproef met Poseidon. Toen men de stad Athene een naam moest geven, mat Poseidon zich met Athena in een krachtproef om met die stad vereenzelvigd te worden. De twaalf goden van de Olympos zaten als jury en besloten dat degene die het nuttigste geschenk aan de stad zou geven, eveneens het recht had om zijn naam aan de stad te geven. Poseidon dreunde met zijn drietand op de aarde en een paard kwam te voorschijn; Athena deed een olijfboom groeien, een daad die haar de overwinning bezorgde. Het is dan ook niet zo verwonderlijk dat haar prachtigste tempel, het Parthenon, zich op een heuvel bevindt.

(11) Mestdagh. *Atlantis*. p. 114-115.
(12) Mestdagh. *o.c.* p. 140.

Ook de vrijmetselarij bedient zich van het oogmotief, zelfs in samenhang met een driehoek. Zij plaatsen het oogmotief boven een driehoekige piramide, zoals nog steeds gezien kan worden op dollarbiljetten. Een oog binnen een driehoek heeft de symbolische betekenis van de wijsheid van de Heilige Drievuldigheid. Heilige drievuldigheden komen in vele godsdiensten voor. De christelijke is bij ons uiteraard de meest bekende. Bij de Egyptenaren was er een heilige drievuldigheid van Osiris, Isis en Horus; bij de Grieken had men Zeus, Poseidon en Hades; de Kelten hadden Odin, Thor en Baldur. De Fenische aardgodin, Tanith, verpersoonlijking van moeder Aarde, wordt afgebeeld als een driehoek met daarboven een cirkel, waarin men soms twee punten voor de ogen en een streep voor de mond tekende. Waar cirkel en top van de driehoek elkaar raakten, tekende men soms ook twee armen, L-vormig naar de hemel gericht.
Een oog binnen een stralenkrans, zoals het ontwerp van de koninkrijken van Atlantis (waarin Ovaal I dus als oog fungeert), stelde symbolisch God voor.

Het oogmotief kan eveneens verklaard worden als een zonmotief. Dit is niet zo verwonderlijk aangezien de zon het mogelijk maakt (door middel van haar uitstraling, d.w.z. licht) dat wij kunnen zien (met onze ogen). Dit nauwe verband tussen de zon en het oog zal onze voorvaderen zeker niet ontgaan zijn. Het ontwerp van de tien koninkrijken moet dan verklaard worden als volgt: het centrale koninkrijk symboliseert de zon, terwijl de grenzen (en eventueel de mediolanen) van de andere negen koninkrijken dit keer eveneens een stralenkrans symboliseren, net zoals bij de oogmotief-interpretatie, dit keer echter de stralenkrans van de zon.
De Grieken beschreven de zon als het “oog van de wereld”, ook wel eens het “oog van Jupiter”.

Symbolisch kan je de vergelijking maken dat wij onze ogen sluiten als de zon ondergaat, terwijl wij ze weer openen als de zon weer opkomt. De dageraden en zonsondergangen op bepaalde dagen waren voor de Kelten en andere volkeren belangrijke sociale en zeer waarschijnlijk ook religieuze gebeurtenissen.
In tegenstelling tot vele opvattingen, werd de zon door de oude culturen als vrouwelijk beschouwd, niet als mannelijk.(13) Hoewel de astronomie en biologie nog vele geheimen moeten prijsgeven aan de astronomen en biologen, kan men (voorzichtig) de zon beschouwen als de bron van ons zonnestelsel en als de bron van (bijna) alle leven op aarde.

(13) Devereux, Paul. *Symbolic Landscapes.* Gothic Image, 1992.

Binnen deze context is het hoogst interessant dat Mestdagh op de tumulus van Petit-Mont twee voetzolen zag afgebeeld. Mestdagh haalde Pierre Mereaux' opvatting aan dat dit wel eens het proto-Keltische woord "sul" kon zijn, een woord dat zoveel betekent als voetzool, maar ook zon en oog. Dr. Hans Rudolf Hitz vertaalt "sul" als "ster".

Auteurs zoals Michael Dames en Paul Devereux(14) menen dat een oogstfeest gehouden werd ter ere van de bovengenoemde godin Sul, onder andere op en rond Silbury Hill. Noteer dat het woord "oogst" ook het woord "oog" bevat. De oogstmaand was de achtste maand van het jaar, augustus, een maand die eveneens "aug" als toponiem bevat (bij de Romeinen was de oogstmaand de zesde maand van hun kalender; hun achtste maand was oktober).

Naast een vergelijking met het zon-motief, dient er zich ook een vergelijking met het ei-motief aan. Het ei van een dier is ofwel ovaal- ofwel cirkelvormig, twee vormen die veelvuldig zijn toegepast bij het uitbouwen van Atlantis. Het ei wordt eveneens als vrouwelijk geïnterpreteerd (bijvoorbeeld: de vrouwelijke eicellen) en is uiteraard ook een bron van leven. Het is misschien puur toeval, maar "ogonium" (Grieks-Latijn) betekent zoveel als de "cel waaruit een eicel ontstaat"; "oogenesis" (Grieks) betekent eicelvormig.

Ook de symboliek van het wiel is hier van toepassing. Het spinnewiel, bijvoorbeeld, brengt al draaiend iets voort, net zoals de zon al draaiend (althans bekeken vanuit het standpunt van de mens op aarde) bepaalde zaken voortbrengt. Meest prominent onder deze zaken is misschien wel het voedsel voor de mens, zaken die afhankelijk zijn van de seizoenen. Binnen die interpretatie stelt koninkrijk 1 dan de as van het wiel voor, terwijl de grenzen (en mogelijk ook de mediolanen) de spaken van het wiel voorstellen.

---

(14) Devereux. *o.c.* met verwijzing naar Michael Dames.

HOOFDSTUK IV

EUROPA EN MEROPE

Ik zou dit hoofdstuk willen aanvangen met een raadseltje op te geven, het laat zich vertellen in twee versies:
Een eerste versie zouden we de hedendaagse kunnen noemen:

Frankrijk bevindt zich niet in Europa, het is Europa dat in Frankrijk ligt.

Een tweede versie stemt meer overeen met de inhoud van mijn Atlantisboeken:

Atlantis bevond zich niet in Europa, het was Europa dat zich in Atlantis bevond.

Dit raadseltje zal de lezer straks duidelijk worden.

In afwachting van de volledige oplossing van het mystiek probleem gecreëerd door de twee reusachtige ogen van de godheid Gargantua, die misschien wel de taak had de kosmos in het oog te houden, hebben we toch een middel gevonden om een bijzonder leuke etymologie voor de naam Europa of Europe uit de doeken te doen.
De Griekse mythologie wil ons al 3000 jaar lang wijsmaken dat Europa de dochter zou zijn geweest ofwel van Phoenix ofwel van Agenor, koning van Fenicië.

Haar schoonheid zou de oppergod Zeus hebben verleid; hij benaderde haar in de vorm van een witte stier en ontvoerde haar naar Kreta, waar zij de moeder werd van Minos, Rhadamanthys en Sarpedon.
De lezer zal reeds de naam hebben bemerkt van Agenor en ook van het land Fenicië of van een vogel, de feniks.

Keren we nu terug naar ons Europe of Europa.
Wij gebruiken daartoe opnieuw de Oudgriekse taal die zo dicht bij het oeroud Indo-Europees stond.

Het Griekse woord Europe kunnen we scheiden in "Eur" en "ope". Denkend aan de opticien die onze ogen verzorgt, zien wij dat het tweede lid zich makkelijk laat vertalen als oog.
Voor de vertaling van het eerste lid onderscheiden we twee mogelijkheden:
• breed, wat zich in de breedte uitstrekt, bijvoorbeeld gezegd van ogen die wijd uit elkaar staan;
• een oosten of zuidoostenwind, d.w.z. iets dat in verhouding staat met de oostenwind of met het oosten.
De tweede combinatie oog en oosten lijkt me bijzonder toepasselijk. Europe of Europa zou dan betekenen: het oostelijk oog.

Dat de naam van Europe of Europa zo goed is overgeleverd en bewaard is gebleven, kan ons niet verbazen daar het in feite dit oostelijk oog, Europe, is dat in de prehistorie getransformeerd werd tot het Atlantis, dat wij in ons eerste Atlantisboek hebben voorgesteld.
Dit primitieve Europa vormde dus oorspronkelijk de kern van Atlantis!

Zo is het raadseltje opgelost!
Het is wel Europe, Europa, het oostelijke oog, Ovaal I, Atlantis, dat zich bevindt in Frankrijk!

DE NAAM MEROPE

Van Merope, een ander mythologisch begrip, beweert men dat zij de dochter was van Atlas (!). Zij was de vrouw van Sisyphe, de legendarische koning van Ephyra in Corinthië. Het was die Sisyphe of Sisyphus die in de mythologie bekend stond als de specialist in het omhoog rollen van zware stenen en die terzelfder tijd ook de sluwe vader was van de niet minder sluwe Odysseus. Haar schoonvader was Eolus, de god der winden.

Voel je het? Ons verhaal heeft opnieuw te maken met de wind, en nu zelfs rechtstreeks met de god der winden. En Sisyphus is de koning van Ephyra. Maar dit lijkt zo goed op Zephyra. En de Zephyr is de westenwind.
En Merope was de dochter van Atlas, de oudste koningszoon van Poseidon. En Poseidon was de oprichter en de eerste koning van Atlantis.

Samenvattend kunnen we stellen dat Merope iets of alles te maken had met Atlantis, met de winden en voornamelijk met de westenwind en met iemand die vergeefs probeerde een muur, een borstwering van rotsblokken op te trekken.

De naam Merope zelf laat zich ontleden als volgt:

Meros = deel
ope = oog

We lezen dit als "deel van oog"!

We kunnen stellen dat Merope betekent: het gedeeltelijk oog. Het westelijke oog rondom Aizenay zou dus een gedeelte van een oog moeten voorstellen. En inderdaad! Dit komt uit! Dit Merope, beschouwd als een wel omschreven territorium, stelt een ander legendarisch rijk uit de mythologie voor!

HOOFDSTUK V

DE OGEN VAN HORUS

De ogen van de wereld, van de aarde of van Gargantua die wij konden terugvinden en traceren op het grondgebied van het huidige Frankrijk, bestaan ook, alhoewel op een veel kleinere schaal, in het Engelse landschap rondom Stonehenge en Avebury.
Heel die raadselachtige ogenparade met de erbijhorende gelijkzijdige driehoeken en de catastrofe of het ongeluk waarvan één der ogen het slachtoffer was geworden, vestigde onze aandacht op het verhaal van de ogen van Horus uit de Egyptische mythologie: het oog van de Maan en het oog van de Zon!
Horus, de zonnegod uit het oudste Egypte, uitgebeeld en gesymboliseerd in een valk of een gevleugelde zon.
Volgens de mythe zou Horus in de strijd met Seth, tijdelijk het oog hebben verloren dat de maan voorstelde.
Het andere oog, dat niet werd getroffen en bewaard zou blijven, was het oog van Re, het oog van de zon.

In dezelfde cyclus van legenden, geeft Geb, de God van de aarde, Egypte ten geschenke aan Horus.
Houden we hier nu rekening met de volgende feiten:
In het vierde millennium vóór onze tijdrekening komt een onbekend volk met een hoge cultuur Egypte binnen en neemt er de macht. Het zogenaamd pre-dynastieke ras.

Dit volk wordt later bekend als het volk der Horusvereerders.
Rond 3000 v.Chr. bestaat in Egypte een stad "This", die de hoofdstad is van bepaalde lieden, vreemdelingen waarover men verder niet veel weet.(15) De steden in de Nijldelta aanbidden Harmerti, "Horus met de beide ogen."

---

(15) De god van de stad "This" is, misschien niet toevallig, Horus, die tevens de "stadsheilige" was van de stad Edfu – f.c.

Rond 2900 v.Chr. begint ook in Egypte het maniakale zeulen met reusachtige steenblokken, zoals dit in West-Europa reeds minstens 1000 jaar aan de gang was.

Wij stellen dat het ging om een groep Atlanten die zich, nà de catastrofe van 4000 v.Chr., waarin een gedeelte van het rechteroog (Ovaal I*bis*) verloren was gegaan, in Egypte hadden gevestigd.

Een beperkte groep, in elk geval, want zij voelden zich verplicht om na een paar generaties de taal van het land, het Oud-Egyptisch, over te nemen. Maar deze groep die een ontzaglijke cultuur had meegebracht, zou er vlug in slagen zijn god Horus met alles wat erbij hoorde, zoals ook de reusachtige constructies in steen, aan de Egyptenaren op te leggen.

Een ander zeer oud Egyptisch verhaal dat een zelfde dualiteit verraadt als in Pre-Atlantis "oog-ei", is dit van de mythe van de acht goden die een ei schiepen, dat zij op de oer-heuvel plaatsten. Uit dit ei kwam Re voort, de oog-god, die op zijn beurt de wereld schiep.

Hiermee wordt ongetwijfeld het oostelijke oog, de Ovaal I, bedoeld! Dit laatste verhaal doet ons denken aan het systeem der 8 cromlechs, die, zoals wij hier in het tweede hoofdstuk van het tweede deel zullen zien, rondom het centrum van Ovaal I en van Atlantis waren opgetrokken.

Alhoewel de afstand die deze cromlechs van Sens scheidde 475 km bedroeg (of 3000 – 300 – 30 = 2670 stadiën), is het feit dat al die afstanden tot Sens gelijk zijn aan elkaar en dat de hoeken gevormd door twee naast elkaar gelegen cromlechs telkens 45° bedragen, merkwaardig genoeg om hier een verklaring te vinden. In het midden tussen de acht grote cromlechs bevond zich de legendarische heuvel van Clito en rondom die heuvel, d.w.z. rondom Sens, was het Zonneoog afgetekend met zijn systeem van cirkels die de iris en de pupil aangaven; diezelfde aftekening die door de ter plaatse gebleven Atlanten "Europe" werd genoemd, en die ik met mijn twintigste-eeuwse rationalisme Ovaal I zou heten.
Dit wijst op een Atlantis-planning die tot het vierde millennium behoort: nà de catastrofe van 4000 v.Chr., maar vóór het vertrek naar Egypte, Klein-Azië en Indië.

Dit alles betekent dat de basis van de Egyptische mythologie een geestesprodukt van de Atlanten is.
Dit verraadt een migratie die moet dagtekenen uit de eerste helft van het vierde millennium (4000-3500).
Een emigratie die wij kunnen beschouwen als een reactie op de verwoestingen die ook in Europa waren aangericht door de universele, d.w.z. bijbelse zondvloed.

Rekening houdend met deze inzichten kunnen wij stellen dat de in Egypte heersende klasse en ook die van de oostwaarts gelegen streken afstammelingen waren van de overlevenden van het oog van de maan, dat oorspronkelijk was opgetrokken geworden tussen het huidige Carnac en La Rochelle.

EVOLUTIE VAN DE WOORDEN OOG EN EI

In de periode waarin allebei de oogconstructies intact waren (periode die we van 6000 tot 4000 voor Christus dateren), kende men enkel het woord oog of ogen. Het oostelijk oog heette Europa, het westelijk mogelijk (Z)Ephyrope.

Met de zondvloed van ongeveer 4000 voor Christus, bestond het oostelijk oog niet langer. Men noemde het andere oog nog steeds Europa, maar ook al "cycloop". De naam van het westelijk oog wordt door de tand des tijds vergeten en wordt Merope, het gedeeltelijk oog genoemd. Misschien begon men nu over "ei" te spreken.

Nadien won het begrip "ei" het steeds vaker van het "oog", zoals het woord "eiland" hiervan getuigt. Nog later zou "ei-land" de betekenis krijgen van een land omgeven door water.

OGEN VAN HORUS

Volgens de Egyptische legendarische koningslijst was Horus de laatste god die op aarde over Egypte regeerde voor het begin van het dynastiek tijdperk. De Egyptenaren gaven dan ook de eer van het verenigen van de twee delen van Egypte aan Horus en niet aan Menes I, zoals vele hedendaagse historici doen. Aangezien Horus de laatst regerende god was, werden alle faraos gezien als opvolgers van Horus die op de troon van Osiris, Horus' vader, zaten.

Er is uiteraard enorm veel materiaal beschikbaar over Horus, maar enkele teksten zijn toch zeer frappant als we ze bekijken met Mestdaghs theorie in ons achterhoofd. Eén van de legenden verhaalt hoe Horus één van zijn twee ogen verloor in een strijd met Seth, de linguïstieke voorvader van de christelijke duivel, Satan. Osiris en Isis, hoewel broer en zus, hadden elkaar lief, dit zeer tot misnoegen van Seth, een andere (vierling-)broer, die Osiris vermoordde en zijn lichaam in stukken sneed en deze stukken verspreidde over heel Egypte. Isis, met behulp van de god Thoth, zocht alle stukken (behalve één, de penis) bijeen, en had geslachtsgemeenschap met zijn lichaam nadat ze een penis uit bepaalde materialen had vervaardigd. Isis raakte als gevolg van deze geslachtsgemeenschap in verwachting en besloot om te vluchten naar een veilige(re) plaats om te bevallen van haar kind, Horus. Diens geboorte werd uiteraard angstvallig verzwegen voor Seth. Horus kon inderdaad opgroeien zonder geconfronteerd te worden met Seth en besloot om zijn vader te wreken. Tijdens deze strijd met Seth verliest Horus echter een oog, net zoals Ovaal I*bis* verloren gaat in een strijd met het water.

Er bestaat ook een legende die verhaalt hoe Horus uit de Grote Piramide probeerde te ontsnappen, verkleed als ram, maar door een andere god betrapt en geslagen werd, waarbij Horus het zicht verloor.(16) Het is alsof deze legende getekend staat op het oppervlak van Frankrijk. Het linkeroog is inderdaad gesitueerd net buiten de Franse Grote Piramide, alsof het erbuiten wil kruipen, een indruk die versterkt wordt als de driehoek Sens-Aizenay-Entraygues-sur-Truyère geïnterpreteerd wordt als het hoofd van Horus. De zijde Aizenay-Entraygues-sur-Truyère ligt inderdaad buiten de piramide en kan geïnterpreteerd worden alsof de driehoek uit de piramide tracht te sluipen. Het oog dat erbuiten kruipt, Ovaal I*bis*, is dat oog wat het eerst kwetsbaar is voor een aanvaller, het oog dat de slag(en) incasseert, dat verwoest werd door het water. Met het water dat een oog verwoest is het misschien niet verwonderlijk dat de Egyptenaren later het symbool voor het "Oog van Horus" langzaam veranderden in een boot. De betekenis van "verkleed als ram" is vrij onduidelijk, hoewel het teken van de ram, een teken van de Egyptische zodiak, geïdentificeerd wordt/werd met het westen, de kant waar het oog inderdaad tracht buiten te sluipen.

De Egyptenaren gaven aan Horus ook de titel "Gezicht aan de Horizon". Hoewel Frankrijk vrij ver verwijderd is van Egypte, is het wel zo dat Frankrijk (ten dele Engeland) het laatste stuk land was voor de Atlantische Oceaan. De Egyptenaren situeerden het land van Horus inderdaad in het westen, met aan de oostkant ervan het "meer van riet". Ten oosten hiervan lag het land van Seth, wat vereenzelvigd werd met "Azië", wat in de Oudheid in feite de gebieden van het huidige Irak tot Pakistan/Indië betekent. Als we aannemen dat beide broers even veel "grond" kregen, dan betekent het inderdaad dat Horus' grondgebied zich uitstrekte tot aan de Atlantische Oceaan.
Hoewel Horus door sommigen wordt geïdentificeerd met de rijzende zon,

(16) Sitchin, Zecharia. *The Wars of Gods and Men*. New York: Avon books, 1983.

is het juister hem te identificeren als zonnegod, wat inhoudt dat hij zowel rijst als daalt.
De Egyptische naam voor Horus is "heru", waar het Engelse woord voor "held", hero, op terugslaat. De Griekse helden werden beschouwd als halfgoden, wat zoveel betekent dat één van hun ouders een "sterveling" was, een mens, de andere ouder een god. Na Horus en vóór farao Menes I werd, volgens de legendarische koningslijsten, Egypte geregeerd door een aantal halfgoden, die de Kompanen van Horus werden genoemd. Een treffend voorbeeld is hoe Merope, een godin, en Sisyphus, een gewone sterveling, een dochter baarden, Pleione, die later zou huwen met Atlas, koning van Atlantis.
Eens te meer stuiten we op Merope en Sisyphus en een direkt verband met Atlantis.

Buiten Egypte waren er ook andere éénogige goden. De Noorse god Odin offerde een oog op om het voorrecht te verkrijgen om van het Water der Kennis te mogen drinken. De Griekse mythologie kent Polyphemus, zoon van Poseidon, die vuur in een oog kreeg en daarom rotsen in zee wierp, rotsen die reusachtige golven veroorzaakten. Kan die Griekse legende, net zoals de Egyptische legenden, een personificatie zijn van een waar gebeurd verhaal?

Horus of Odin zijn niet de enige éénogige goden en koningen in en rond Atlantis. De verminkte Gargantua zou in en rondom Atlantis blijven voortbestaan in:

- Bij de Kelten: Yspaddaden Penkaur-Cyclope
- In Ierland: Balor
- Bij de Germanen: Odin
- Bij de Vikingen: Wodan
- Bij de Romeinen: Horatius Cocles
- Bij de Egyptenaren: Horus

Naar een kosmische verklaring van de geogliefen

Mestdaghs geogliefen, uitgetekend op het landschap van Frankrijk, zijn niet de enige reusachtige geogliefen die men aantreft. Hoewel de meest bekende geogliefen die rond Glastonbury, Cerne Abbas (Groot-Brittannië), Rennes-le-Château (Frankrijk) en Nazca (Peru) zijn, zijn die bijzonder kleinschalig in vergelijking met Mestdaghs en andere geogliefen. Zecharia Sitchin(17) vond zulke geogliefen terug in Mesopotamië en Israël/Egypte, geogliefen die door mijzelf zijn uitgebreid en die aldus meer informatie hebben opgeleverd in verband met oude culturen.(18)
Maurice Chatelain vond een geoglief in de vorm van een Maltezer kruis terug in de Egeïsche Zee,(19) een geoglief die verbonden is met een andere geoglief op het vasteland van Griekenland (door mijzelf gevonden(20)) via een rechte lijn die loopt van Jeruzalem tot Istres (en verder over Frans grondgebied waarop de lijn verdwijnt in de Atlantische Oceaan), waar deze lijn de Franse Grote Piramide raakt. Die rechte lijn uit Jeruzalem past bovendien in mijn uitgebreide versie van Sitchins constructie.
Men gebruikte cirkels, lijnen en driehoeken zowel in Mesopotamië, Griekenland als in Frankrijk/Atlantis, hoewel de methodes enkel analoog en niet identiek zijn.(21)

Sitchin, na een analyse van de Sumerische legendarische teksten, rapporteert dat die geogliefen gebruikt werden als navigatie-patronen door ruimtevaartuigen. Chatelain meent eveneens dat dat de meest logische uitleg is. Hijzelf was aanwezig toen soortgelijke driehoeken en lijnen getekend werden op kaarten van de Stille Oceaan, ter berekening van de plaats waar de Apollo-ruimtevlucht-capsules het best zouden neerkomen bij hun terugkeer naar de aarde. Het voordeel van zulke landingen op het land (zoals de Russen verkiezen en zoals de Amerikanen doen met de space shuttle) is dat men ze werkelijk kan uittekenen op het land (indien men dit zou wensen uiteraard).
Het is duidelijk dat er bijzondere kennis vereist was om zulke gigantische geogliefen te construeren. De meest "eenvoudige" constructie-methode is

---

(17) Sitchin, Zecharia. *The Twelfth Planet*. Avon Books, 1976. (Nederlandse editie: *De Twaalfde Planeet.*) *The Stairway to Heaven*, Avon Books, 1980.
(18) Coppens, Filip. *One equals three.* In: *Viewed From Above*, Nummer 2.5.
(19) Chatelain, Maurice. *Our Cosmic Ancestors.* Temple Golden Publications, 1988.
(20) Coppens, Filip. *Atlantis: Mestdagh's theory on a lost civilization*, 1993. Oorspronkelijk gepubliceerd in "City Networks".
(21) Sitchin, Zecharia. *The Twelfth Planet*. p. 301-303.

met behulp van een synchronische satelliet op de breedtegraad van het centrum van de structuur/geoglief plus een door de lucht vervoerde navigatie- en afstands-radar, met metalen reflectoren geïnstalleerd op een afstand die overeenkomt met de lijnen van de geoglief. Het is mogelijk dat er een andere methode is/was om dit huzarenstuk te construeren; het is een ons tot op heden in elk geval onbekende methode.

Hoewel ze mogelijk/waarschijnlijk dienden als navigatiepatronen, meen ik dat de vaak zeer doorgedreven symboliek die in de patronen verwerkt is, ook bedoeld was om iets uit te beelden, zoals bijvoorbeeld een scheppingsmythe of bepaalde delen ervan (cf. oogsymboliek). Mijn onderzoekingen in dit gebied staan echter nog niet ver genoeg om hier al zulke mogelijke interpretaties naar voren te schuiven. Het blijft daarom, tot nadere vondsten, slechts speculatie dat ze meer zijn dan louter navigatiepatronen.

Mestdagh suggereerde dat oogstructuren mogelijk "reusachtige antennesystemen (waren) om signalen op te vangen". In geheel Mesopotamië zijn er inderdaad meerdere beeldjes gevonden waarvan de ogen uitgesproken groot zijn (onder andere die van Tell Brak). Men noemde die beeldjes "teraphim", een term die men niet echt weet te vertalen. De teraphim werden aanschouwd als beeldjes waardoor men in verbinding kon staan met God. De bijbelse Abraham, afkomstig uit Mesopotamië, was één van degenen die ze hiervoor gebruikten. Ikzelf heb ze de naam "talking heads" meegegeven. Indien ze inderdaad zouden dienen om bepaalde signalen op te vangen (al dan niet uit de ruimte) of om uit te zenden, zou dit (alweer) met behulp van een ons onbekende techniek zijn geweest.

TWEEDE DEEL

DE MILITAIRE INFRASTRUCTUUR VAN ATLANTIS

HOOFDSTUK I

DE KOLOMMEN VAN HERCULES

DE UITDRUKKING "KOLOMMEN VAN HERCULES" IN DE OUDE TEKSTEN

Wanneer wij de teksten van Plato, Herodotos, Aristoteles en Apollodoros herlezen die in verband staan met de zogenaamde Kolommen van Hercules, stellen we het volgende vast: Plato citeert verschillende keren die fameuze Kolommen, zonder echter ooit iets te verraden nopens hun aard of ligging. In de Timaeus, 24c en 25c, plaatst hij de Kolommen vóór of binnen iets.
In de Kritias herhaalt Plato zijn vermeldingen: 108e, 114c, d en e, maar ditmaal situeert hij de Atlanten die voorbij de Kolommen woonden; of, om de Koninkrijken van Atlantis te situeren schrijft hij dat ze zich bevonden langs de zijde van de Kolommen van Hercules. En om aan te duiden dat de Atlanten gebieden hadden veroverd buiten Atlantis zal Plato schrijven: "*Zij regeerden ook over gebieden die zich aan deze zijde van de Kolommen van Hercules bevonden, tot aan Egypte en Tyrrhenië.*"
Herodotos, die Plato drie generaties voorafging, schrijft: "*De Kelten wonen aan de andere zijde van de Kolommen van Hercules.*"
Aristoteles herinnert er aan dat er in de buitenzee, verder weg dan de Kolommen van Hercules, een slijkerige zee bestond. En Apollodoros vertelt ons dat de Kolommen van Hercules niet ten westen van Griekenland waren gesitueerd, maar ten noorden ervan, in de gebieden bewoond door de Hyperboreeërs.

DE DOLMENSVELDEN

Bij mijn onderzoek naar de topografische littekens die, zoals hierboven in het eerste deel beschreven, door het Prehistorisch Rijk in West-Europa waren nagelaten, heb ik kunnen vaststellen dat veel megalieten, waaronder heel wat dolmens, langs of bij de lanen en ovalen waren geconstrueerd.

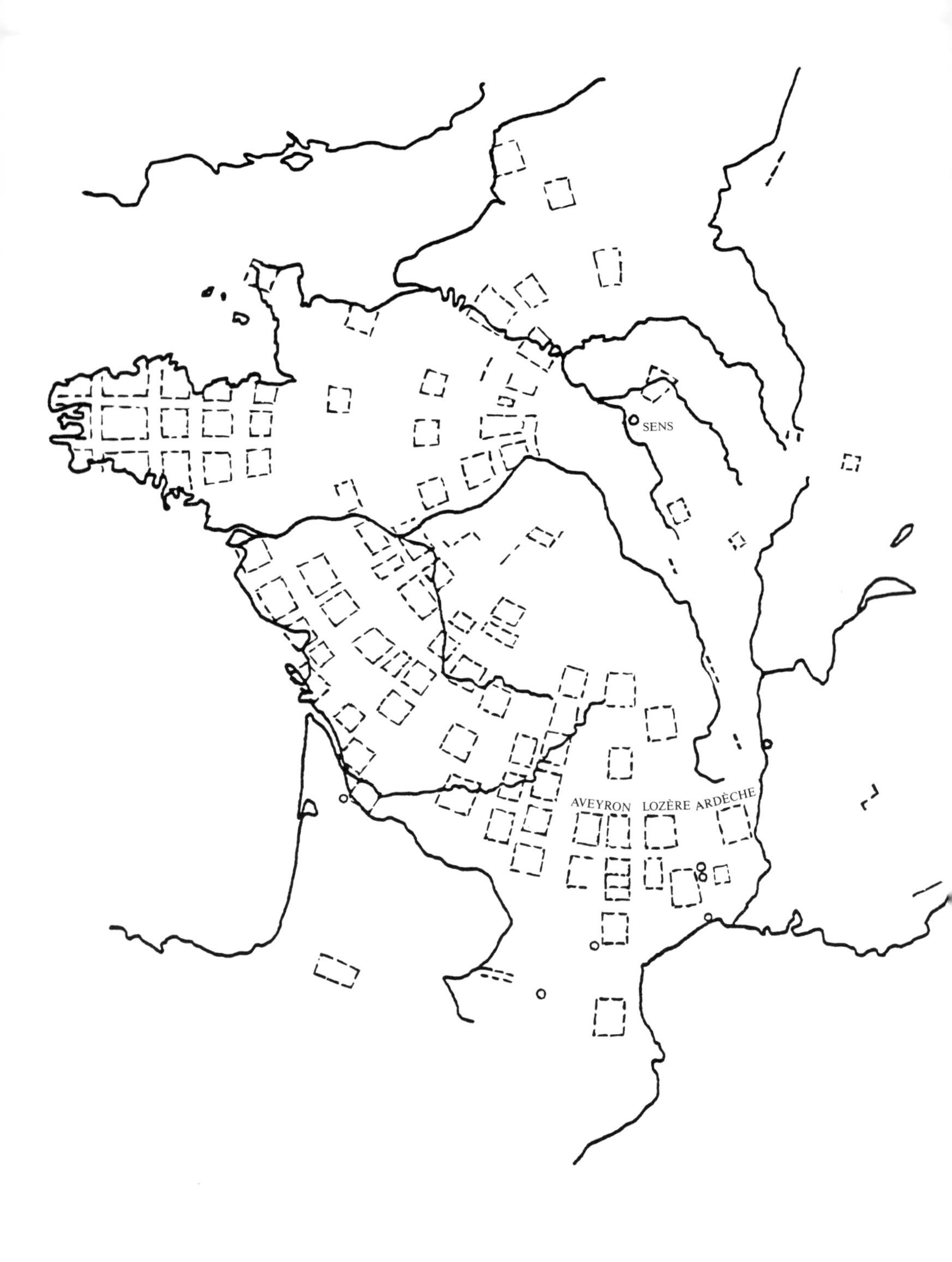

Fig. 13. De kolommen van Hercules. De dolmensvelden van Hercules.

Uit deze vaststelling ontsproot de idee, dat eertijds bepaalde concentraties van dolmens hadden bestaan, die ware velden of parken van deze megalieten hadden gevormd. Toen ik die hypothese kon verifiëren, had ik de grenzen tussen de koninkrijken reeds teruggevonden en ook de mediolanen vastgelegd.
Als basismateriaal voor de verdeling van de dolmens gebruikte ik de lijst van de megalieten zoals opgegeven door de "*Revue Archéologique*" van 1878. Die gegevens werden overgebracht op geografische kaarten op schaal 1/200.000. Geïnspireerd door het grote aantal dolmens dat voorkwam in de Franse departementen van de "Ardèche", de "Lozère" en de "Aveyron", begon ik in dit gebied te zoeken naar mogelijke dolmensconcentraties.

De "Ardèche", de eerst onderzochte streek, gaf, zoals later zou blijken, onmiddellijk de oplossing van het probleem en steunde aldus de werkhypothese: alle dolmens van het gebied bevonden zich in een soort reusachtig geïsoleerd vierkant, waarvan de zijden gevormd werden door lanen en aan Ovaal IV evenwijdige ovaalstructuren.
De zijden van dit vierkant waren ca. 35 km of 200 stadiën lang. Dit eerste vierkant wordt benaderend begrensd door de plaatsen: Valgorge, St-Ambroix, Aubenas, Bourg-St-Andéol.
Rondom dit eerste veld of park, dat blijkbaar eertijds aan de dolmens was voorbehouden geweest, treffen wij open ruimten of doorgangen aan, die ruim 40 km breed zijn en waarin geen dolmens voorkomen, met uitzondering dan toch van twee spelbrekers in Chasserades, dat zich evenwel ook op 20 km afstand bevindt. Nochtans zijn twee voornoemde dolmens ook gelegen op dezelfde ovaalstructuur, die ook al de noordgrens vormt van het voornoemde dolmensveld van de "Ardèche".
In de "Lozère" en de "Aveyron", de twee departementen gelegen ten westen van de "Ardèche" en van ons eerste dolmensveld, werden vervolgens drie andere dolmensvelden geïdentificeerd.
Hun noord- en zuidwaartse grenzen bevinden zich op dezelfde ovaalstructuren die reeds als grenzen hadden gefungeerd voor ons eerste dolmensveld van de "Ardèche".

Tussen die dolmensvelden waren er eerder nauwe doorgangen, die evenwel in de loop van ons onderzoek een zeer grote betekenis zouden krijgen, wat een overtuigend bewijs leverde voor het waarachtig bestaan van die doorgangen.
Bij wijze van controle werd Bretagne op een andere manier onderzocht. Met opzet gingen wij daar de stroken onderzoeken die vrij schenen van dolmens. Tenslotte zou blijken dat heel Frankrijk gelijksoortige concentraties van dolmens vertoonde.
Ook buiten Frankrijk werd gecontroleerd.

In België verraden een paar megalietenopstellingen in de buurt van Marche, in de Ardennen, een zelfde patroon.
In Nederland vormen de dolmens van Drenthe een schoolvoorbeeld van een dolmensveld.

DE LAAN-DOORGANGEN TUSSEN DE DOLMENSVELDEN

Een nieuw en belangrijk begrip is dat van de laan-doorgangen.
Die laan-doorgangen vallen meestal samen met de laangrenzen en mediolanen van de Koninkrijken van Atlantis (2500-1200 v.Chr.).
De latere grenzen tussen de Keltische volken vielen eveneens samen met die doorgangen (650-50 v.Chr.). En dit was trouwens ook het geval voor bepaalde taal- en dialectgrenzen. Zo ook vormt de westgrens van het Nederlandse dolmensveld van Drenthe de taalgrens tussen de Nederlandse dialecten, van in het westen het Stellingwerfs, en naar het oosten toe het Drenths en het Gelders Overrijsels.
Op die doorgangen zijn ook de bekendste, belangrijkste en grootste cromlechs gesitueerd. Wij mogen hier al verklappen dat wij in de cromlechs de steunberen zien van de grote houten gebouwen die als een soort Maginotlinie "avant la lettre" door het leger der Atlanten bezet werden gehouden.

DE VELDEN VAN DE GEBEELDHOUWDE MENHIRS

Zoals we van de tekening kunnen aflezen, zijn de Zuid-franse "menhirs sculptés" eveneens geconcentreerd in een paar velden. Merkwaardig is wel dat, hoewel die menhirs uit een latere periode dateren (2500-1800 v.Chr.), zij toch in een zelfde patroon als de dolmens werden opgesteld.

DE COLUNNA OF KOLOMMEN VAN HERCULES

In Zuid-Europa worden de megalieten meestal colunna geheten.
Bij mijn onderzoek heb ik vastgesteld dat de overgrote meerderheid van de Franse toponiemen op Col en Coul zich op de ovaalstructuren bevond; die vaststelling is trouwens ook toepasselijk op de megalieten. Voor de Col-toponiemen waren vier verklaringen mogelijk: duiventillen, heilige plaatsen i.v.m. de heilige Columbanus, vestigingen van Romeinse colons of plaatsen waar megalieten of colunna, kolommen waren opgetrokken geweest.

De laatste mogelijkheid brengt ons vanzelf bij bepaalde oude teksten die het hebben over de Atlantengeneraals of maarschalken die Herculi werden genoemd, en de door hen veroverde gebieden met megalieten aftekenden: de Kolommen van Hercules waren de grensstenen van Atlantis. Daarom treft men ze ook overal aan. De eerste Kolommen van Hercules die vlakbij en rondom Atlantis waren opgetrokken, heten in ons onderzoek "dolmensvelden". Het zijn reusachtige configuraties van megalieten. Aangezien de Kelten binnen dit gebied woonden, werden zij aan de andere zijde van de Kolommen van Hercules gesitueerd. De gebeeldhouwde menhirs, die men voornamelijk in Zuid-Frankrijk aantreft, stellen een latere generatie van Kolommen voor.

Omstreeks 500 v.Chr. dragen in het Middellandse Zee-gebied allerlei monumenten en plaatsen de naam van Kolommen van Hercules: Monaco, Lyon, Gibraltar, Kaap Sunion (Griekenland), Tyr enz.

DE SLIJKERIGE ZEE

De aandachtige lezer blijft misschien zitten met de vraag wat dan de slijkerige zee voorbij de Kolommen van Hercules is. Het was Aristoteles, niet Plato die een regio voorbij de Kolommen van Hercules beschreef. Proclus schreef hierbij: "*Aristoteles vermeldt dat er slib is in de buitenzee, nabij de toegang, en dat op die plek het water ondiep en slijkerig is.*"
"Brache" is de naam voor stenen die in het water zijn gerold en die vervolgens terug boven water zijn gekomen. Het is bizar om vast te stellen dat de Franse vertaling van dit woord "kanaal" betekent.
Het gebied voorbij de kolommen was het Kanaal tussen Frankrijk en Engeland, de slijkerige zee die zo gevaarlijk voor maritiem verkeer was vanwege de vele rotsen die er lagen.

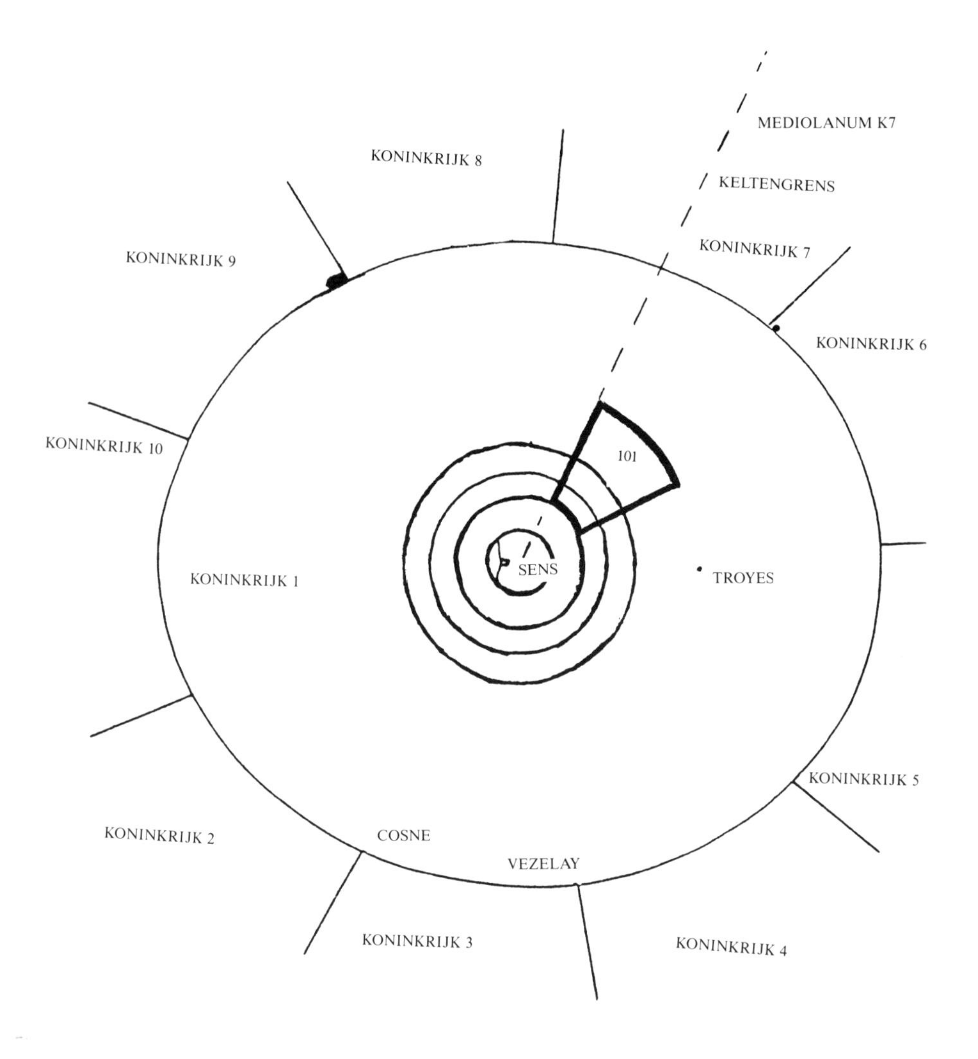

Fig. 14. De dolmensvelden van Koninkrijk 1.

Koninkrijk 1

Hier kunnen we met zekerheid één dolmensveld aanwijzen. De zijde ervan die met de grote cirkel rondom Sens samenvalt, is precies 35 km of 20 stadiën lang. Sommige dolmens van dit veld schijnen deel uit te maken van de zonnetempelstructuur die we eerder in dit boek aantoonden. Grensplaatsen van het veld zijn Méry-sur-Seine, Villenauxe-la-Grande, Nogent-sur-Seine, Marcilly-le-Hayer.
De richting door dit dolmensveld 101 aangewezen bevreemdt ons, aangezien in deze richting de dichtstbijzijnde zeeën, Noordzee en Oostzee, zich op 1000 km afstand bevinden. Toch menen we dat er een verband dient te worden gelegd tussen dit dolmensveld 101 en de dolmensvelden die we ver weg in de Koninkrijken 6 en 7 aantreffen. Dolmensveld 101 zou als het ware een getuige-dolmensveld zijn.
De vermeende dolmens die vanuit Sens in de richting Pont-sur-Yonne gesignaleerd worden, zijn moeilijk aanwijsbaar. Wel werd ons aldaar door de heer Prampart de plaats aangewezen naast de oude spoorlijn, waar een dolmen zou hebben bestaan. De kleine dolmen die nu nog te zien is op de berm, werd door de eigenaars van het terrein zelf vervaardigd.
Ook zoeken en navraag in Michery bij Pont-sur-Yonne naar de aldaar gesignaleerde dolmen bleef onvruchtbaar. De anders zo bereidwillige en goed ingelichte Fransen bleven er sprakeloos bij.
Ook in zuidoostelijke richting bestaat op het grondgebied van Dixmont, bij “la borde à la Gousse” nog een geïsoleerde dolmen. De naamgeving van dolmens in dit gebied is niet bijzonder fantasievol. Zo heet een dolmen van Marcilly-le-Hayer gewoon “Pierre Couverte”.

Menhir en dolmen zijn weinigzeggende benamingen (rechte steen, platte steen,...) voor megalieten. Een volkskundige benaming voor bepaalde megalieten is “dodenlantaarn”. Nochtans verschillen die stenen fysiek in niets van de andere megalieten.
Een dodenlantaarn werd ons door de burgemeester van de fusiegemeente Bourdenay-Trancault aangewezen in de muur van het kerkhof van Bourdenay.
Cromlechs vinden we niet zó dicht bij Sens, bij het centrum van het systeem. Wanneer we straks de theorie van de cromlechs zullen aangetoond hebben, zal die afwezigheid de lezer niet meer verbazen. Toch moet

ons hier al van het hart, dat het hele gebied van Sens deel uitmaakt van één reusachtige cromlech. De menhirs die in de buurt van de derde ringgracht bestaan en dit voornamelijk in de zuidwestelijke en noordwestelijke sectoren, maken trouwens deel uit van deze cromlech, waarvan wij bewezen dat hij de reusachtige Zonnetempel van de Hyperboreeërs voorstelt. Volledigheidshalve zouden we hier misschien al de aandacht kunnen vestigen op enkele dolmens, die vlak op of binnen Ovaal I de grens markeren met Koninkrijk 10. We bedoelen de dolmens van Erceville, Toury en Ruan.

Het is opvallend en bijzonder pijnlijk hoe in het gebied rondom Sens de laatste megalieten verdwijnen, zonder dikwijls één spoor na te laten. Frankrijk is de prachtigste bewijzen van zijn onovertroffen grootheid aan het vernietigen!

Hier kunnen we éénendertig dolmensvelden aanwijzen.
De grenslanen en de mediolaan fungeren als dolmendoorgangen. Grenslaan 41 wordt trouwens afgetekend door de Cromlech van Beaulieu (253) en de mediolaan door de Cromlech van Bordeaux (252). Opmerkelijk is het zich rijen langs Ovaal V van de dolmensvelden 214 (La Chapelle-Bâton), 215 (Niort), 216 (Ruffec), 217 (Confolens) en 218 (Limoges).
Even duidelijk is de straalsgewijze situatie van de dolmensvelden 222 (Tulle), 223 (Brive-la-Gaillarde), 227 (Rocamadour) en 229 (Cahors), dit langs de grenslaan die ook een dolmendoorgang was en veel later zelfs als Keltengrens fungeerde.
Ook de duidelijk afgetekende mediolaan door Bordeaux was een dolmensdoorgang die later door de Kelten als grens werd gebruikt en ook op taalkundig gebied aanleiding zou geven tot het ontstaan van een grens tussen verschillende substraten, zodat later aldaar de taalgrens tussen het Frans en het Occitaans ontstond.

De tekening van Koninkrijk 2 toont duidelijk aan dat de sector ten westen van het mediolanum een verdere verdeling in 2 en 4 gelijke hoeken vertoont, terwijl de sector ten oosten van het mediolanum in drie gelijke hoeken is ingedeeld. Een merkwaardigheid die we al hebben vastgesteld bij de onderverdeling van de laansectoren en die trouwens ook blijkt uit de onderverdeling van de twaalf sectoren binnen de Centrale Stad rondom Sens. Van de al vernoemde en besproken dodenlantaarns hebben wij er een elftal gevonden en onderzocht. Onderzoek dat voornamelijk gebeurde met het oog op de door ons gestelde structuren. Tot onze immense verbazing hoorden die elf monumenten alle thuis in Koninkrijk 2.

Het zijn de dodenlantaarns van:
271 – St Genou, Indre (M 68-7). Laan 39 3/8. Ovaal III. Op dolmendoorgang.
272 – Ciron, Indre (M 68-17). Laan 38. Aan littekens van dolmensveld.
273 – St-Agnant-de-Versillat, Creuse (M 72-8). Laan 37. Ovaal IV.
274 – Château-Larcher, Vienne (I.G.N. 34). Laan 39 7/8. Op dolmendoorgang.
275 – Oradour St-Genest, Haute Vienne (M 72-7). Laan 38. Op belangrijke dolmendoorgang.
276 – Rancon, Haute Vienne (M 72-7). Laan 37 3/8. Op fragment van dolmendoorgang.
277 – Fenioux, Charente Maritime (M 72-1). Laan 40. Op dolmendoorgang.

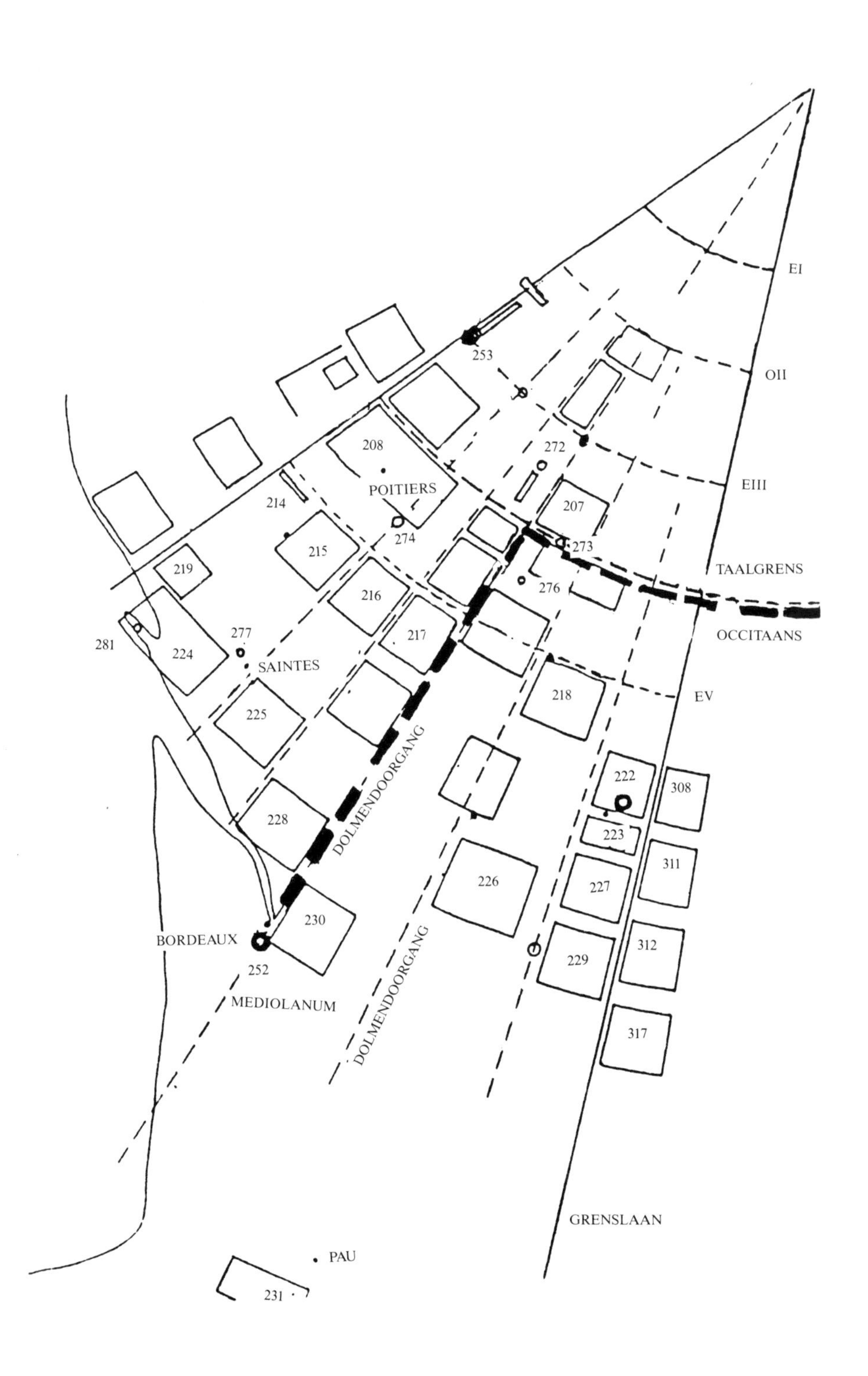

Fig. 15. De dolmensvelden van Koninkrijk 2.

278 – St Amand-Magnazeix, Haute-Vienne (M. 72-8). Laan 37. Op eerste buitengracht buiten Ovaal IV!
279 – St-Goussaud, Creuse (M 72-8). Laan 36.
280 – Cellefrouin, Charente (M 72-4). Laan 38.
281 – St-Pierre-d'Oléron, Charente-Maritime (M 71-13). Laan 41.

Het resultaat is duidelijk. Dodenlantaarns hebben iets te maken met dolmensvelden en dolmendoorgangen. Ze kunnen echt als een soort vuurtorens of wegwijzers gediend hebben.

Maar waarom liggen de ons bekende dodenlantaarns alle in Koninkrijk 2? Een ander feit dat ons tot nadenken stemt, is dat de grot van Lascaux en het complex van les Eyzies zich bevinden op een belangrijke dolmendoorgang van Koninkrijk 2!

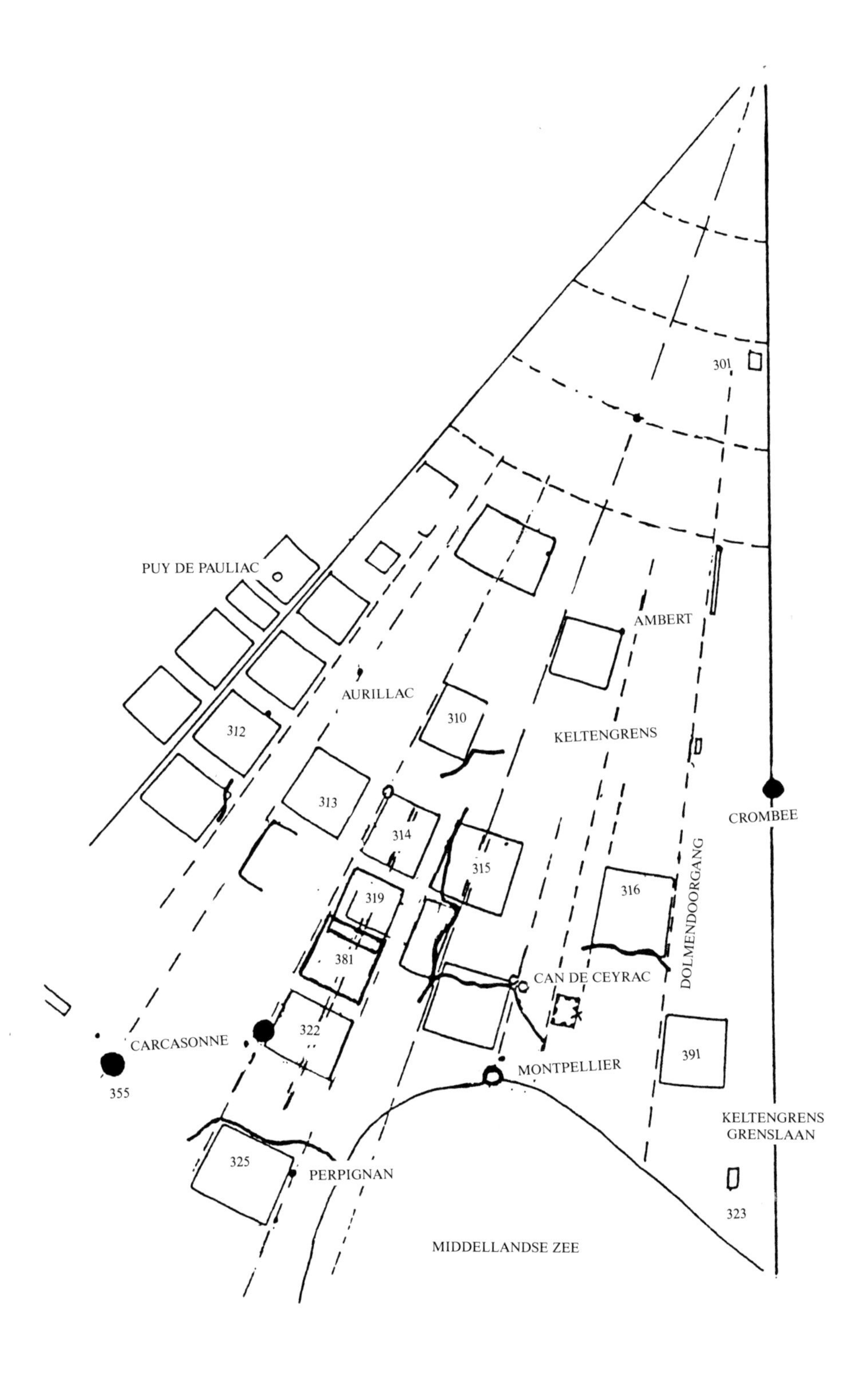

Fig. 16. De dolmensvelden van Koninkrijk 3.

Koninkrijk 3

Hier kunnen we 26 dolmensvelden aantonen. Het eerste door ons gevonden dolmensveld, dat van Aubenas, treffen we hier aan (316). Opvallend is ook het zich rijen der dolmensvelden langs een ovaallijn, 312 (Figeac), 313 (Rodez), 314 (Espalion), 315 (Mende) en 316 (Aubenas).
Ook de straalsgewijze opstelling van dolmensvelden 310 (St-Flour), 314 (Espalion), 319 (St-Affrique), 322 (St-Ponce), 325 (Perpignan) en 326 (Catalonië), is indrukwekkend. Het is trouwens in deze laatste rij dat zich later het menhirbeeldenveld 381 (Lacaune) situeert.
Het tweede menhirbeeldenveld 382 (Lédignan) dat 100 stadiën bij 100 stadiën telt, werd opgetrokken op een zeer brede dolmendoorgang, waar uiteraard nog geen megalieten stonden.
De noordgrens van beide menhirbeeldenvelden bevindt zich op een zelfde ovaallijn ten opzichte van Sens.
Alle cromlechs die in Koninkrijk 3 werden gevonden, staan op dolmendoorgangen, een paar cromlechs maken daarenboven ook deel uit van een ander systeem. Hier treffen we ook een eerste steentoponiemveld (391) aan, vlak bij Orange.
Wij weten niet of daar dolmens of andere megalieten voorhanden zijn, maar in elk geval zijn er merkwaardige steentoponiemen aanwezig.

Ook in dit koninkrijk zijn er drie dolmendoorgangen, die later fungeerden als grens tussen Keltische stammen. Let er ook op hoe hier beide helften verder in drie gelijke delen of sectoren werden verdeeld.
In dit rijk zijn er een paar interessante dolmens voorhanden. Er is bijvoorbeeld de half ingegraven Dolmen van Buzeins (314), waarvan het niveau van de tafel praktisch gelijk is aan het niveau van het terrein.
Of ook nog de dikwijls zeer merkwaardige naamgeving, zo lazen we bij Niel dat in het dolmensveld 325 van de Roussillon een dolmen genoemd is naar een legendarische figuur uit de streek: “caxa de Rotland”.
Merkwaardig is ook hoe allerlei onderlinge afstanden tussen de dolmensvelden gelijk zijn aan veelvouden van 100 stadiën. Zo valt hier bijzonder de afstandsmaat 500 stadiën op.
Een afstand die niet alleen gelijk is aan 88,8 km, maar ook gelijk is aan 20 oud-Franse mijlen van 4,440 km. Nog een overeenkomst tussen het oude Atlantis en het historische Frankrijk.

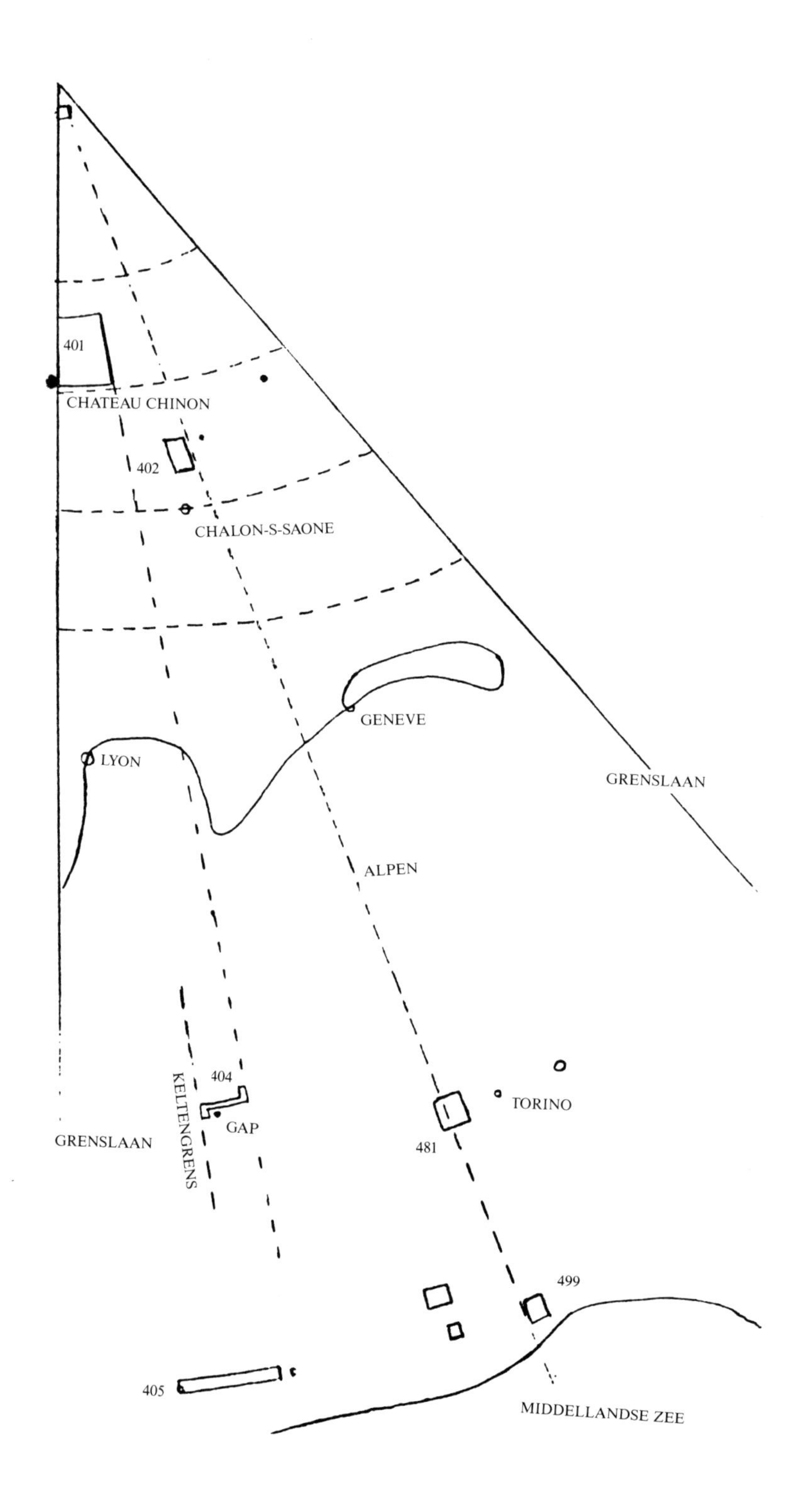

Fig. 17. De dolmensvelden van Koninkrijk 4.

Hier treffen we nog slechts 5 dolmensvelden aan. Het eerste bij Château-Chinon (401), een tweede bij Beaune (402), een derde bij Genève (403), een vierde bij Gap en het vijfde tussen Draguignan en Grasse.
We voegen hier onmiddellijk aan toe dat er misschien wel een veld bestond in de omgeving van Sens, rond de dolmen "la Borde à la Gousse" bij Dixmont.
Veld 401 bij Château-Chinon herbergt een dolmen, die van Quarré-les-Tombes, die "La pierre des fées" genoemd wordt, zoals trouwens ook de dolmen van Draguignan (405) "la Pierre de la Fée" heet.
In de paragraaf over de cromlechsystemen zullen we bij het systeem van de verdeling in acht, een extrapolatie uitvoeren die ons een grote cromlech deed voorspellen in de omgeving van Turijn. Een paar maanden later lazen we bij Zanot(22) dat er ook een Italiaans "Stonehenge" bestaat op de "Ciabergia" in de omgeving van Turijn.
Op de dolmendoorgang die vaag gevormd wordt door Veld 401 (Château-Chinon) en Veld 404 (Gap), bevindt zich ten oosten van Autun, op het grondgebied van St-Pantaléon een rij van menhirs. Het zou bewezen zijn dat de stenen die deze rij vormen, van op een afstand van 8 km naar St-Pantaléon zijn overgebracht. De grenslaan met Koninkrijk 5 fungeert even als Germaans-Romaanse taalgrens, wat o.i. ook hier aan een zeer oude substraatvorming is toe te schrijven.

In het uitbreidingsgebied van Koninkrijk 4 ontmoeten we voor het eerst de afbeeldingen van de Valcamonica-cultuur.(23)
Een neolithische, bronstijd- en ijzertijdbeschaving die we kunnen situeren in Ligurië, Lombardije en Trentino. Een beschaving die zich uit in beeldmenhirs en rotstekeningen.
Van de beeldmenhirs is bewezen dat er voor bepaalde perioden verwantschap bestaat met de beeldmenhirs uit de Aveyron, Tarn en Gard uit de velden 381 en 382, en met soortgelijke kunstuitingen uit Zuid-Scandinavië.
De hele cultuur start ergens op een onbepaald moment in de neolithische periode en wordt door de archeologen op de voet gevolgd tot enkele jaren vóór onze tijdrekening. Merkwaardig voor ons is dat rond 1200 v.Chr. er

---

(22) Zanot, *Zondvloeden*. p. 99.
(23) E. Arnati, *La civilisation du val Camonica.*

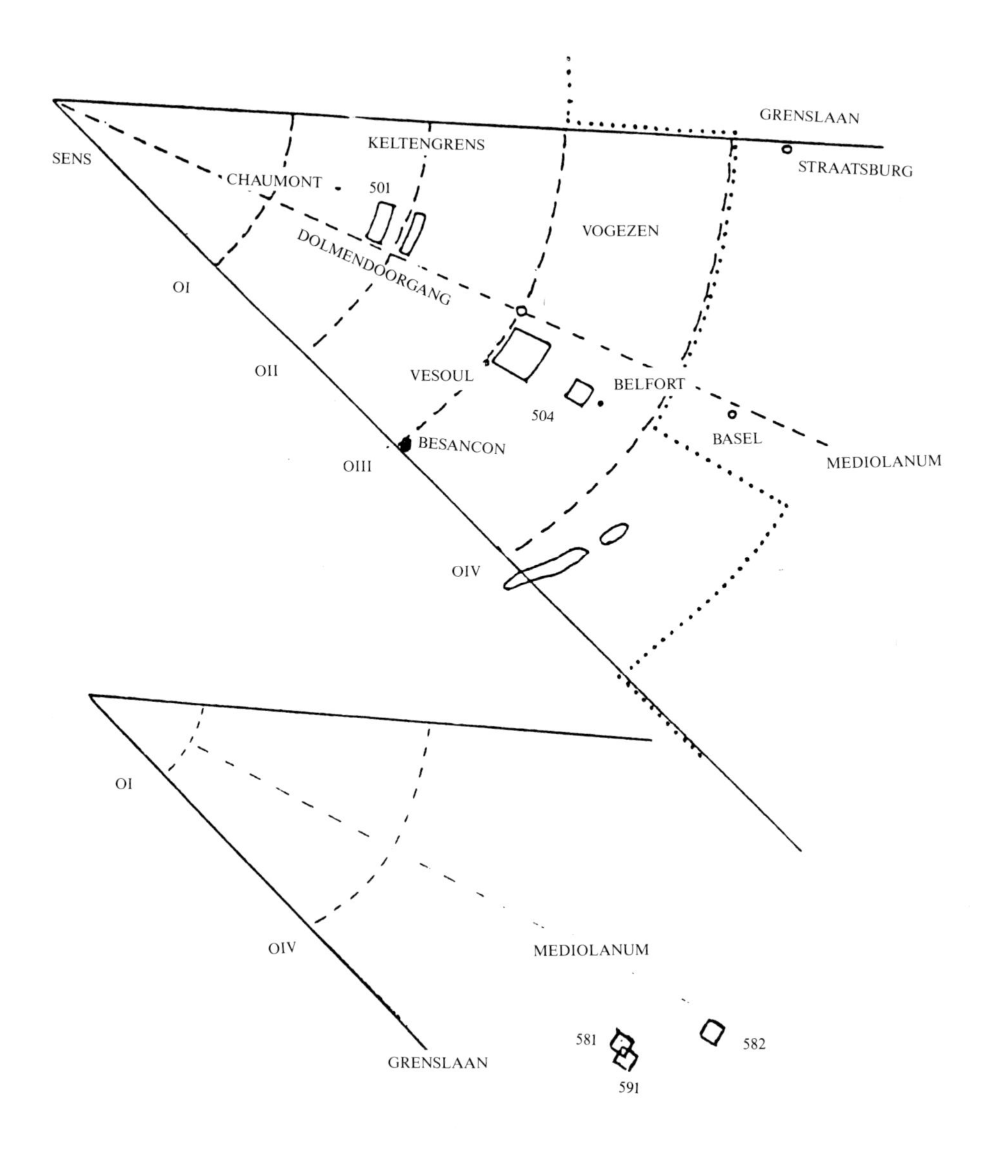

Fig. 18. De dolmensvelden van Koninkrijk 5.

ook gelijke gebruiken ontstaan als elders bij de Urnenveldenlieden. Dat treft ons geweldig door de aanwczigheid in het gebied van de plaatsnaam Brescia. De lectuur van het hoofdstuk over de cataclysmen (cf. *Atlantis*, p. 181-204) zal alles duidelijk maken en doen begrijpen waarom de Valcamonica-kunst rond 1100 v.Chr. de religieuze en mystieke toer opgaat.

Koninkrijk 5

Telt een viertal dolmensvelden. Het Veld 501 dat nog slechts uit een paar dolmens bestaat, bevindt zich bij Châtillon-sur-Seine, in de hoek gevormd door Ovaal I en Grenslaan 20. Ook het Veld 502 bestaat uit nog slechts een paar dolmens. Die zijn te vinden in de buurt van Nogent-en-Bassigny, ten noorden van Langres. Dit dolmensveld ligt tegen de mediolanum 17 van het Rijk aan.
De overige twee dolmensvelden liggen bij Vesoul en Belfort en aan de andere zijde van de mediolanum. Dit maakt het zonneklaar dat de mediolaan hier ook dolmendoorgang was.
De dolmen van Champey die deel uitmaakt van Veld 504 is één van de vele megalieten die "*la pierre qui tourne*" heet.
Het uitbreidingsgebied van Koninkrijk 5 wordt voornamelijk gevormd door Zwitserland. In de literatuur lezen we dat er in Zwitserland meerdere dolmens zouden hebben bestaan, maar zouden zijn vernietigd. Die informatie betreft voornamelijk de kantons Aargau, Bern en Zurich. Toch staat er in Auvernier, op de oever van het meer van Neuchâtel nog een dolmen.

Ook in dit gebied zijn drie "velden" van Valcamonica-cultuuruitingen aanwijsbaar. Ten noorden van Bozen-Bolzano vinden we een rechthoekig veld van beeldmenhirs, dat bij meting volgens onze methode afmetingen van 30 × 40 km schijnt te bezitten. In Valcamonica zelf, d.w.z. ten noorden van Brescia, bestaat als het ware een tweede beeldmenhirsveld, omdat twee groeperingen van menhirs de diagonaal van een veld vormen, en dit weer van dezelfde grootte-orde als het eerste.
In hetzelfde Valcamonica-gebied zijn er natuurlijk ook de rotstekeningen, die ook weer gegroepeerd liggen in een rechthoek van 30 × 40 km. Dit alles op een afstand van 550 à 650 km van Sens.

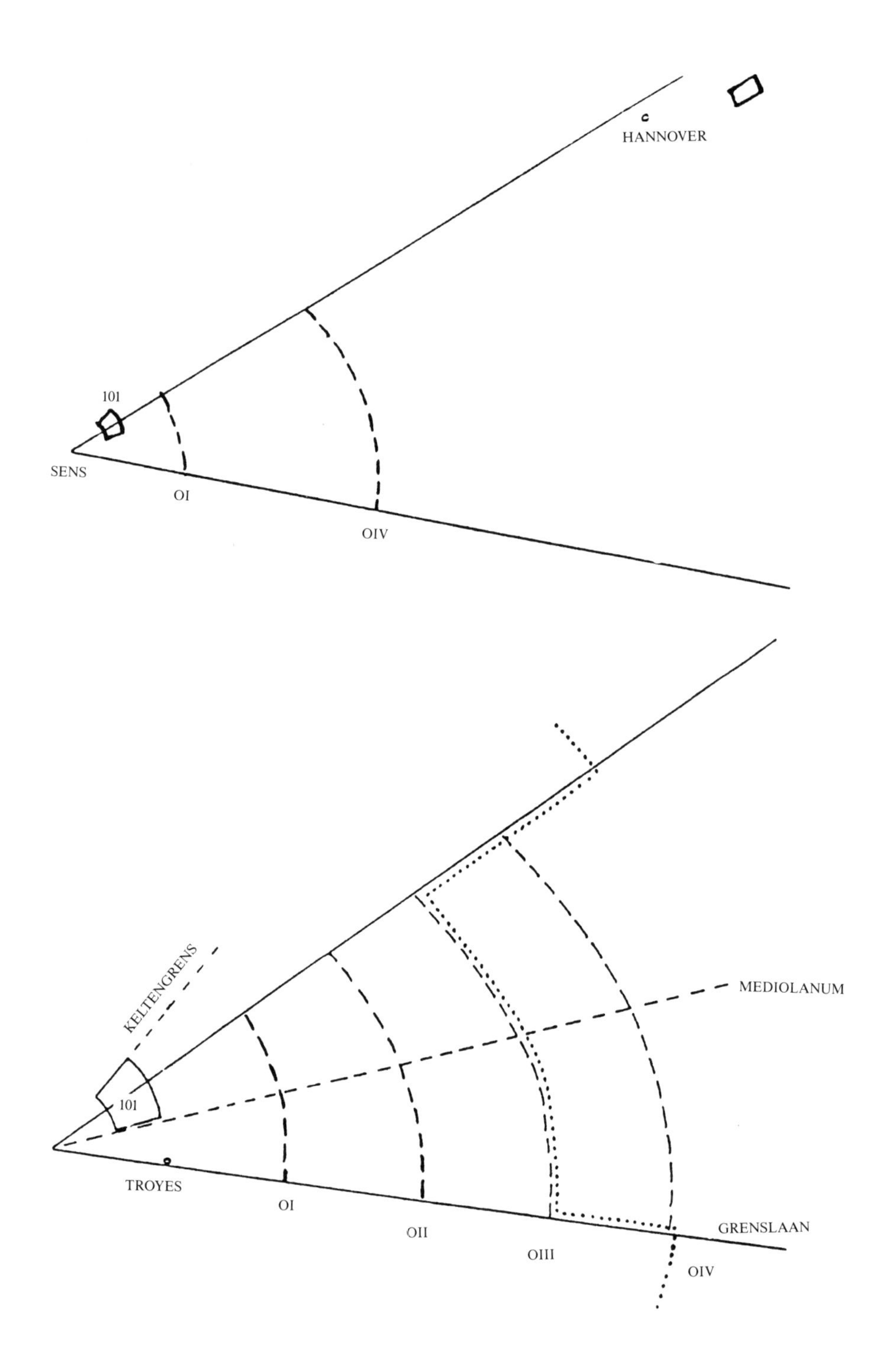

Fig. 19. De dolmensvelden van Koninkrijk 6.

Koninkrijk 6

Hier tellen we noch in het kerngebied, noch in het onmiddellijke uitbreidingsgebied van het koninkrijk enig dolmensveld. Heel ver weg langs de grenslaan met Koninkrijk 7, zijn er de dolmensvelden van Hannover, dit op een afstand van méér dan 600 km. Wij herinneren hier aan onze hypothese dat Dolmensveld 101, vlakbij Sens, getuigenis zou moeten afleggen van wat er ginder ver weg bestaat. (Dolmensveld 101, hoewel binnen Koninkrijk 1, ligt in de richting van Koninkrijk 6.)

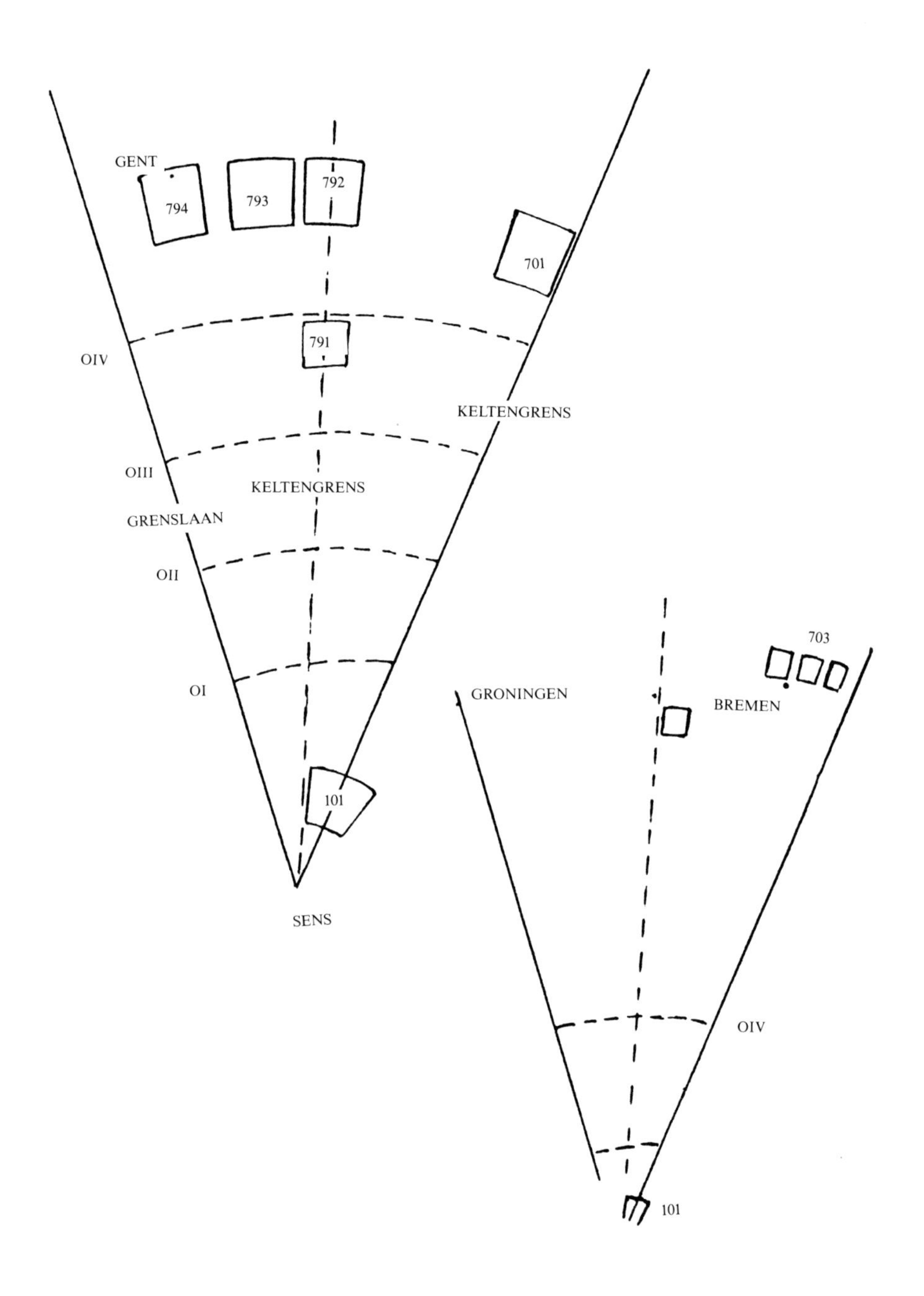

Fig. 20. De dolmensvelden van Koninkrijk 7.

Koninkrijk 7

Hier geldt praktisch hetzelfde schema als in Koninkrijk 6. Het dolmensveld 101 van Koninkrijk 1 vertegenwoordigt de dolmensvelden die zich verweg in noordelijke richting uitstrekken.
Het Dolmensveld 702 van Drenthe (Nederland) ligt ook aan het mediolanum, net als 101, maar op een afstand van 560 km. De andere dolmensvelden zijn die van Noord-Duitsland, Denemarken en Zweden, dit op afstanden variërend van 560 km tot méér dan 1000 km.
De nog bestaande dolmens van Wéris, Solwester, Oppagne menen wij te kunnen thuisbrengen in het Dolmensveld 701, dat vlak langs de grenslaan met Koninkrijk 6 kan worden gelokaliseerd. Een geïsoleerde dolmen, la Pierre du Diable, schijnt bestaan te hebben in Jambes bij Namen (België), maar vernield te zijn rond 1820.

Merkwaardig zijn de steentoponiemenvelden die wij meenden te moeten situeren in Oost-Vlaanderen, Brabant en de Fagne. Gebieden waarvan wij denken dat ze al te goed bepaalde kerkelijke verordeningen aanzettende tot het vernietigen van megalieten hebben opgevolgd. Praktijken die jammer genoeg, zelfs in de twintigste eeuw, overal in West-Europa nog worden toegepast.

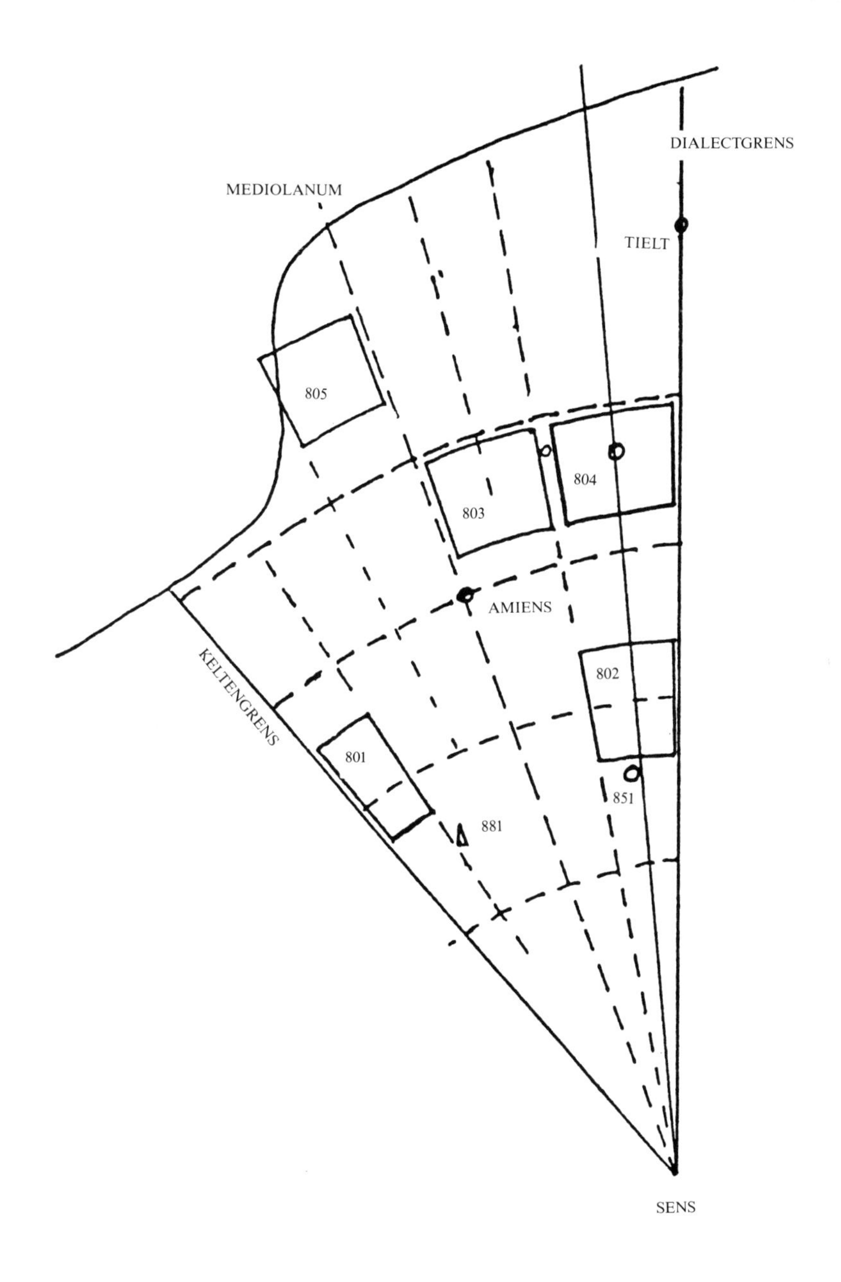

Fig. 21. De dolmensvelden van Koninkrijk 8.

Ook hier komen we met moeite aan een vijftal aftekeningen van wat dolmensvelden zouden kunnen voorstellen.
Dolmensveld 803 herbergt de grote eenzaat van de noordelijke boog van de grensgracht, de dolmen van Fresnicourt-le-Dolmen, die ook wel "La table des fées" genoemd wordt. We vinden hem heel precies op 15 km ten noordwesten van Arras (M 51-14). Op een afstand van om en nabij de 17 km vinden we in hetzelfde veld de Dolmen van Avesnes-le-Comte (M 53-1).
Op een afstand van 35 à 36 km van beide dolmens vinden we oostwaarts de dolmen van Hamel (M 53-3). Laatstgenoemde dolmen wordt ook wel "la cuisine des sorciers" genoemd. Die drie dolmens bieden ons een perfect dolmensveld. Nochtans vragen wij ons af, of hier geen twee velden voorhanden zijn. Een eerste gevormd uit de twee eerst vernoemde dolmens, een tweede waarin de Dolmen van Hamel zou te situeren zijn. Dit is trouwens onze stelling, misschien wel voorlopig.
In het Dolmensveld 802, rond Noyon, bestond te Vic-sur-Aisne (M 56-3) een eerder speciaal soort dolmen, die voorzien was van een opening in één der opstaande stenen (Hij werd in de eerste Wereldoorlog vernield). Een gebruik dat in Indië honderden keren werd toegepast, dat ook in Palestina en in de Krim is verspreid, maar dat bij ons toch op beide handen kan worden geteld.

Ook in dit Rijk fungeerden later de dolmendoorgangen als grenzen tussen de Keltische stammen. Bij Chantilly (M 56-4) staat een eenzame gebeeldhouwde menhir (881) op dergelijke doorgang. In Koninkrijk 8 zijn weer genoeg elementen voorhanden om te bewijzen dat het gebied ten oosten van het mediolanum in 2 en 4 gelijke delen of sectoren werd verdeeld, terwijl het westelijk gebied in drie gelijke sectoren was gesplitst.
De twee kleine cromlechs die er in dit gebied zijn, bevinden zich nagenoeg praktisch op één laan (61-62). Het zijn, ten eerste, de rechthoekige cromlech (851) van Cuise-Lamothe (M 56-3), in het Oise departement, ook wel "le parc aux loups" genoemd; en, ten tweede, de merkwaardige cromlech "Les Bonnettes" (852) in Sailly-en-Ostrevent (M 53-3) op een tumulus of kleine hoogte, waarvan nu nog een vijftal stenen zijn overgebleven.

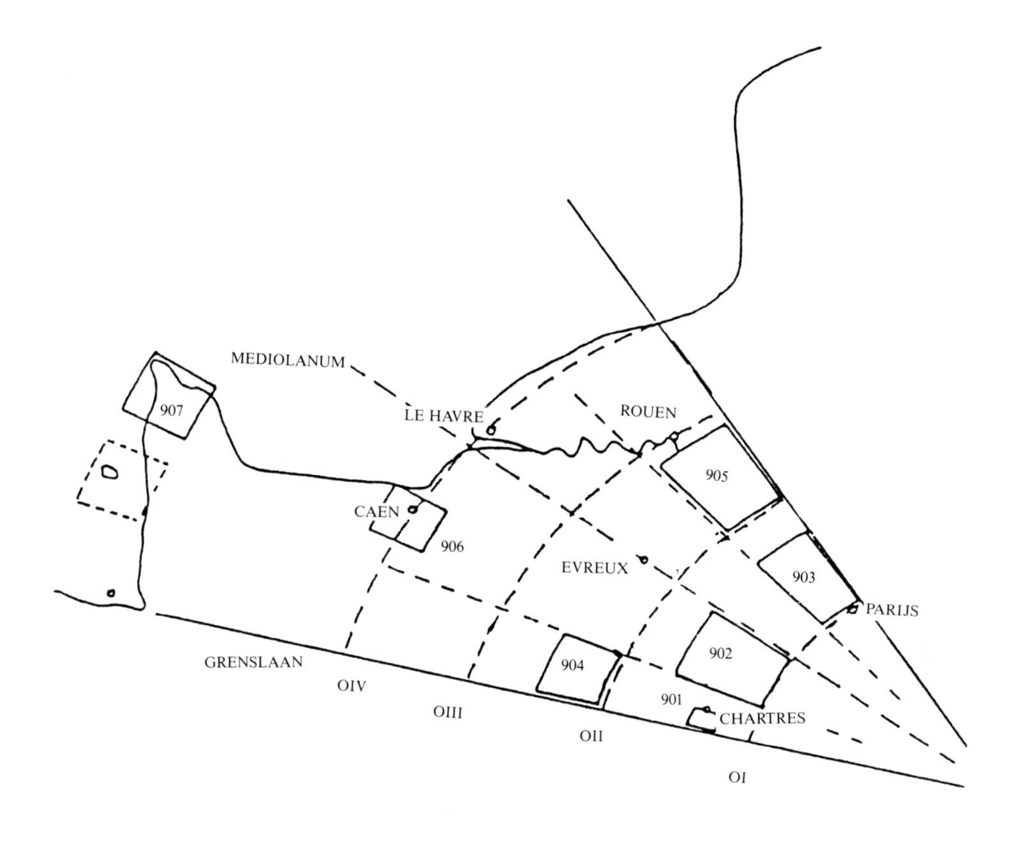

Fig. 22. De dolmensvelden van Koninkrijk 9.

Hier treffen we acht dolmensvelden aan. Zij vormen dolmendoorgangen die in de vijf gevallen later ook Keltengrenzen zijn geworden.
De dolmensvelden 902 (Rambouillet-Dreux) en 903 (Parijs) leunen tegen Ovaal I aan, de velden 904 (Mortagne-au-Perche, Verneuil) en 905 (les Andelys) leunen tegen Ovaal II aan.
Dolmensveld 906 ligt bij Caen schrijlings op Ovaal IV en vormt daarom een buitenbeentje.
Dolmensveld 907 dat het bijzonder mooie hoekje van de Cap de la Hague voorbij Cherbourg bezet houdt, zou zelfs in zee nog partners moeten hebben, en daarom is het dat wij de megalieten die op het Kanaaleiland Jersey worden aangetroffen rekenen tot een Dolmensveld 908. Laten wij niet vergeten dat die baai van St-Malo in de vijfde eeuw na Christus nog deel uitmaakte van het vasteland.

Ook in dit rijk bestaan of bestonden een paar dolmens waarvan een opstaande steen doorboord was. Zo de Dolmen van Trye-Château (905) en de Dolmen van Conflans (903). In het Dolmensveld 906 by Caen treffen we te Fontenay-le-Marmion op 14 km ten zuiden van Caen (M 55-11, 12) een tumulus aan, die een tiental dolmens in zijn binnenste verbergt.

Ook in Koninkrijk 9 is het noordoostwaarts van het mediolanum gelegen gebied verdeeld in 2 en 4 delen, terwijl het zuidwestelijk gebied in drie gelijke sectoren was ingedeeld. Het kan een stoute hypothese lijken, maar de cromlech van Amesbury (951), het wereldberoemde Stonehengemonument maakt deel uit van het megalietensysteem van Koninkrijk 9 en dus ook van dit van Sens. Dit is ook het geval voor de cromlech van Avebury (953) en het monument van Woodhenge (952). Dit Engelse complex bevindt zich op een afstand van 475-500 km.

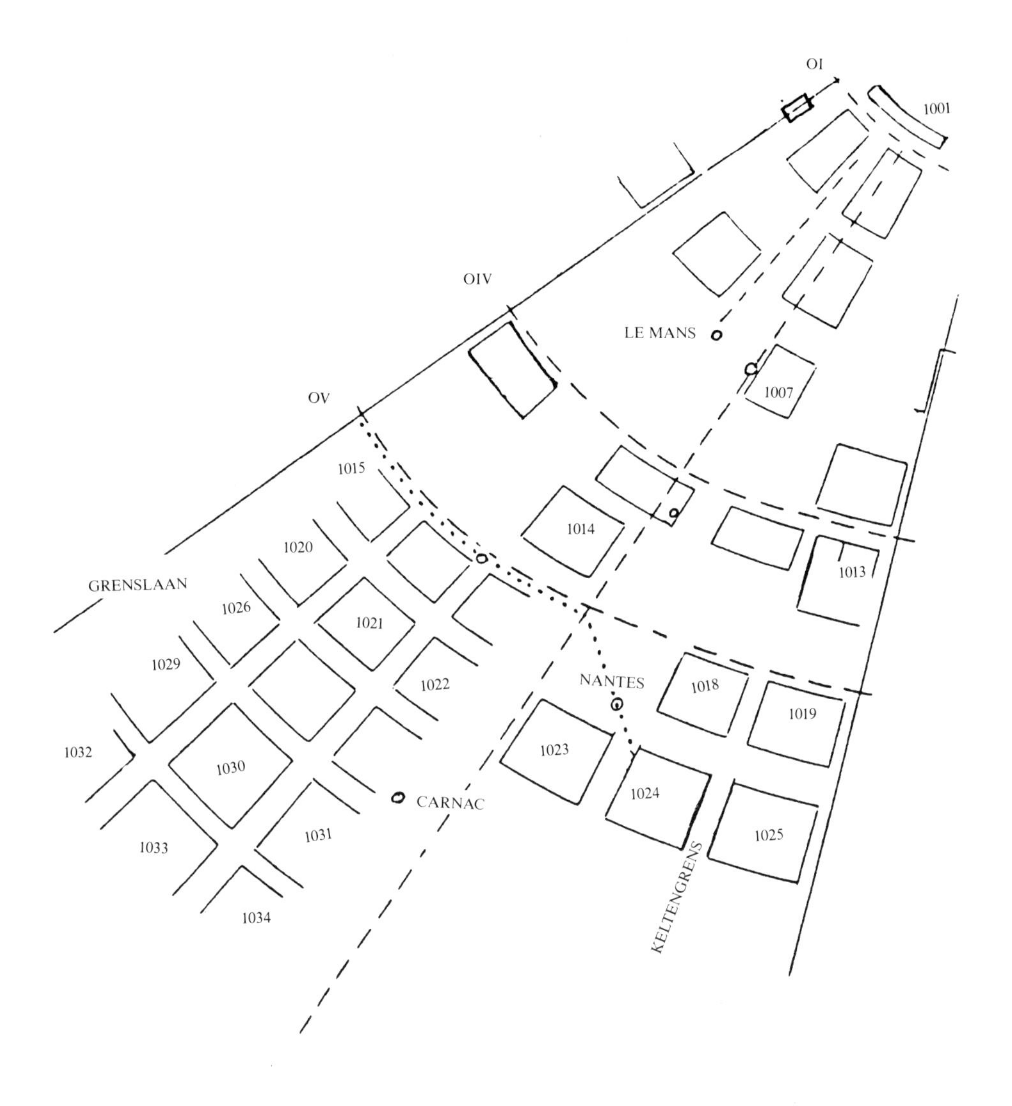

Fig. 23. De dolmensvelden van Koninkrijk 10.

In het kerngebied van het koninkrijk is alles normaal. Er zijn dolmendoorgangen die Keltengrenzen zijn.
Toch is er net binnen Ovaal I, dus feitelijk in Koninkrijk 1, een band van dolmens die wij 1001 hebben genummerd.

Ook in de Vendée laten de dolmendoorgangen zich mooi vaststellen tussen de velden 1019 (Cholet), 1020 (Fontenay-le-Comte), 1024 (Pornic), 1025 (La Roche-sur-Yon) en 1026 (Luçon) in. Het is slechts in het schiereiland van Bretagne dat er een dergelijke veelheid van monumenten opduikt, dat wij verplicht waren een andere methode te volgen: i.p.v. positieve blokken aan te wijzen, vergenoegden we er ons mee te trachten de doorgangen aan te wijzen. Dit steunende op de positieve ervaring opgedaan in de negen vorige koninkrijken.

Verder signaleren we in dit gebied:
• De prachtige dolmen van Mettray (1007), met een binnenhoogte van 3 m en een omtrek van de tafel van 24 m.
• De dolmen van Petit-Mont (1029) met de oudste landkaart ter wereld (cf. *Atlantis*, p. 119-123).
• De prachtige dolmen van Bagneux (1013) in de buurt van Saumur.
• De prachtige "allée couverte" van Essé (1015) met haar 26 steunstenen, 6 inwendige pijlers en 8 tafels. Het binnenste vormt een "zaal" van 18 m op 4 m.
• De prachtige dolmen van Bournand (1014) met zijn lengte van 20 m.
• Het wonderbare megalitisch complex van Carnac op één der hoofdmerkpunten van het hele Atlantis-systeem.
• Merkwaardige cromlechs als bijvoorbeeld de rechthoekige van Crucuno (Erdeven-Morbihan) met afmetingen 34,25 × 25,7 m.
• De verzameling stenen met inscripties gesignaleerd door Déchelette en door ons Vendéestenen genoemd, gelegen op Ovaal V, langs een dolmendoorgang, op grenshoekpunt tussen Keltische stammen; of bijvoorbeeld achter dolmensveld gelegen enz.
Van deze laatste soort stenen menen wij ondertussen het verband met de menhirrijen te hebben bewezen.

Foto 3. Cromlech van Medreac. De kazernes voor het leger van het Atlantis werden gebouwd op stenen fundamenten, gebouwd in een cirkel en nu "cromlechs" genoemd.

HOOFDSTUK II

HET GEHEIM VAN DE CROMLECHS

Definitie van een cromlech

Een cromlech bestaat uit een verzameling rechtopstaande stenen, die er meestal uitzien als menhirs en waarvan het grondplan een meetkundig figuur uitbeeldt.
Aangezien het Bretonse woord "cromlech" betekent: stenen die in een kromme lijn zijn opgesteld, kunnen wij ons makkelijk voorstellen dat de meest voorkomende figuur een cirkel zal zijn. Toch komen ook ellipsen, ovalen, rechthoeken, vierkanten en halve cirkels voor.

DE BEKENDSTE CROMLECHS

De meest beroemde cromlech ter wereld is wel het Stonehenge-monument bij Salisbury in Engeland.
In Engeland wordt het woord "henge" gebruikt om dergelijke monumenten aan te duiden. Dit zou in verband staan met de horizontaal liggende of zogenaamde "hangende" stenen die in Stonehenge telkens twee opstaande stenen verbinden.
Stonehenge is ongetwijfeld het meest bestudeerde en beschreven megalitisch monument. De doorsnede is 90 m.

De grootste cromlech die men kent is echter die van Avebury met zijn doormeter van ca. 350 m. De lezer zal zich alvast al gerealiseerd hebben dat de diameter van Stonehenge gelijk is aan een halve stadie, terwijl de diameter van Avebury twee stadiën telt.

In Frankrijk bestaan twee plaatsen waar wij soortgelijke cromlechs aantreffen een zelfde doorsnede als Stonehenge: de cromlechs van Carnac en van l'Ile-aux-Moines in de golf van Morbihan (M 63-12) en de twee cromlechs van Can-de-Ceyrac, in Pompignan en in Conquerac, ten noorden van Montpellier (M 80-17).

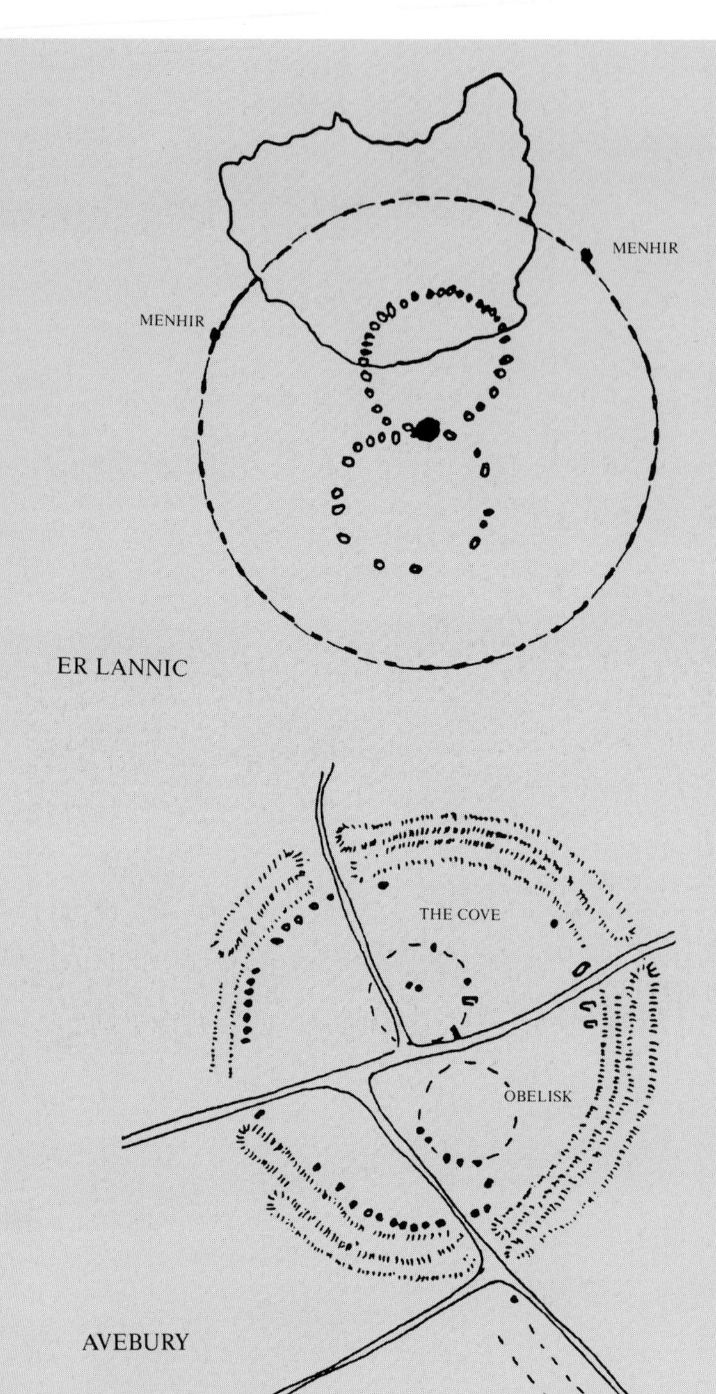

Fig. 24. De cromlechs van Er Lannic en Avebury. Onderdelen van grote cromlech-systemen.

Er-Lannic / Avebury

Er-Lannic is een buureiland van Gavrinis, het eiland met zijn befaamde tumulus, in de Golf van Morbihan, Bretagne (Frankrijk). Van de oorspronkelijke, deels verstrengelde twee cromlechs op het eiland, blijven er momenteel nog 36 stenen over op het land en ongeveer twintig in het water. De hoogst gelegen cromlech meet 58 bij 49 meter en de enkele meters lager gelegen structuur heeft een doorsnede van 65 meter. De cromlechs werden gebouwd op een moment dat het zeeniveau vijf meter lager lag.
De volksmythe verhaalt dat, toen de duivel van het eiland Ile-aux-Moines werd verjaagd, hij zich vestigde op Er-Lannic. Toen Sint-Michael, de befaamde drakendoder, de duivel van Er-Lannic wou afjagen, beet de duivel in razernij in het eiland en liet er zijn tanden in staan (waarbij de mythe de megalitische stenen dus als de tanden van de duivel aanschouwde).

Net zoals met de reus Gargantua en het graf van de reus zien we dat de volksmythe wel het "mysterie" van een bepaalde zaak bewaarde, maar vaak de betekenis van en achter het "mysterie" verloor, zoals we hebben vastgesteld bij de Tombeau de Géant. Voor onderzoekers is het belangrijk de mythes te bestuderen waarmee ze geconfronteerd worden. Vaak kan men de "mysterieuze" waarheid achter de mythe vinden. De mythe fungeert als "richtingaanwijzer".

De grootste steencirkel (cromlech) ter wereld bevindt zich in Avebury-henge. Men meent dat hij oorspronkelijk uit 98 stenen heeft bestaan. Binnen die cromlech bevonden zich twee kleinere cromlechs. "Bevonden" en niet "bevinden" aangezien de tand des tijds, eerder dan die van de duivel, beide structuren heeft aangetast. Men heeft de noordelijke cromlech (waar er nog slechts twee stenen overblijven) "The Cove" en de zuidelijke (beter bewaarde) "Obelisk" gedoopt. Men schat dat er ongeveer vierduizend ton aan stenen zijn gebruikt om het megalitische deel van deze henge te bouwen, een gigantische opdracht.
De henge zou dateren uit 2600-2300 voor Christus en is aldus een relatief late toevoeging aan het Avebury complex. Het is een open vraag of de cromlechs in de henge zijn gebouwd, of de henge rondom de cromlechs is gebouwd, of of beide ongeveer terzelfdertijd zijn gebouwd.
John Aubrey, ontdekker van vele structuren in en om Avebury, dacht dat als men Avebury dan toch met Stonehenge moest vergelijken, de beste vergelijking die zou zijn waarbij men een kathedraal met een parochiekerk vergeleek.

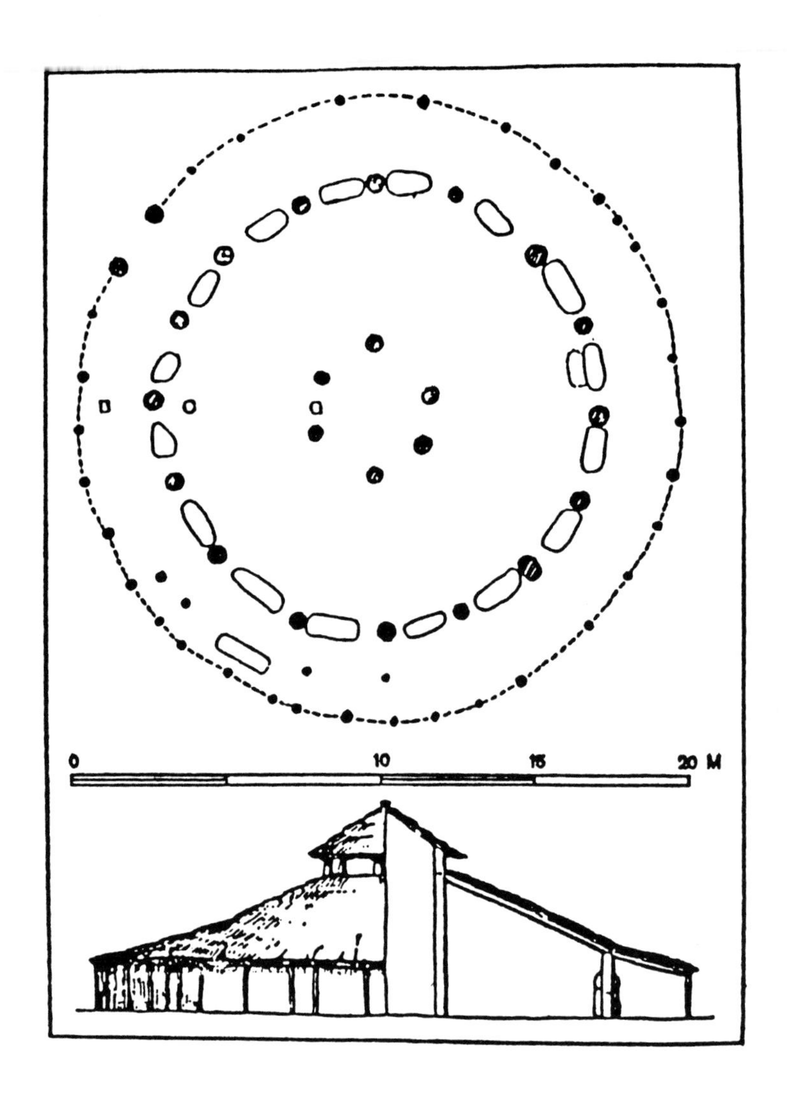

Fig. 25. Houten constructie op cromlech, hier getoond op de cromlech "The Sanctuary" in Avebury, Engeland.

Andere beschreven en bekende Franse cromlechs zijn die van:

- Puy de Pauliac op het grondgebied van Aubazines (M 75-9)
- St-Barthélemy-de-Vals, genaamd "Roches qui dansent" (M 77-2)
- Pic de Saint-Barthélemy of Pic de Soularac (M 86-5)
- Villeneuve-Minervois (M 83-12)
- Frontignan (M 83-16)
- Beaulieu (Loches)
- Charcé (Brissac)
- le Bousquet (Espalion)
- Sailly-en-Ostrevant (Douai)
- De rechthoekige cromlech in Cuise-Lamothe (Compiègne) enz.

Bij ons onderzoek naar de situering van die Franse cromlechs zou een bepaald feit gaan opvallen: ten gevolge van een bepaalde godsdienstwaanzin moeten veel cromlechs zijn vernietigd of beschadigd. Merkwaardig is echter dat de afdrukken van de cromlechstructuren in het landschap waarneembaar zijn gebleven.
Die vaststelling zullen we steeds voor ogen moeten houden!

DE CROMLECHSYSTEMEN

Aangezien de archeologie ons niet kan vertellen wat de betekenis en de bedoeling van de cromlechs waren, mogen wij dus wel van een geheim van de cromlechs spreken.
Op een bepaald ogenblik bleek de oplossing van dit geheim al op onze werkkaarten te zijn ingevuld en kon de verklaring zo worden afgelezen. Drie op zichzelf bestaande systemen konden worden aangewezen.

Een eerste systeem bestaat uit de cromlechs die zich bevinden op de dolmendoorgangen die met de lanen samenvielen en die later als grenzen tussen de Keltische volken zouden optreden.
Een tweede systeem was op grote afstand rondom Sens aangelegd en moest een ruimtelijke verdeling van Atlantis in acht gelijke sectoren uitbeelden.

Een derde systeem, waarvan de cromlechs op kleinere afstand rondom Sens waren opgesteld, bleek een ruimtelijke verdeling van Atlantis in negen gelijke sectoren uit te beelden.

Laten we hier onmiddellijk aan toevoegen, dat enkele cromlechs als het ware deel uitmaken van meer dan één systeem, wat betekent dat de bewuste cromlechs, behalve het feit dat zij fungeren als hoekpunt van een verdelingsveelhoek in 8 of 9 sectoren, ook nog op een dolmendoorgang zijn gesitueerd.

a. Het cromlechsysteem van dolmendoorgangen

Bij ons onderzoek van de Kolommen van Hercules, waaronder wij behalve alle megalieten, toch wel speciaal het geheel van de dolmens in de dolmensvelden verstaan, hebben wij het begrip dolmendoorgangen vastgelegd: lanen die een rechtlijnige doorgang tussen de dolmensvelden voorstellen.
Bij ons verder onderzoek zou blijken dat deze dolmendoorgangen later in de geschiedenis ook hadden gefungeerd als grenzen tussen de Keltische stammen en als taal- en dialectgrenzen, wat trouwens nu nog altijd het geval is.
Sommige dolmendoorgangen en de lanen die ermee samengaan, bleken zelfs samen te vallen met de grenzen van de koninkrijken van Atlantis of met de mediolanen die deze koninkrijken in twee gelijke delen hadden verdeeld (cf. *Atlantis*, p. 25-40).

Van de tekeningen die het hoofdstuk over de Kolommen van Hercules illustreren, kunnen wij de volgende lijst van op dolmendoorgangen gesitueerde cromlechs aflezen.
Herinneren wij eerst nog even aan de afspraak i.v.m. de nummering van de megalieten: zo betekent nr. 354: Koninkrijk 3; cromlechs 50; nummer 4.

• De cromlech van de "Pic de Saint-Barthélemy" (355) of van de "Pic de Soularac" zoals hij ook wel wordt genoemd (M 86-5). Die cromlech bestaat uit twee elkaar rakende cirkelstructuren die door megalieten zijn vastgelegd. Hij bevindt zich op een hoogte van 1900 m.
Sommige archeologen hebben betwijfeld of het wel om een cromlech gaat.
Na het lezen van voorliggend hoofdstuk zal de lezer daar vrijelijk, maar geïnformeerd kunnen over oordelen.
Het feit dat men langs die dolmendoorgang verder ongehinderd het centrum bij Sens kon bereiken, doet ons de cromlech van de Pic de Saint-Barthélemy zien als een militaire versterking opgetrokken rondom Atlantis.

• De tweede cromlech (354) die aan deze voorwaarde voldoet, is die van Villeneuve-Minervois (M 83-12), een paar km ten noorden van Carcasonne. Hij bevindt zich op de dolmendoorgang die de dolmensvelden 303, 304, 310, 313, 314, 319, 322, 325 en 326 passeert. Ook het Veld 381 der gebeeldhouwde menhirs behoort daartoe.

• De derde cromlech (353) is die van Frontignan, even ten zuiden van Montpellier (M 83-16).
Hij bevindt zich op een dolmendoorgang waar trouwens de volgende twee beroemde cromlechs eveneens thuishoren.

• De vierde en vijfde cromlech zijn respectievelijk die van Pompignan en Conquerac, beter gekend als de cromlechs van de Can de Ceyrac.
Zij maken tevens deel uit van het tweede Cromlechsysteem waarover verder iets meer wordt verteld.

• De zesde cromlech (351) van dit eerste systeem is die van St-Barthélemy-de-Vals (M 77-2). Hij draagt de mooie naam van "*roches qui dansent*".
Hij is niet alleen gesitueerd op een dolmendoorgang, maar eveneens op de grens tussen de koninkrijken 3 en 4. Naast dit alles en wegens het laatste kenmerk maakt hij ook deel uit van het derde cromlechsysteem. Verder meer over deze cromlech.

• Binnen de grenzen van Koninkrijk 2 houden wij rekening met twee cromlechs waarvan de tweede ons bekend is uit een traditie, uit een legende.
Te Beaulieu bij Loches bevindt zich de eerste (253). Hij zou nauwelijks 4 m doormeter tellen en is gesitueerd op meerdere merkwaardige plaatsen: op een dolmendoorgang, op Ovaal III, op de grens tussen de koninkrijken 10 en 2 en op een grens tussen Keltische volken.
De tweede cromlech (252) is de legendarische Cromlech van Bordeaux, dit alles volgens een referentie van Niel. Die Cromlech van Bordeaux bevond zich op een dolmendoorgang, op de mediolaan van Koninkrijk 2, op een grens tussen Keltische stammen, op de taalgrens tussen het Frans en het Occitaans en op een belangrijke plaats in ons tweede cromlechsysteem.

• In Koninkrijk 10 bevindt de cromlech die men in Charcé, bij Brissac, aantreft (M 64-11), zich eveneens op een dolmendoorgang.

Mestdagh meende dat de staande stenen (menhirs) steeds gebruikt werden als stevige steunberen in constructies die onder andere gebruik maakten van hout en houten palen. Zo meende hij dat cromlechs, steenkringen, menhirs in een kring, de enige restanten waren van cirkelvormige houten huizen. Archeologen koesterden deze opvatting alvorens Mestdagh ze overnam. Ze hebben onder andere bewijs voor de theorie gevonden in The Sanctuary in Avebury, waar restanten van die houten huizen aangetroffen werden.
Mestdagh dacht echter dat zulke houten constructies ook in andere zaken dan cromlechs gebruikt werden. We zullen verderop kennismaken met zijn ideeën als zouden menhirrijen de basis hebben gevormd voor andersoortige houten gebouwen.

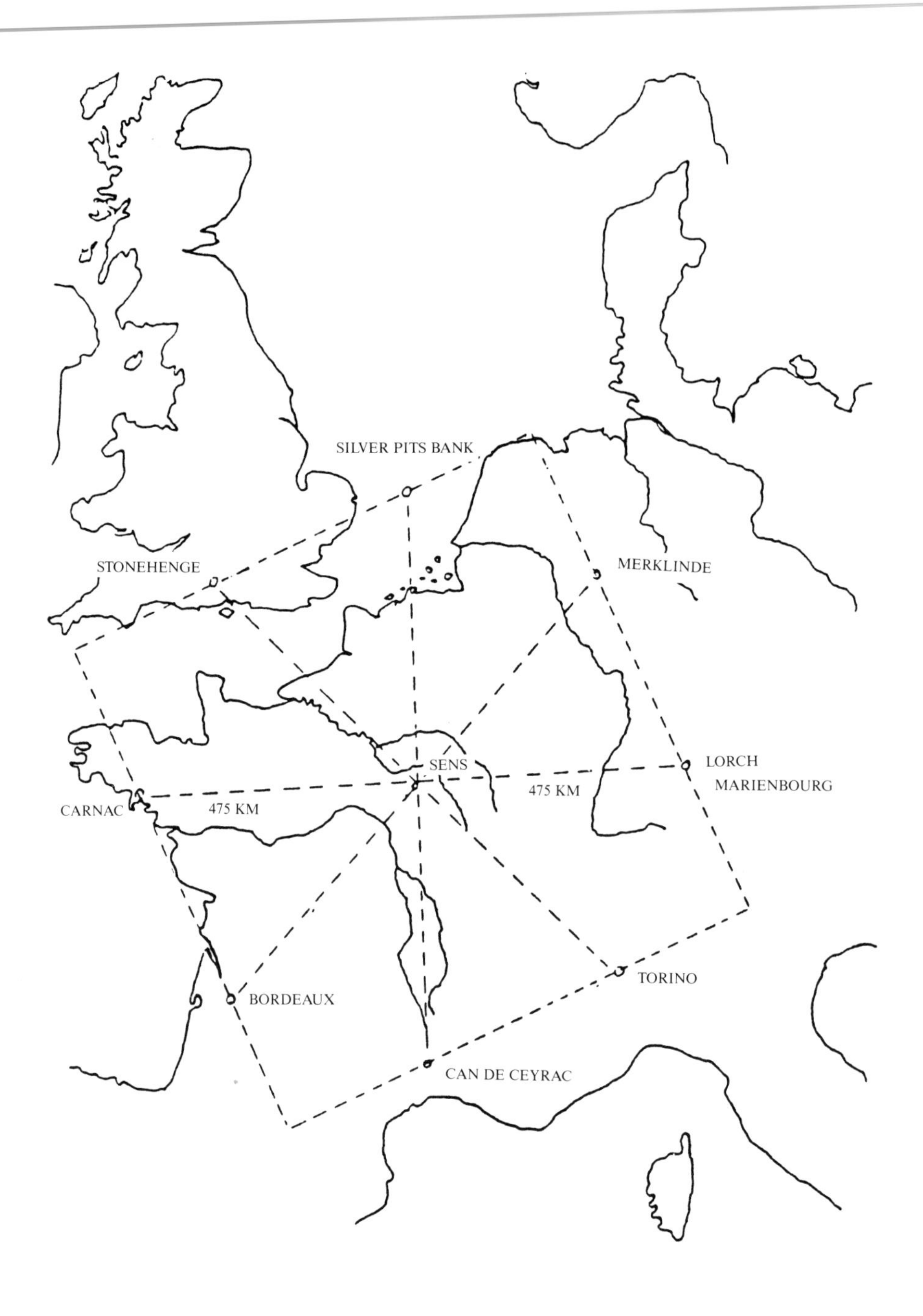

Fig. 26. De achtvoudige cromlechverdeling: het tweede systeem.

In die cromlechs die wij op de dolmendoorgangen aantreffen zien wij de steunberen van de houten kazernes die aldaar waren opgetrokken.
De dolmendoorgangen werden bewaakt!

b. Het tweede cromlechsysteem: de cirkelverdeling in 8

Het tweede systeem van cromlechverdelingen hebben wij dat van de cirkelverdeling in 8 genoemd.
Deze verdeling in 8 gelijke sectoren rondom Sens is de uitkomst van een onderzoek en geenszins door ons met opzet op de ruimte rondom Sens geprojecteerd.

Het was me opgevallen dat drie bekende Westeuropese cromlechsystemen dezelfde grootte-orde bezaten: Stonehenge, l'Ile-aux-Moines en Kerlescan bij Carnac, en de twee Cromlechs van Can-de-Ceyrac, die zich bevinden op 25 km ten noorden van Montpellier.

Laten wij die drie cromlechsystemen even belichten.

Stonehenge
De grootste cirkelaftekening die ooit door menhirs was afgetekend, bezit een diameter van 87,25 m. Deze cirkel wordt gevormd door de zogenaamde Aubrey-gaten. De gemiddelde diameter van de omwalling meet 96 m.

Carnac
De Cromlech van l'Ile-aux-Moines bezit een diameter van 90 m.

Can-de-Ceyrac
Die cromlechs hebben diameters van 95 en 98 m. Binnenin staan trilithen, zoals in Stonehenge, gevormd uit rechtopstaande weinig bewerkte stenen.

Wij bemerkten ook dat deze drie cromlechsystemen zich elk op hun beurt op 475 km afstand van het centrum bij Sens bevonden. Toen herinnerden wij ons ook de legendarische Cromlech van Bordeaux, waarvan wij geen afmetingen kennen, maar wel onmiddellijk konden zien dat hij zich ook op 475 km afstand van Sens bevond.
Toen die gegevens ingevuld waren op een kaart van Atlantis en van West-Europa, stelden wij het volgende vast: voornoemde drie zeer reële cromlechs bleken zich samen met de legendarische Cromlech van Bordeaux te bevinden op de hoekpunten van een reeks gelijkbenige driehoeken, vanuit Sens geconstrueerd naar Stonehenge, Carnac, Bordeaux en Can-de-Ceyrac.

Een nieuw allesoverdonderend gegeven was wel dat de basislijnen van deze driehoeken aan elkaar gelijk bleken te zijn, d.w.z. dat de onderlinge afstanden tussen Stonehenge en Carnac, Carnac en Bordeaux, Bordeaux en Can-de-Ceyrac gelijk waren aan 355 km of 2000 stadiën.
We zien het! Niet zo maar willekeurig gelijk maar daarenboven gelijk met de ons zo bekende en vertrouwde Atlantisafmeting en maat van 2000 stadiën!
Uitgaande van die vier punten ging ik dan extrapoleren, d.w.z. trachten de andere hoekpunten van de veronderstelde regelmatige veelhoek, die eertijds rondom Sens geconstrueerd was geweest, terug te vinden.

Naar het noorden toe, d.w.z. ver weg ten oosten van Stonehenge, bracht dit ons op de "Silver Pits"-bank in de Noordzee.
Naar het voorbeeld van de andere ons al bekende cromlechs en merkwaardige punten, legden wij dit "Silver Pits"-punt vast op een afstand van 355 km of 2000 stadiën van Stonehenge en op 475 km afstand van Sens. Ik meen dat aldaar in zee een grote cromlech verzonken ligt. Mogelijks is dus op de "Silver Pits"-bank een bijzonder merkwaardig rond bouwwerk terug te vinden. De zee zou het monument hebben behoed voor de barbaren!

Zuidoostwaarts van dit "Silver Pits"-punt brengen 355 km of 2000 stadiën ons in Merklinde bij Dortmund (Duitsland). De afstand tot Sens is opnieuw 475 km.

Een nieuwe extrapolatie van 355 km of 2000 stadiën brengt ons zuidwaarts tot in Lorch, waar op de Marienberg een beroemde Benedictijnerabdij bestond. De afstand van die abdij naar Sens is opnieuw 475 km. In de buurt bestaan geen andere sites die in aanmerking zouden kunnen komen. En wanneer wij van Lorch uit opnieuw 355 km verder gaan zoeken, komen wij in de streek van Turijn uit. En het is Zanot die ons in zijn werk over de Zondvloeden vertelt dat het "Italiaanse Stonehenge" zich bevindt op de Ciabergia, in de buurt van Turijn.

Wanneer wij nu als proef op de som ook nog de afstand tussen de eerste cromlechs van Can de Ceyrac en de laatste van Ciabergia willen meten, brengt dit ons opnieuw op een afstand van nagenoeg 355 km.
De structuur die wij aldus verkrijgen vormt een regelmatige achthoek, waarvan de hoekpunten zich op 475 km van het centrum bij Sens bevinden. De zijden van deze achthoek, d.w.z. de afstanden tussen de cromlechs zijn 355 km of 2000 stadiën lang.
We stellen vast dat de afmeting van 475 km of 2670 stadiën overeenstemt met de afmeting van de kleine as van Ovaal IV. Op vier van die acht hoekpunten bestaan nog steeds één of meer cromlechs met een doormeter van

nagenoeg een halve stadie of 88,8 m. Aan het vijfde punt, Bordeaux, is de geschiedenis van een legendarische cromlech verbonden.
En van de abdij van Lorch weten we dat zij behoort tot die oudste abdijen die steeds op of bij een megalietencomplex werden opgetrokken. Merklinde bij Dortmund vertoont het ons zo vertrouwde Merk-toponiem. Slechts het punt dat zich op een zandbank in volle Noordzee bevindt, biedt een hypothetisch karakter. Welke diepzeeduiker zal ooit die uitdaging opnemen?
Van Stonehenge weten we dat de oudste aftekening dateert van vóór 3000 v.Chr.

c. Het derde cromlechsysteem: de cirkelverdeling in 9

Dit derde systeem van cromlechverdeling hebben wij dit van de cirkelverdeling in 9 genoemd.
Tot de vondst van dit systeem werd ik geïnspireerd door de vaststelling dat twee zeer belangrijke historische megalietensites zich precies op 2000 stadiën of 355 km afstand van het centrum bij Sens bevonden.

Voor de eerste site gaat het om de St-Michel-Mont-Mercure in de Vendée (M 67-15), waarop sinds de oudste tijden Prekeltische en Keltische relicten bestonden. De berg en zijn monumenten zijn sinds eeuwen gechristianiseerd, zoals de naam wel verraadt; het Merk-toponiem bleef echter bewaard!

De tweede merkwaardige historische site bevat de cromlech van de "Puy de Pauliac" in de gemeente Aubazines, die gelegen is op en in de Corrèze (M 75-9). De onderlinge afstand tussen de berg van St-Michel-Mont-Mercure en de Cromlech van Aubazines bedraagt ca. 248 km of 1400 stadiën.
De diameter van de cromlech bedraagt 35 m!

Ook dit gegeven hebben wij over de hele cirkelomtrek rondom Sens trachten te extrapoleren.
De eerste extrapolatie bracht ons op 249 km van de "Puy de Pauliac" en op precies 355 km of 2000 stadiën van het centrum te Sens, op de linkeroever van de Rhône, tussen Valence en Vienne in St-Barthélemy-de-Vals, in het departement van de Drôme (M 77-2), alwaar wij geen cromlech kenden, maar er dus wel één durfden voorspellen. Stel u mijn verbazing voor toen ik zeer exact op de berekende en voorspelde plaats de cromlech van de "*roches qui dansent*" aantrof. Meteen bezat ik drie betekenisvolle punten: twee cromlechs en een door de oude volken ononderbroken bezette berg.

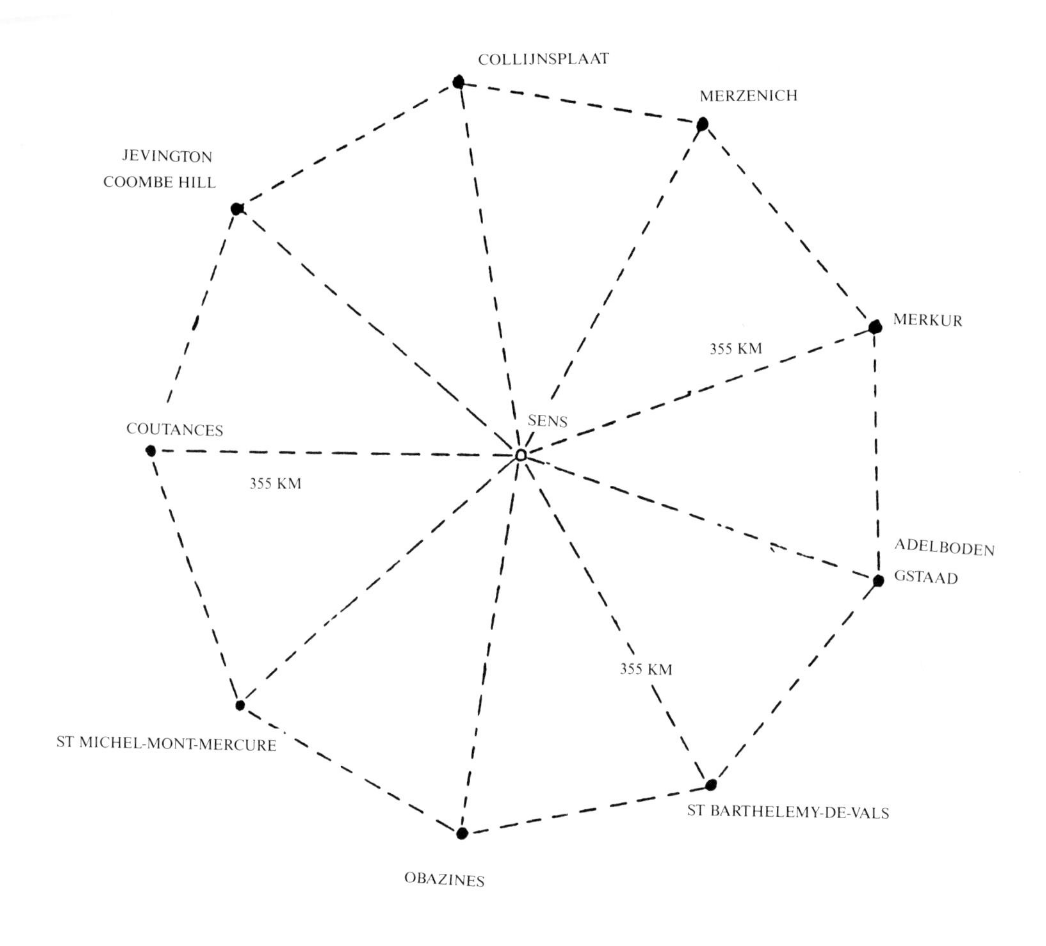

Fig. 27. De negenvoudige cromlechverdeling: het derde systeem.

De volgende extrapolatie gebeurde vanuit St-Michel-Mont-Mercure en bracht ons naar het noorden toe over een afstand van 250 km naar de historische site van Coutances die op haar beurt 358 km of 2020 stadiën van Sens verwijderd is.
Geen cromlech aldaar of althans toch geen cromlech meer.
Alleen de Sint-Pieterskerk van Coutances, die vanuit het oosten gezien scherp afgetekend staat tegen de horizon gevormd door de aldaar bestaande verhoging van het terrein. En daarenboven opgetrokken in een bevreemdende, ronde structuur die ons elders niet zou verwonderd hebben, maar wel dààr. Het zou ons echt niet verbazen dat de originele cromlech-menhirs tijdens een verdwijnmaneuver onder de kerk van Coutances zijn terechtgekomen.

De volgende extrapolatie vanuit Coutances in noordelijke richting bracht ons net over het Kanaal in Engeland, ten oosten van Brighton, in de buurt van Jevington. Ook daar waren ons geen megalietenformaties bekend. Toch zou ook die grafische berekening een positieve voorspelling blijken: op de "Coombe Hill" in Jevington bleken twee cromlechs te bestaan. Ook het toponiem dat wij als een contractie of samentrekking van "Colombe Hill", d.w.z. de heuvel der stenen, beschouwen, spreekt boekdelen. De afstand van die Engelse site naar Sens bedraagt 358 km of 2020 stadiën. De afstand van Coutances meet echter minder dan 250 km.

De extrapolatie vanuit Jevington in oostwaartse richting brengt ons op ca. 250 km afstand op het eiland Walcheren, waar ergens in de omgeving of ten noordoosten van het geheimzinnige Domburg, volgens oude overleveringen en bronnen een mysterieuze ronde Nehalennia-tempel zou hebben bestaan. De afstand tot Sens bedraagt opnieuw ca. 355 km.

Een nieuwe extrapolatie vanuit Walcheren bracht ons over 249 km in de buurt van Bad-Münstereifel naar het geheimzinnige toponiem: "Heidentempel". En dit alweer op nagenoeg 355 km of 2000 stadiën van Sens verwijderd. Het volgende extrapolatiepunt op 250 km afstand van voornoemde "Heidentempel" is de Merkurberg, in de buurt van Baden-Baden, die een hoogte van 670 m bezit. Weer een Merk-toponiem.

Slechts op het negende punt in Adelboden bij Gstaad treffen wij niets speciaals aan. Daarom kunnen wij hier misschien beter stellen dat ons achtste punt Merkur zich bevindt op 500 km afstand van de cromlech "*roches qui dansent*" te St-Barthélemy-de-Vals en dat Adelboden precies middenin tussen deze beide plaatsen is gesitueerd.

De lezer merkt het: wij hebben een regelmatige negenhoek verkregen waarvan de hoekpunten zich op 355 km of 2000 stadiën van Sens bevinden. Deze hoekpunten zijn op één na steeds 250 km of nagenoeg 1400 sta-

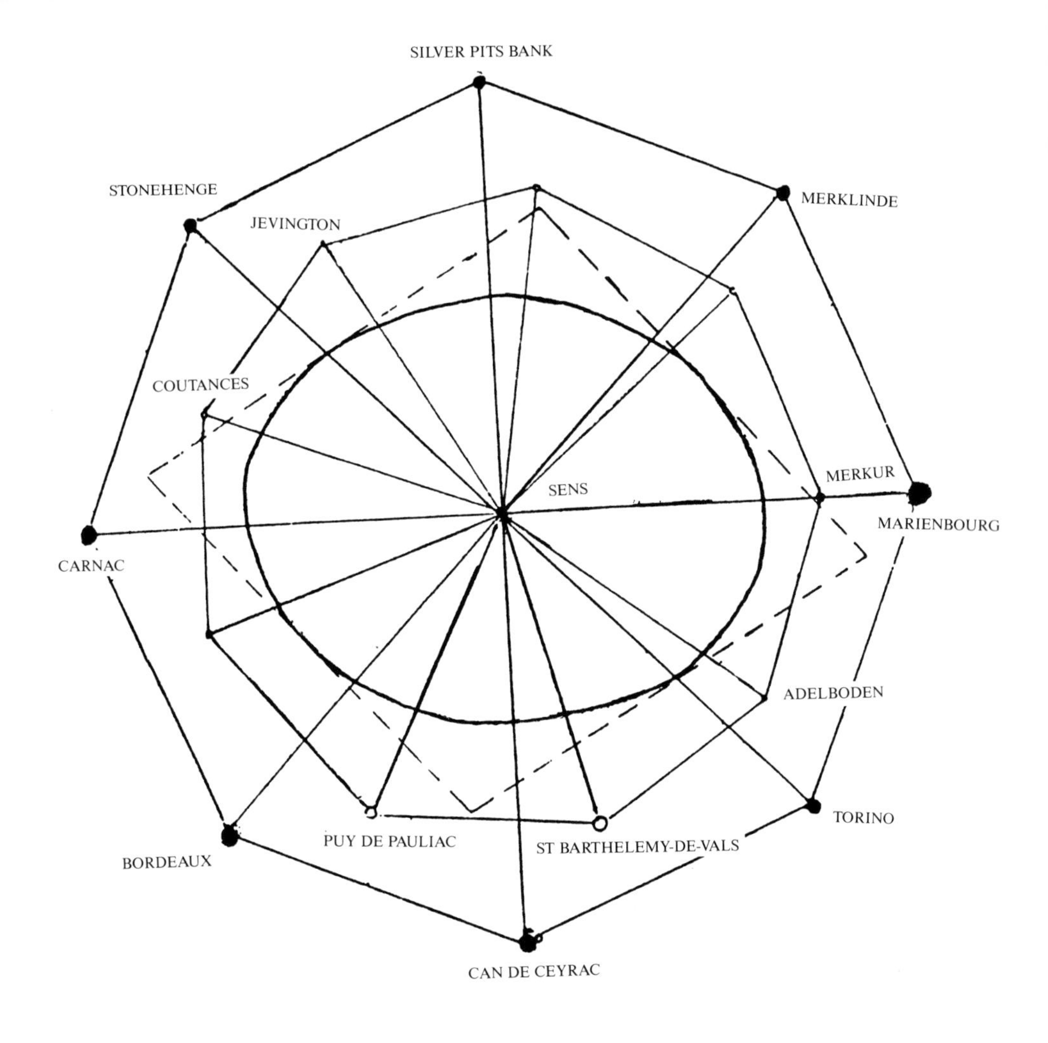

Fig. 28. Ovaal IV, de Vlakte van Atlantis, 2e en 3e systeem. Overzichtschema waarin de geogliefen verwerkt zijn.

diën van elkaar verwijderd.
Wij stellen nu iets bijzonder merkwaardigs vast: de zijden, stralen of lanen, die de hoekpunten van deze negenhoek met het centrum bij Sens verbinden, vallen praktisch samen met de verdeling van Atlantis in koninkrijken zoals wij die hadden opgesteld aan de hand van de nog duidelijk aanwijsbare lanen die tijdens ons onderzoek zichzelf aanwezen als grenzen en mediolanen van de negen rand-koninkrijken zodat wij hier kunnen stellen dat dit cromlechsysteem herinnert aan de verdeling van Atlantis in 1 + 9 koninkrijken.

Samenvattend kunnen wij zeggen dat de enkele cromlechs met een grootte-orde van 90 m of een halve stadie, die in West-Europa voorkomen, zich alle op een gelijke afstand van Sens bevinden: 475 km of 2670 stadiën.
En de bekende cromlechs van een ander systeem bevinden zich eveneens alle op een zelfde afstand van Sens: 355 km of 2000 stadiën. Die precieze Atlantis-afmeting is zeker geen toeval!

Bedoeling van de cromlechsystemen

De situering van de cromlechs van Atlantis beantwoordt dus aan de volgende voorwaarden:
• ze zijn gelegen op grenslanen;
• ze vormen de hoekpunten van regelmatige veelhoeken die binnen en rondom Atlantis waren afgetekend: een regelmatige achthoek en een regelmatige negenhoek;
• ze zijn opgetrokken in de onmiddellijke nabijheid van menhirrijen.

Laten wij hier even onze stelling herhalen dat de menhirs die de cromlechs vormen, de steunberen waren van de houten gebouwen die als kazernes dienden voor de wachteenheden van Atlantis.

Kazernes die waren aangelegd op:
• grensposten op belangrijke lanen;
• grens- en tolposten op acht- en negenvoudige verdeling
• bij menhirrijen, bijvoorbeeld in Carnac;
• in bezette en te controleren gebieden, bijvoorbeeld Stonehenge, Avebury enz.

Wij lezen bij Plato dat het leger, meer dan een miljoen manschappen sterk, zowel in de centrale stad als op regelmatige afstanden daarvandaan gelegerd was.

116 117-c "*Op de volledige omtrek der eilanden, in welke richting dan ook, en op regelmatige afstanden van mekaar waren kazernes voorzien waar bijna het volledig effectief van de wacht van de vorst* kon *verblijven.*"

In totaal bestond de militaire uitrusting van Atlantis, geleverd door de verschillende koninkrijken, uit 1.200.000 manschappen, 240.000 paarden, 10.000 strijdwagens en 1200 schepen. Van de 1.200.000 manschappen werden er 960.000 ondergedeeld bij de landmacht, 240.000 waren bij de zeemacht.

Het zal wel duidelijk zijn dat men in kazernes met een doorsnede van 90 m nogal wat troepen kan stationeren. Bovendien waren er veel meer cromlechs dan wij hier weergegeven hebben. Die zijn echter veel kleiner en bevinden zich niet in een systeem, althans: niet in zo'n subliem of grandioos systeem als wij hier zonet besproken hebben.
Een gedeelte van het leger zal bovendien waarschijnlijk vaak op expeditie geweest zijn (zoals zovele megalitische bouwwerken, o.a. cromlechs, over de hele wereld hiervan getuigen). Voor die avonturiers moest men dus duidelijk geen kazernes bouwen in of in de onmiddellijke nabijheid van Atlantis.

Het grootste deel van het leger werd waarschijnlijk in vredestijd langs de wallen, de grenzen van Atlantis, op de doorgangen, gestationeerd, waar men niet zozeer cromlechs zal zien, maar waar heel waarschijnlijk het grootste deel van de militaire macht van Atlantis gelegerd kon worden, in wat voor een bouwwerken dan ook.

Waarom nu die acht- en negenvoudige cirkelverdelingen?

Het nummer acht droeg voor de Egyptenaren de gedachte van zelfreplicatie met zich mee. Men aanzag het als een symbool van de "wereld in tijd en ruimte", de fysieke wereld. In die wereld werd een zekere wijsheid gebracht door de boodschapper van de goden, de Egyptische god Thot, de Griekse god Hermes en de Romeinse god Mercurius. Zij werden beschouwd als de opvoeders van de mensheid en hun naam werd verbonden met het getal acht.
Het nummer negen belichaamde het einde van een reeks, de reeks van cijfers van 1 tot 9. In de getallensymboliek was het vanaf nummer 10 een herbevestiging, een samenvoegen van bepaalde zaken. Daarom werd het getal negen aangezien als de ideale wereld.
Hoewel zulke verklaring hoogst interessant is, verklaart ze nog niet waarom men die structuren bouwde.

De reden waarom vindt men in de negenvoudige cirkelverdeling die zich bevindt in de achtvoudige cirkelverdeling. Wij hebben dus "negen in acht", 8/9. Deze verhouding was welbekend bij de Egyptenaren. Het betekende voor hun de volmaakte toon, de prime. De volmaakte toon was een toon in de verhouding 8:1, de verhouding van zuurstof (O) tot waterstof (H) qua volume (acht zuurstof op 1 waterstof).(24), (25)

Als men aldus een volmaakte toon heeft willen creëren (iets wat geen waarschijnlijkheid maar zeker een mogelijkheid is), dan kom ik terug op het thema dat Mestdagh al eerder aanhaalde: zijn die reusachtige structuren een soort van antenne die moesten zenden (of ontvangen) van of/en naar de ruimte?
Momenteel straalt men eveneens boodschappen de ruimte in met behulp van reusachtige paraboolantennes. Die boodschappen worden de ruimte ingestuurd op de frequentie van waterstof. Doen hedendaagse wetenschappers het werk van de wetenschappers uit de Oudheid over?

---

(24) John Anthony West. *De Tempel Van De Mens*. Amsterdam: BRES, 1990.

(25) In dit kader is het interessant te vermelden dat Wesley Bateman (*The Rods of Amon Ra*, de auteur, 1992) een poging heeft ondernomen om de wiskunde uit de Oudheid te herontdekken. Hij meent dat (om kort samen te vatten) de hele wiskunde steunt op de getallen die men krijgt als gevolg van een lichtstraal die in een waterstofatoom (de twee zaken die het meest voorkomen in dit heelal) valt. Bateman probeert onder andere aan te tonen dat alle afmetingen van de Grote Piramide in Gizeh met dit wiskundig systeem, dat hij het Ra-systeem noemt, zijn gebouwd.

HOOFDSTUK III

DE TOEGANGEN TOT ATLANTIS

Thy-toponiemen

In de Bretonse kustwateren draagt de naam “Pertuis” nog altijd de betekenis van een “doorgang tussen de rotsen”. Nochtans vinden we dit toponiem ook overal terug op de laandoorgangen van Atlantis. Dit is ook het geval voor de belangrijke laan 45 die vanuit het westen nog altijd de weg naar Sens vormt.
Net buiten de versterkingen van de centrale stad, tussen Château-Landon en Dordives, treffen we de naam “Pertuis” eveneens aan. Daarnaast vinden we “Les Gauthiers”. Dit laatste toponiem treft men ook aan in persoonsnamen (Wouter, Wauter, Walter, ...). Het toponiem betekent dat door die plaats, een “gau(l)”, “vau”, “wal” of “val”, een weg liep. Mensen die dus Wouter (in het Frans: Wauthier, Gauthier, Vauthier) of soortgelijke namen droegen, waren dus afkomstig van zo’n plaats.
Ik meen dat het merendeel van de “Thy”, “Ti” en “Tuys”-toponiemen verbonden zijn met Pertuis. Deze laatste laat zich gemakkelijk vertalen als een doorgang (tuis) tussen de rotsen (Frans: pierres) (per).

De vormen waaronder men “Athis” of “Thy” terugvindt verschillen enorm: Athis-toponiemen zoals Athie-les-Moutier (Montbard, Côte-d’Or), Athies-sur-Montreal (Avallon, Yonne), Athis (Chalon-sur-Marne en Fromenteau, Paris) vindt men terug op Ovaal I. Op Ovaal II treft men een Athis aan te Caan, Aisne-distrikt. Athie (Peronne, Somme) en Athus (Virton, Luxemburg-België) bevinden zich op Ovaal III, terwijl Athis (Conde-sur-Noirieau, Orne), Athis sur Orne (Caen, Calvados) en Athis (Henegouwen, België) zich op Ovaal IV bevinden.

Thieulaye, Thennes, Antheny, Thin-le-Moutier, Tielt (Tilaytum), Tieghem, Thiel-sur-Acolin, les Mortigny, Tillet, Thiaumont, Dinant, Thiaucourt, Vauthiermont, Thiébouhans, la Dhuis, Lantenay (wat ongeveer zoveel wil zeggen als Atlantis), Frétigney, Thieu, Thirimont, Vathiménil, St-Thiébault enz.

Dit laatste toponiem, Thiébault (Thi-vau) bevindt zich altijd op de juiste plaats.

Het toponiem "thy" werd al opgemerkt door de gebroeders Brou in hun boek "*Le secret des Druides*" (het geheim van de druïden), uitgegeven in 1970. Zij verklaarden dit toponiem als een heilige plaats.
De oude laandoorgangen afwandelend, komt men die toponiemen tegen in veelzeggende concentraties. Namen als Pertuis, Malpertuis, Maupertuis en andere varianten leveren vaak onverwachte verklaringen op, verklaringen die ofwel de humor van de Ouden of hun praktische geest toont. Men ervaart dit wanneer men terugkomt van Sens via Montereau-fault-Yonne, Nangis, Rozay-en-Brie en Maupertuis. Men komt deze laatste plaats binnen en vraagt zich af waarom die zo sympathieke stad de naam "Maupertuis" heeft gekregen. Wanneer men echter naar rechts kijkt, in de richting van Sens, tot aan laan 59, naar links draait, in de richting van de laan, dan ziet men een helling die alles verklaart. Maupertuis betekent wat de naam altijd al deed vermoeden: een moeilijke doorgang.

Een ander opmerkelijk feit in verband met die Thy-toponiem is dat de afstanden tussen de Thys, op welke ovaal dan ook, ofwel 17,5 of 35 kilometer meten, ofwel 100 of 200 stadiën. Als men op Ovaal I 34 kilometer afmeet vanaf Cosne-sur-Loire in oostelijke richting, treft men daar een laan aan (laan 32) die door Varzy gaat. Nog 34 kilometer verder treft men Vezelay aan met zijn Perthuis-toponiem; 35,4 kilometer verder ligt Tivauche-le-Haute, met op dezelfde laan St-Thibault en Combe Perthuis. 35 kilometer verder snijdt de Seine door Ovaal I in Châtillon-sur-Seine. 32 kilometer verderop vindt men Lanty-sur-Auby, 18 kilometer verder Thil.

Op Ovaal III, tussen lanen 7 en 11, vinden we op afstanden van 17,5 kilometer de volgende Thy-toponiemen: Thonelle, Tellancourt, Tiercelet et Thil, Thionville et Lantéfontaine, Antilly, Frontigny, Thimonville en Thézey-St.-Martin.
Nog binnen Ovaal III treffen we tussen de lanen 56 en 4 de volgende Ti-toponiemen aan, op een onderlinge afstand van 35 km: Laan 56: le Bas Routieux; Laan 58: Thieuloye; Laan 60: Thennes; Laan 61 7/8: Athies; Laan 63 3/4: Thenelles; Laan 1 5/8: Thenailles; Laan 3: Anthenay; Laan 4: Thin-le-Moutier.
Tussen lanen 24 en 34 zijn er Thézul, la Tuilerie, Thiel-sur-Acolin et Thionne (wat samenhangt met le Tailly op Ovaal II), le Montet, Teileux. Daarenboven vinden we tussen Thiel-sur Acolin en le Montet net in het midden Tilly. En in het midden tussen le Montet en Teileux "Theneuille".

Op het zuidwestelijke deel van Ovaal IV liggen er op afstanden van 17,7 kilometer de steden Gautier, Thollet, Bethines, Lauthiers, Monthoiron en Thuré.

In samenvatting kunnen we stellen dat de Thy-toponiemen zich voornamelijk bevinden op de ovaalstructuren, op onderlinge afstanden van 17 of 35 kilometer (kleine verschillen zijn natuurlijk steeds aanwezig omdat men zoveel mogelijk gebruik trachtte te maken van natuurlijke doorgangen waar men dus geen artificiële doorgangen moest creëren – *F.C.*).
Deze toponiem helpt ons om de naam Atlantis te verklaren, de naam die de Egyptenaren gaven aan dit machtige rijk.

Atlantis, een woord dat bestaat uit drie lettergrepen, houdt drie betekenissen in:
At: de zon of de centrale stad waar alles zich afspeelt
Lan: de wegen die leiden naar de Zon
Tis: de doorgang tot het rijk van de Zon

Port-toponiemen

Bepaalde doorgangen, tot op heden "poorten" genoemd, bevinden zich blijkbaar op willekeurige plaatsen. Die hebben vaak een reputatie, goed of slecht, aan hun verbonden die bewaard is gebleven tot op heden.
Zo is er bijvoorbeeld de poort of de doorgang van Poitiers waar Karel Martel in 732 de Sarracenen heeft gestopt. Er is de poort van Belfort waar de Hunnen niet werden tegengehouden, waardoor ze drie maanden later Gallië hadden doorkruist. Die poort wordt ook wel eens "port de Bourgogne" geheten.
Er is de "port de Bapaume" die zowel in de middeleeuwen als nu de verbinding verzekert met de streken ten noorden van Frankrijk.

Die drie bekende poorten bevinden zich op of in de directe nabijheid van Ovaal IV, de doorlopende gracht. De poorten van Poitiers en Belfort bevinden zich erop, de "porte de Bapaume" ligt binnen de omwalling. Deze eigenaardige situering van de port-toponiemen nabij de grens van Atlantis spoorde ons aan om dit fenomeen systematisch te onderzoeken. Zo vonden we 73 toponiemen, waarvan 34 zich ver buiten Atlantis bevonden. We hielden dus 39 toponiemen over binnen het grondgebied van Atlantis.

Ons onderzoek leerde ons dat 26 tot 29 van de 39 toponiemen geheel of gedeeltelijk verbonden waren met de ovalen. Aldus zijn er concentraties van 7 port-toponiemen of Ovaal III en negen op Ovaal IV, zonder rekening te houden met onze drie modellen (Poitiers, Belfort en Bapaume) aangehaald in het begin van deze tekst.

Zo verkregen we:

Op de cirkelvormige structuren rond Sens:
- le Port in Marsangy aan de Yonne

Op Ovaal I:
- le Port-Morand, nabij Orléans, aan de Loire
- les Portes, nabij Arpajon
- le Port-Marly, nabij Versailles, aan de Seine
- le Port-Royal-des-Champs, de befaamde abdij in Magny-les-Hameaux
- le Port-à-Binson, nabij Dormans, aan de Marne.

Op Ovaal II is er enkel Port-Villez bij Vernon, aan de Seine.

Op Ovaal III herkenden we:
- le Port-de-Luynes, nabij Tours, aan de Loire
- le Port-de-Fer, eveneens nabij Tours, aan de Loire
- le Port-Sanilas, nabij Le Mans, aan de Sarthe
- le Port-St.-Ouen, nabij Rouen, aan de Seine
- Port-sur-Seille, nabij Pont-à-Mousson, aan de Moezel
- Port-sur-Saône, nabij Vesoul, aan de Saône
- Port-Aubert, bij Dole aan de Doubs.

Op Ovaal IV vonden we, behalve onze drie modelvoorbeelden:
- le Port-la-Vallée, nabij Angers
- la Trappe du Port-du-Salut, nabij Laval
- Porté Assiquet, nabij Montvilliers
- Port Châtel, nabij Montvilliers
- le Port, ten noorden van Caen, aan de Orne
- Porte-Chef-de-Caux, nabij Montvilliers
- Porte-de-l'Heure, nabij Harfleur, aan de Seine
- Port-le-Grand, nabij Abbeville, aan de Somme
- Port-de-By, nabij Mâcon, aan de Saône.

Ter hoogte van Laval, maar wel op een afstand van 17 km buiten Ovaal IV, is er nog een port-toponiem, Port-Brillet, dicht bij Fau-du-Theuil (!). Aan de Vienne, en dit op een afstand van 17 kilometer binnen Ovaal IV, hebben we Port-de-Pille en Ports, nabij les Ormes.

Onze conclusie was dat na een strenge selectie we 26 tot 29 toponiemen met port(e) overhielden die zich op de vier grote ovalen bevonden. 25 ervan bevinden zich waar de ovaal een rivier kruist. Dit betekent dat de toegang tot Atlantis via de rivieren het liefst port of porte genoemd werd.

In het Latijn treft men die toponiemen eveneens aan. Porta betekent toegang/ingang, terwijl portula een poortje betekent. Portus betekent echter haven, een toevluchtsoord. Atlantis had poorten, meer bepaald maritieme poorten: havens!

Pas-toponiemen

Een synoniem voor doorgang (in het Frans: passage) is het woord pas (zowel in het Nederlands als in het Frans). Die bekende pas de Saverne bevindt zich ook op Ovaal IV. Deze pas trok voor het eerst mijn aandacht toen ik de drie port-modellen bestudeerde.

Statistische vergelijkingen toonden aan dat er zich 14 pas-toponiemen op de Atlantis-structuren bevonden terwijl er slechts zeven werden aangetroffen op de veel grotere gebieden binnen en buiten deze ovaalstructuren.

Op de cirkelvormige structuren rond Sens vonden we:

Op cirkel I:
- Passy-près-Vernon, nabij Sens (in de buurt van een port-toponiem)

Net binnen cirkel 3 is er Passy-sur-Seine, nabij Bray-sur-Seine.

Op Ovaal I vonden we in de buurt van Dormans:
- Passy-Grigny
- Passy-sur-Marne

Op Ovaal II bevonden zich:
- Passel, nabij Noyon
- Pacy-sur-Seine, nabij Evreux

Op Ovaal III is er:
- le Pas-Bayard, bij Vervins
- Passon-fontaine, nabij Besançon

Op Ovalen II en III vonden we ook varianten zoals Maupas en Maurepas, toponiemen die dezelfde betekenis dragen als Maupertuis.

Op Ovaal IV zagen we:
- le Pas, nabij Mayenne
- le Pas, nabij Ambrières-le-Grand
- Passais-la-Conception, nabij Domfront
- le Pas-Bayard, bij Dinant (België).

Dit toont aan dat er een verband bestaat tussen de pas-toponiemen en de Atlantis-structuren.

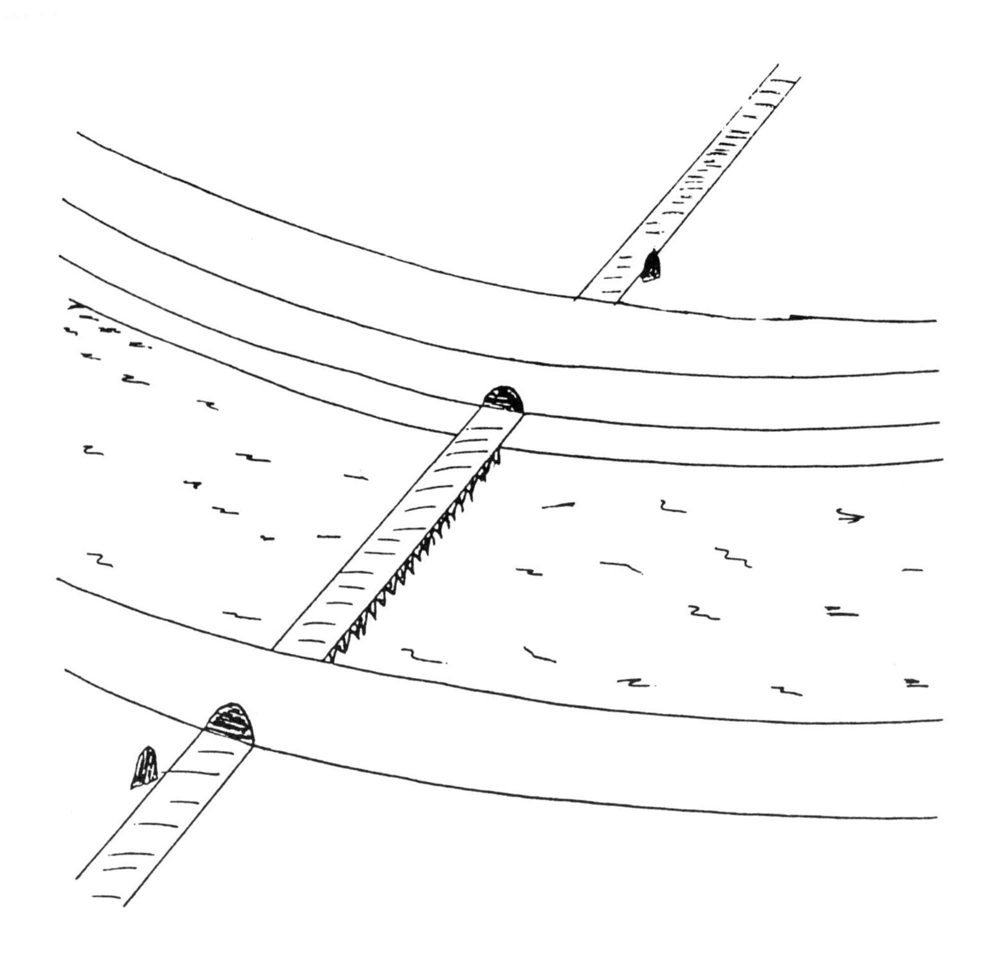

Fig. 29. De doorgang van Atlantis. Theoretische voorstelling van een toegang, met wallen, brug, gracht, dolmen en laan.

De toegangspoorten tot Atlantis zijn bewaard gebleven in het Europese landschap door zulke toponiemen als Pertuis, Thy, Port en Pas.

Constructie van de doorgangen

Tijdens zijn vele reizen raakte Mestdagh vertrouwd met het landschap dat op de grenzen van Atlantis blijkbaar steeds weer te zien viel: bepaalde zachte glooiingen over een afstand van ongeveer vijfhonderd meter. De ringgrachten van Atlantis waren uiteraard uitgedroogd na zovele jaren van verwaarlozing. Mestdagh reconstrueerde dit landschap totdat hij meende een beeld te hebben verkregen van hoe de grenzen van Atlantis en de doorgangen er hadden uitgezien.
Het grootste deel van de ringgrachten van Atlantis moest uitgegraven worden. Slechts op enkele plaatsen (bijvoorbeeld de rivier Mayenne tussen Laval and Angers op Ovaal IV) stroomt er een rivier langs de grens. Bij die graafwerken werden er uiteraard massa's aarde uitgedolven die men gebruikte om dijken langs de ringgracht aan te leggen. Dit is een procedure die veelvuldig gebruikt wordt, zowel vóór 1500 v.Chr. als nu. Deze ringgracht (die 177,6 meter breed was) scheidde dus Atlantis van de "buitenwereld", de wereld buiten de wallen.

De ingangen en uitgangen van Atlantis werden volgens Mestdagh gecreëerd door over de ringgracht een brug te spannen. De plaats waar deze brug precies gebouwd werd, werd voornamelijk beïnvloed door de ligging van een laan. In de dijken ter hoogte van de brug werden vervolgens doorgangen gemaakt. Mestdagh meende dat de dijken zo'n honderd meter breed waren, wat betekent dat de ongeveer tweehonderd meter lange strook aarde die moest verwijderd worden bij de bouw van een gracht, evenredig aan beide kanten van die gracht werd opgehoopt. Dit wil zeggen dat het kanaal even diep was als de dijken hoog waren. De dijken werden volgens Mestdagh echter niet onmiddellijk naast de gracht opgeworpen; men liet zo'n twintig meter tussenruimte tussen de gracht en de dijk.
In deze dijken werden dolmens geplaatst. Die stenen verstevigden de structuur niet alleen, volgens Mestdagh werden deze dolmens verwerkt op de plaats waar men een doorgang had. De toegang tot Atlantis was dus inderdaad een door-gang, door een gang. Het woord doorgang zegt het zelf: door een gang, een pad dat overdekt is, gaan om iets te betreden of te verlaten, in dit geval Atlantis. Het grootste gedeelte van deze doorgang was waarschijnlijk gestut door houten balken. In het centrum van de dijk, waar de druk op de gang het grootst was en de gang dus het best verstevigd moest zijn, plaatste men een dolmen, een stenen onderstutting. Men heeft bepaalde dolmens gevonden die bedolven waren onder het zand. Op bepaalde plaatsen zal het zeker de tand des tijds zijn geweest die een dol-

men verslonden heeft. Op andere plaatsen is het echter heel goed mogelijk dat ze er altijd ingegraven zijn geweest. Terwijl de houten constructies verrotten en de dijk instortte, heeft waarschijnlijk alleen de dolmen stand gehouden. Mestdagh vermeldde de dolmen van Fresnicourt (op Ovaal IV) als een dolmen die ooit deel uitmaakte van zo'n dijkstructuur (cf. *Atlantis*, p. 72).

Mestdagh meende waarschijnlijk heel terecht dat deze bruggen en doorgangen beveiligd waren. De militaire term "bruggehoofd" betekent een strategische positie vanwaar men uitvallen ("uit de wallen"?) kan doen naar de vijand toe.

Mestdagh meende dat men zo'n brug "bri" heette. "Bri" treft men nog steeds aan in het Engelse woord voor brug, bridge. In het moderne Frans is een brug "pont", afkomstig van het Latijnse woord "pons", dat eveneens brug betekent. Misschien zijn de Fransen hun oorspronkelijke woord voor brug, bri, vergeten onder invloed van het Latijn en de Romeinse cultuur waarmee het sterk verwant is.

Men treft bri echter nog aan in vele andere woorden. Het is redelijk om aan te nemen dat mensen bij het betreden van Atlantis een soort tol ("toegangsprijs") en belastingen op goederen moesten betalen. Zo kennen we de bruggeman, iemand die belast was met het ontvangen van tol. Het woord "brigade" is nog zo'n woord met bri. Een brigade is een groep militairen, een groep gewapende mannen. Is het mogelijk dat dit woord afgeleid is van het woord brigarder (garder is Frans voor bewaken), de bri bewaken, de brug bewaken? De brigade was dan mogelijk de groep van bruggemannen. Als het oorlog was, waren de grenzen gesloten en moesten militairen de grenzen verdedigen.

We kennen ook het Engelse woord "bribe", wat een pejoratieve betekenis heeft gekregen omdat het verband houdt met iemand omkopen. In het Nederlands vertaalt men "bribe" als steekpenning. Is het mogelijk dat het een doorsteek- of een oversteekpenning is? Een bepaald bedrag dat men moest betalen om de brug over te steken of door de gang te gaan zodat men binnen mocht?

Heeft de toegang tot Atlantis een mythisch karakter?

De toegangen van Atlantis waren zo gebouwd dat ze goed verdedigd konden worden. Nochtans meen ik dat de ontwerpers van die toegangen er ook een doordachte symboliek aan verbonden.
Als men Atlantis betrad (en ook als men het verliet), moest men dus een pad volgen door een donkere tunnel. Die donkere tunnel symboliseert de donkere gang waarlangs het kind geboren word, de weg vanuit de baarmoeder naar de "buitenwereld". Ik meen dat die symboliek van toepassing was als men Atlantis verliet. De donkere tunnel wordt ook waargenomen als men een bijna-dood-ervaring heeft, als men de materialistische wereld achterlaat en de wereld na de dood, de hemel, binnentreedt. De sjamanen informeerden hun stamleden dat nadat ze door een donkere tunnel waren gegaan, ze een beproeving zouden moeten doorstaan ("doorgaan"): ze moesten over een smalle brug boven een rivier gaan. Als ze die test hadden doorstaan, konden ze het koninkrijk der hemelen binnentreden. De test over de brug was een "weging van de ziel", een symboliek die enigszins aangepast terug te vinden is in de christelijke mythologie waar Sint-Pieter de poort van de hemel bewaakt. De brug van Atlantis werd eveneens bewaakt en men moest niet zozeer een test ondergaan ("doorgaan") als wel een tol betalen, wat symbolisch dezelfde waarde had.

Vervolgens moest men nogmaals door een donkere tunnel en deze keer meen ik deze tunnel te moeten interpreteren als een toegang tot een nieuw leven, een hergeboorte, het pad van het kind naar een nieuwe wereld, Atlantis, en misschien zelfs naar een nieuw en volgend leven, een soort reïncarnatie.

Als men uit de tunnel kwam, zag men weer licht, maar dit keer waarschijnlijk ook groene velden en de blauwe hemel, een landschap dat "hemels" aandeed, hoewel het "niets" meer was dan het landschap van Atlantis, de nieuwe wereld die men had betreden, de "hemel op aarde".
Het was ook een hergeboorte naar de oorsprong van het leven: de baarmoeder, de warme en vooral veilige schoot van de moeder. Deze hereniging met de bron van ons leven vond plaats bij het binnentreden van de moederbeschaving: Atlantis. De beveiliging van de grenzen van Atlantis creëerde dus niet alleen een fysieke, reële veiligheid; het creëerde tevens een symbolische veiligheid.

Zoals Michael Dames zegt, is die hergeboorte of tweede geboorte, dit tweede bezoek in de moederschoot vernietigend voor de "ik twijfel aan niets, ik weet alles"-mentaliteit van het kind en worden die gedachten verwisseld voor de heilige waarden waar de volwassen mens naar tracht te streven. "*Die tweede geboorte introduceert de volwassen mens met de plechtigheid van een cultuur, waarbij hij of zij de nood ondervindt om de hele schepping te verzorgen. Vanaf nu beleeft men de Natuur als iets bovennatuurlijks*"(26), iets hemels, een "hemel op aarde". Het was precies die ervaring die de bewoners van Atlantis aan de bezoekers wilden meegeven.

Foto 4. Toegang tot Atlantis. Dat een dolmen donker kan zijn en als toegang kan dienen is hier wel duidelijk.

---

(26) Michael Dames. *Mythic Ireland*. London: Thames and Hudson, 1992, p. 53.

HOOFDSTUK IV

DE MENHIRRIJEN VAN WEST-EUROPA: SCHEEPSWERVEN EN LOODSEN VAN ATLANTIS' VLOOT

De Vloot van Atlantis

We bekijken opnieuw de gegevens die Plato ons verschaft over de vloot van Atlantis: zij telde 1200 schepen en het aantal matrozen was op 240.000 vastgesteld.
We kunnen ons makkelijk voorstellen, dat al die manschappen wel niet voortdurend onder de wapens zullen hebben vertoefd. In dit geval wordt het ook aannemelijk dat niet steeds alle 1200 schepen de zeeën bevoeren. Dit zou betekenen dat de meeste schepen zich meestal ergens bij de zee of bij een inham, op het droge moeten hebben bevonden. Ook onze moderne vloten, of het nu zee- of luchtvloten zijn, beschikken over een reserve. De vele loodsen en werven waar die reservevloot bewaard en onderhouden werd, moeten op voor de zee strategische plaatsen of ergens in het achterland van de belangrijkste oorlogshavens zijn terug te vinden of zelfs deel hebben uitgemaakt van die havens.

Om een en ander duidelijker te maken, willen wij de complete Atlantisvloot een grootse zeeparade laten houden. We zullen daarbij rekening houden met een indirecte informatie, die ons door Plato in zijn Kritias (115 d) wordt verschaft: "*Zij maakten er een havenmond die groot genoeg was opdat de grootste schepen er zouden kunnen binnenvaren.*"
Een formulering als "de grootste schepen" inspireert ons om de gemiddelde lengte van de schepen der Atlantisvloot op 25 m te stellen. Wanneer wij dan de 1200 oorlogsbodems laten voorbijvaren met telkens één scheepslengte tussenruimte, bekomen we een optocht, een vlootparade van 60 km lengte. Om die vloot, 1200 schepen dus, onderdak te verschaffen zouden wij over loodsen met een totale lengte van zeker méér dan 30 km en praktisch gerekend zelfs van 60 km lengte moeten beschikken.
Aangenomen dat de Atlanten dergelijke loodsen zouden hebben gebouwd, moeten wij die gaan zoeken in de kustgebieden, aan de inhammen en langs de rivieren die in onmiddellijke verbinding staan met de kust.
De bezorgdheid van de Atlanten voor hun vloot blijkt uit de volgende

Plato-tekst, die dan nog maar over de havens van de Centrale Stad handelt.

KRITIAS

115-e "*Daarna groeven zij kanalen doorheen de cirkelvormige ringeilanden en dit ter hoogte van de bruggen, zodat een enkele trireem van de ene cirkelvormige gracht in de andere kon komen; de navigatie gebeurde er ondergronds, daar de ringeilanden voldoende boven het niveau van de zee uitstaken.*"

116-b "*En terzelfder tijd als op het centraal eiland deze stenen werden uitgehouwen, bouwden zij twee steengroeven om, zodat zij door rotswanden overdekte dokken verkregen.*"

Deze tekst illustreert voortreffelijk de bekommering der Atlanten voor het vlooteskader, dat de Centrale Stad als thuishaven was toegewezen.
Het is dan ook begrijpelijk hoe de Atlanten hun reusachtige vloot die bij het kustgebied in reserve moest worden gehouden, letterlijk en figuurlijk in de watten zullen hebben gelegd.

Menhirrijen als scheepswerven en loodsen van Atlantis' vloot

Wij hebben tot nog toe de stelling verdedigd, dat de naar de Centrale Stad gerichte lanen eertijds afgetekend waren door rijen van menhirs. Die menhirs bezaten terzelfder tijd de merkwaardige eigenschap dat hun langsrichting naar Sens wees. Die "laan"-rijen van menhirs zijn echter niet zo makkelijk in het landschap te herkennen daar de afstand tussen twee opeenvolgende menhirs zeer groot kan zijn en er ondertussen al veel menhirs verdwenen zijn.

De menhirrijen (alignements, stone-rows) van West-Europa onderscheiden zich van de gerijde laanmenhirs ten eerste door het feit dat de afstand tussen de menhirs slechts enkele meters bedraagt, ten tweede door het feit dat bij sommige menhirrijen tot 10 of meer rijen op korte afstand van en naast mekaar kunnen voorkomen.
Bij de studie van de Pre-Atlantisstructuren hebben we een merkwaardige relatie opgemerkt tussen sommige van de beroemdste Bretonse menhirrijen en de ovaalstructuren die wij rond het tweede oogpunt van Aizenay-l'Augisière kunnen aanwijzen.
Het zijn die Bretonse menhirrijen die wij gebruiken om een hypothese op te stellen die alle menhirrijen moet kunnen verklaren.

De menhirrijen van Bretagne

Voornoemde beroemdste menhirrijen van Bretagne bevinden zich te:

- Carnac (Morbihan): Ménec, Kermario, Kerlescan
- Erdeven (Morbihan): Kerzerho
- St-Pierre-de Quibéron (Morbihan): “du Moulin”
- Plouharnel (Morbihan): Ste-Barbe, Vieux Moulin, Keriaval
- Plomeur en Penmarch (Finistère): Lestridiou
- Crozon (Finistère): Ty-arc’hure (Maison du prêtre)
- Camaret (Finistère): Lagatiar
- Pleslin (Côtes-du-Nord)
- Guitté (Côtes-du-Nord)

Als wij nu van die menhirrijen de lengte van de afzonderlijke rijen gaan samentellen, krijgen we als totale rijenlengte 55 km. Dat getal ligt precies binnen de afmetingen die we nodig oordelen voor de lengte van de vlootloodsen.
Ook de ligging van deze menhirrijen is merkwaardig te noemen. Carnac, Erdeven, Plouharnel, St-Pierre-de-Quiberon, Penmarch en Plomeur, Carnaret en Crozon zijn alle in het kustgebied gelegen; sommige stenenrijen lopen trouwens door tot in zee.
Pleslin en Guitté bevinden zich aan het eindpunt van een inham. Voor Pleslin is dit op de Frémur, voor Guitté op de Rance. Wanneer wij dan ook nog de oriëntatie van die menhirrijen gaan onderzoeken, wordt het ons wel heel vreemd te moede. De rijen van Carnac: Ménec en Kermario wijzen oostnoordoost, Kerlescan wijst oostwaarts. Die van Plouharnel wijzen in een noordzuidrichting en oostzuidoost. De rij van Kerzerho te Erdeven wijst naar het oosten, zoals ook de rijen van het schiereiland Quibéron. Ook de rijen van Penmarch-Ploumeur, Camaret en Crozon schijnen oostwaarts te wijzen.

Van Guitté kennen we de noordzuidrichting. Pleslin wijst naar de Frémur. We menen dat we met deze eenvoudige constataties al heel wat mythen doorbroken hebben. Want ja, volgens bepaalde theorieën en overleveringen zouden die rijen naar opgaande of ondergaande zon, maan of sterren wijzen; door die rijen zag men in gedachten of in stoute wensdromen steeds weer witgedrapeerde priesters trekken op zoek naar het Licht. Mogelijk, maar hun theorieën missen het overzicht dat hier naar inzicht leidt.

De geografische feiten zijn heel wat prozaïscher, maar daarom niet minder boeiend. Deze stenenrijen wijzen naar het water, naar de zee, naar inhammen, naar rivieren. Bij en in het water schijnt hun bedoeling te hebben gelegen.

Fig. 30. De menhirrijen van Bretagne. De voornaamste vlootbasissen van Atlantis.

Wanneer wij nu deze nieuwe gegevens over de Bretonse menhirrijen samennemen, moet dit ons wel tot een heel vreemde conclusie brengen:

• Totale lengte der rijen: 55 km
• Gesitueerd aan kust, inhammen en rivieren
• Lengte-as van mMenhirrij naar dichtstbijzijnde waterweg gericht

Ons besluit luidt dan ook: de Bretonse menhirrijen stellen de oeroude scheepswerven van Atlantis voor. Zij zijn de relicten, steunberen of "contre-forts" van de reusachtige loodsen die waren opgetrokken met de bedoeling de vloot zo goed mogelijk te conserveren. Loodsen en scheepswerven tegelijk! De bewaking en het onderhoud van de schepen werden verzekerd door de manschappen die in de cromlechs waren gehuisvest. Vanop de tumuli die in deze gebieden waren opgetrokken kon men eveneens het vlootpark bewaken. Vanuit die loodsen konden de schepen in een minimum van tijd te water worden gelaten.

Bij het raadplegen van de literatuur over deze menhirrijen wordt men getroffen door bepaalde data die steeds terugkeren: de datum van aanleg wordt steeds ergens tussen 2000 en 1200 v.Chr. geplaatst met hier en daar een uitschieter naar 2500 v.Chr.

Toepassing op de overige menhirrijen van West-Europa

Bovenstaand experiment met de beroemdste Bretonse menhirrijen werd door ons overgedaan met alle menhirrijen die men in West-Europa aantreft:
• Frankrijk: Bretagne, Haute-Garonne, Seine, Epte, Oise, Aisne, Orne, Loire
• Corsica
• Engeland: Cornwall, Devonshire en Yorkshire
• Wales: Brecknockshire, Pembrokeshire en Radnorshire
• Schotland: Caithness, Lewis, Stirlingshire en Sutherland
• Duitsland: Ahlhornerheide, Oster- en Lohheide, Fallingbostel, Buchholz in de Nordheide
• Portugal

De menhirrijen van Frankrijk

Bretagne

De meest bekende menhirrijen bevinden zich rond Carnac, waar in Kermario 1029 menhirs in 10 rijen staan (totale breedte: 100 meter) over een

Foto 5. Menhirrijen in Erdeven. De loodsen, de entrepots van de vlootbasissen.

lengte van 1120 meter. Ze staan gericht op de baai van "le Men Du". In Kerzerho staan er 1130 uitgespreid over 2 km 150 m, weer in 10 rijen, ditmaal met een totale breedte van 64 meter. In Le Menec bevinden zich er 1099 in 12 rijen en in Kerlescan nog eens 594 menhirs in 13 rijen over 880 meter (5 stadiën) en met een breedte van 140 meter. In Le Menec staan de rijen in de richting van de baai "Le Po" en "les Goëlands". De rijen in Kerlescan staan net als die in Kermario gericht op de baai "le Men Du".

Elders in Bretagne staan er 143 in drie rijen en bij Quiberon staat de alignment van Kerbourgnec waar men er 24 in 5 rijen telt. Daarnaast staat er een cromlech die deel uitmaakt van een cromlech-systeem dat men terugvindt langsheen de Bretoense kustlijn.

Vele menhirrijen vindt men bij cromlechs (en omgekeerd). Andere cromlechs zitten als het ware verschuild achter het westelijke ovalensysteem, rond Ovaal I*bis*.

Al die cromlechs treft men aan tussen Carnac en le Conquet. Binnen Ovaal II*bis* is dit de cromlech in l'Ile-aux-Moines en de cromlech in Er Lanic. Op Ovaal II*bis* zijn er de cromlechs van Ménec en Kerlescan, die allebei deel uitmaken van een menhirrij. Tussen Ovalen II*bis* en III*bis*, op een afstand van 53 km van Ovaal II*bis*, treffen we in het kustgebied de cromlech van Tregunc aan. Op Ovaal III*bis* wezen we al de menhirrij van Plomeur-Penmarch aan. Ook die rij wordt door een cromlech afgesloten. Achter Ovaal IV*bis* is het opnieuw een cromlech die de menhirrij van Crozon afsluit. Ook buiten Ovaal IV*bis* kennen we ten noorden van de "Pointe de St Mathieu" de cromlech van Kermorvan; ook weer langs de kustlijn opgesteld.

We kunnen deze cromlechs als volgt indelen:
- een opstelling bij de monding van de Loire
- een reeks langs de kust van Morbihan en Finnistère
- enkele langs de loop der rivieren in Morbihan en Ile-et-Vilaine
- enkele in het binnenland van de Côtes-du-Nord

In het Finistère-departement schijnen er een aantal menhirrijen te hebben bestaan, waarvan wij er nu nog een achttal kunnen aanwijzen: Camaret, Crozon, Argol, Brasparts, Plougastel-Daoulas, Penmarch en Pluguffan. De rij van Lagatjar, ook wel de rij van Camaret of van Toulinquet genoemd, bestaat uit een eerste rij van 48 menhirs, die zich van oost naar west uitstrekt en door twee andere rijen in een rechte hoek wordt gesneden. De laatste twee rijen bestaan respectievelijk uit 15 en 10 menhirs waarvan er een drietal een grenslijn van ca. 40 m vormen. Dit monument staat niet alleen aan zee, maar wijst ook naar die zee.

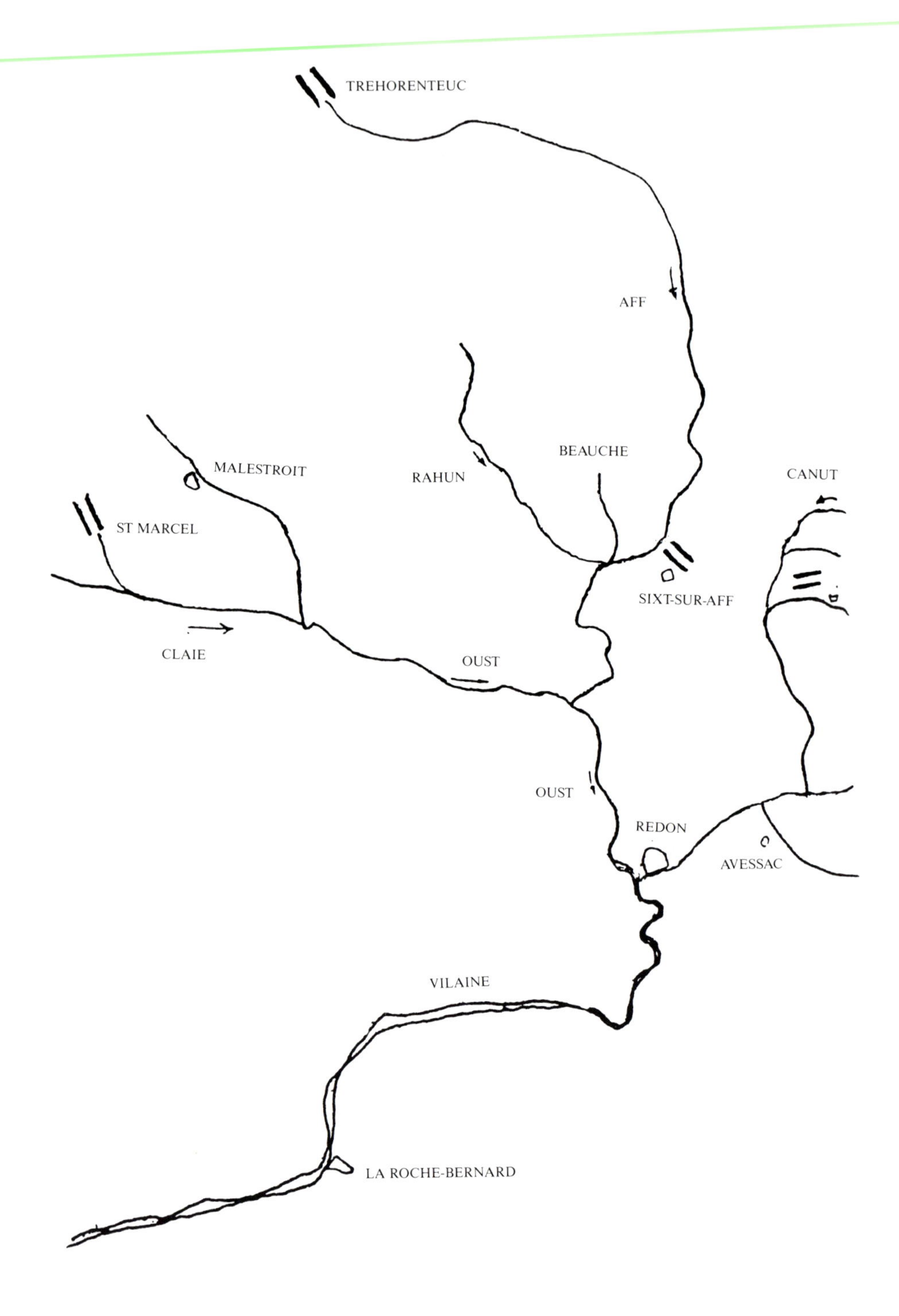

Fig. 31. De menhirrijen van Bretagne-Vilaine.

In Crozon worden de menhirrijen "Ty-an C'huré" genoemd, wat zoveel wil zeggen als "huis van de priester". Ze bestaan uit een dubbele rij stenen, die een oost-west richting aangeven. Aan de uiteinden ervan schijnen een soort cromlechs bestaan te hebben.
Tussen die twee rijen bevindt zich een riviertje, "Aber", weer een ave-toponiem.

De menhirrijen van het Rance-Frémur-departement bevinden zich ten noorden van die in Bretagne-Vilaine en liggen buiten ovaal IV, de grens van Atlantis. Omdat ze in het oostelijke gedeelte van Bretagne liggen, staan ze eerder georiënteerd op de toegang tot het Kanaal dan op de Atlantische Oceaan.
In het plaatsje Pleslin staat een menhirrij die volgens de overlevering door feeën gebouwd zou zijn. De 5 rijen wijzen naar de Frémur, die in de nabijheid voorbijstroomt. Die rijen staan op een hoogte, vanwaar een zachte helling afloopt naar de rivier.
De rijen in Guitté staan alle noordzuidwaarts georiënteerd. Ze wijzen dus naar de Rance die in het noorden ligt.

Bretagne-Vilaine

De menhirrijen bevinden zich boven Ovaal I*bis* en staan langs rivieren die uitmonden in de Atlantische Ocean.
Hier valt ook een samengaan van ave-toponiemen en menhirrijen op. Vanuit de zee, door de Vilaine (A-Vilaine zou Haven-laan betekenen) en de Oust, bereiken we menhirrijen bij Sixt-sur-Aff op de Aff, een ave-toponiem en verder naar het noorden de rijen in Tréhorenteuc. Op de Claie, een zijrivier van de Oust, liggen er rijen rond St Marcel en langs de Canut liggen er eveneens menhirrijen. De vallei van de Vilaine bezit in totaal nog 5 menhirrijen (o.a. ook te Lusanger en St Just). Zowel de menhirrij in St Marcel en die in Tréhorenteuc bevinden zich aan de oorsprong van een rivier, respectievelijk de Claie en de Aff. De menhirrij van Lusanger bevindt zich precies tussen de oorsprongen van de Cône, een zijrivier van de Don, en van een klein zijriviertje van de Chère. De menhirrij van St Just bevindt zich tussen twee kleine zijriviertjes van de Canut.

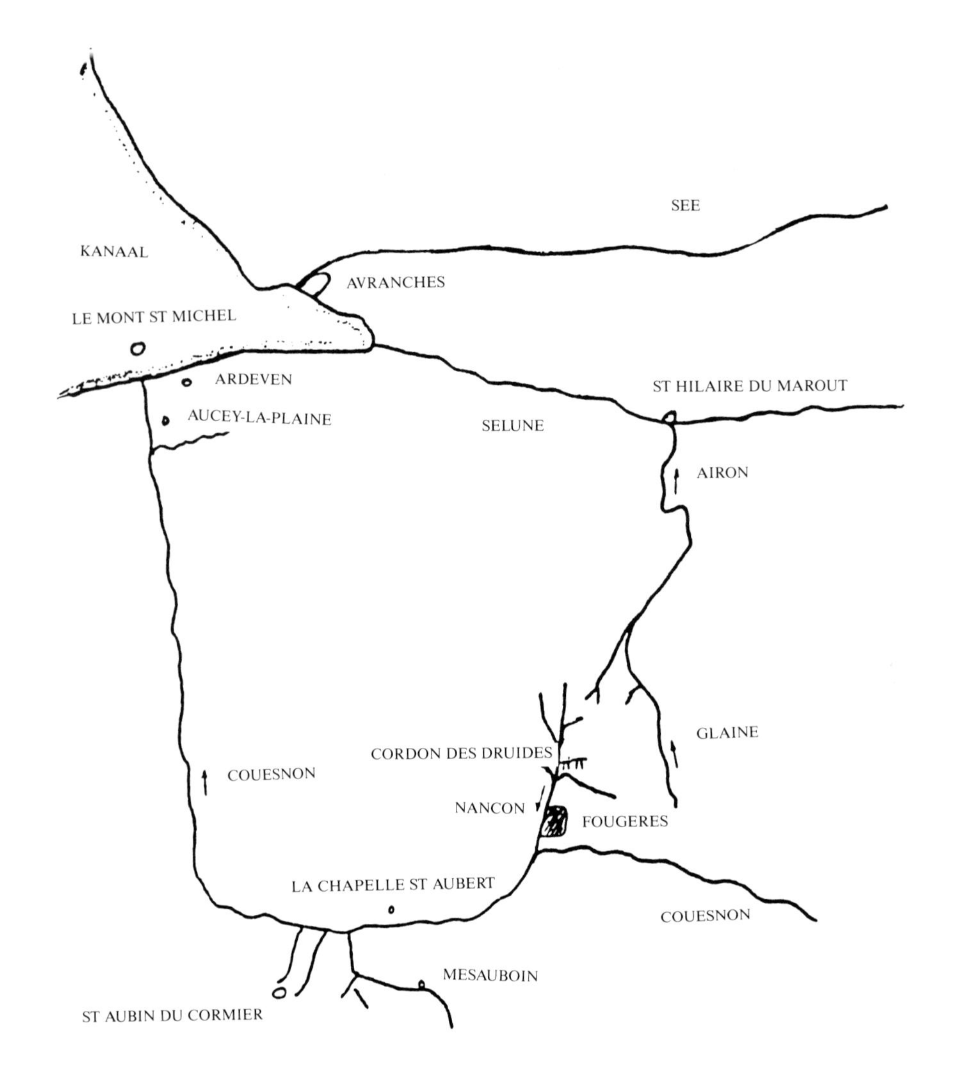

Fig. 32. De menhirrijen van Couësnon, Nançon, Selune, Glaine en Sée.

Couësnon, Nançon, Selune, Glaine en Sée

De menhirrijen staan ten westen van Ovaal IV en ten oosten van het Rance-Frémur-systeem. Die rijen staan eveneens langs rivieren die uitmonden in het Kanaal.
In het bos van Fougères, in het grensgebied van de departementen Ille-et-Vilaine en Manche, d.w.z. op de grens tussen Bretagne en Normandië, bestaat een heel merkwaardig type menhirrij. Dit monument bestaat uit 78 kwartsiet- en 2 granietstenen en wordt in de volksmond "le Cordon des Druïdes" genoemd. De stenen zijn opgesteld in één enkele rij en over een lengte van 300 meter. Ze zijn niet groter dan 2 meter. Dichtbij bevinden zich de relikten van twee cromlechs. Deze menhirrij bevindt zich precies in het gemeenschappelijk oorsprongsgebied van de Nançon, een zijrivier van de Couësnon, en van de Glaine, een zijrivier van de Selune.

Ook hier zien we weer een aantal ave-toponiemen zoals Avranches, Ardevon, Aucey-la-Plainne, St Aubert, Mesauboin en St Aubin. Als er dan al niet al te veel menhirrijen in dit gebied overblijven, blijven er wel genoeg ave-toponiemen over.

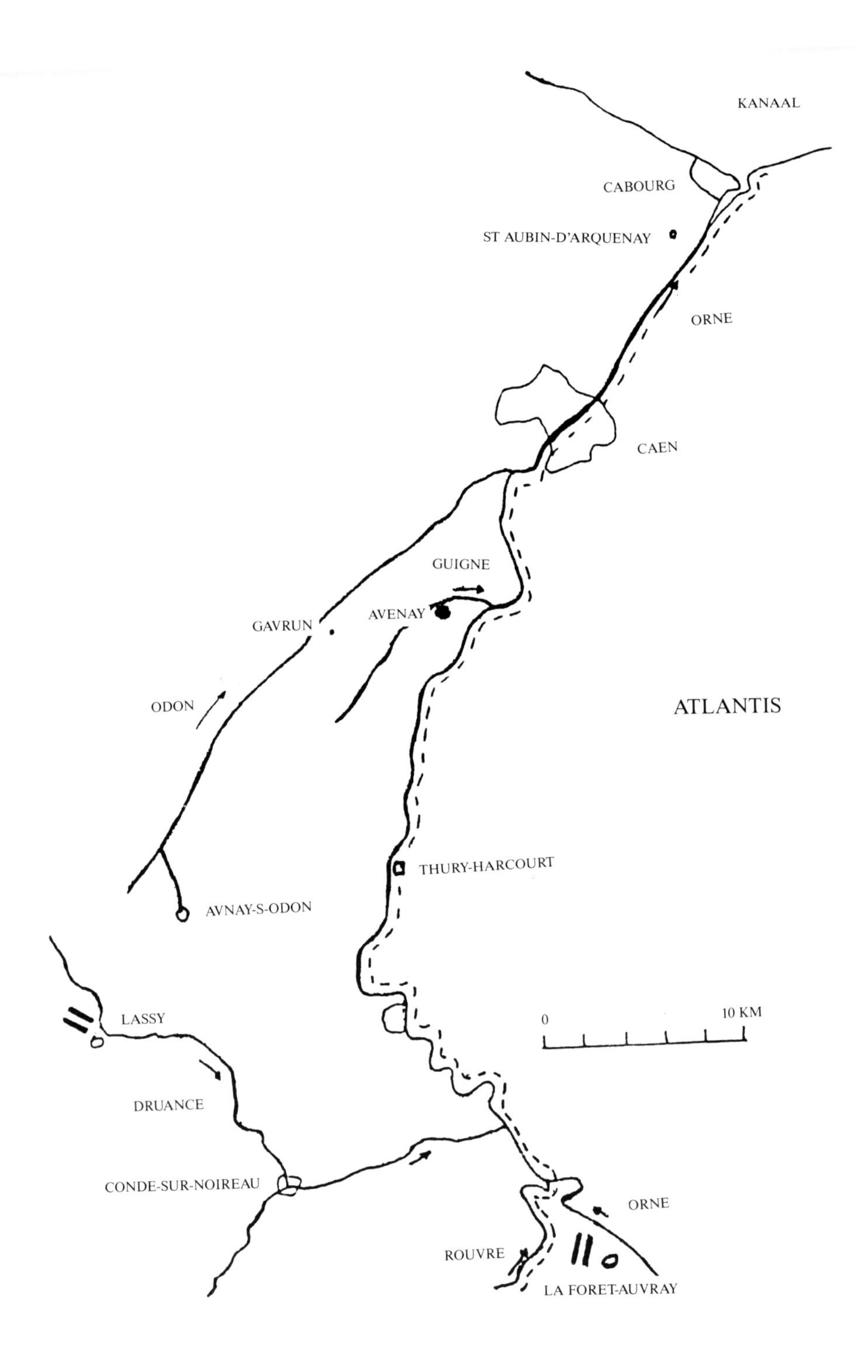

Fig. 33. De menhirrijen langs de Orne.

Orne

Doorheen dit complex loopt de grens van Atlantis, Ovaal IV, een grens die gedeeltelijk samenvalt met de Orne. Net zoals de vorige rivier-systemen, mondt deze rivier uit in het Kanaal. Sommige menhirrijen (Avnay-sur-Odon, Lassy en Evrey) staan buiten deze Atlantis-grens, andere (La Forêt, Auvray) staan binnen de grens. Er is ook nog tweede verdeling van de rijen doordat de grens tussen Koninkrijk 9 en Koninkrijk 10 hier doorloopt.

Weer treffen we hier een aantal ave-toponiemen aan: St Aubin (alweer), Avenay, Aunay-sur-Odon en zelfs Gavrun en Evrecy zou ik hier durven opnemen als ave-toponiemen. De meeste van deze ave-toponiemen liggen zeer interessant net buiten ovaal IV, de grens van Atlantis.

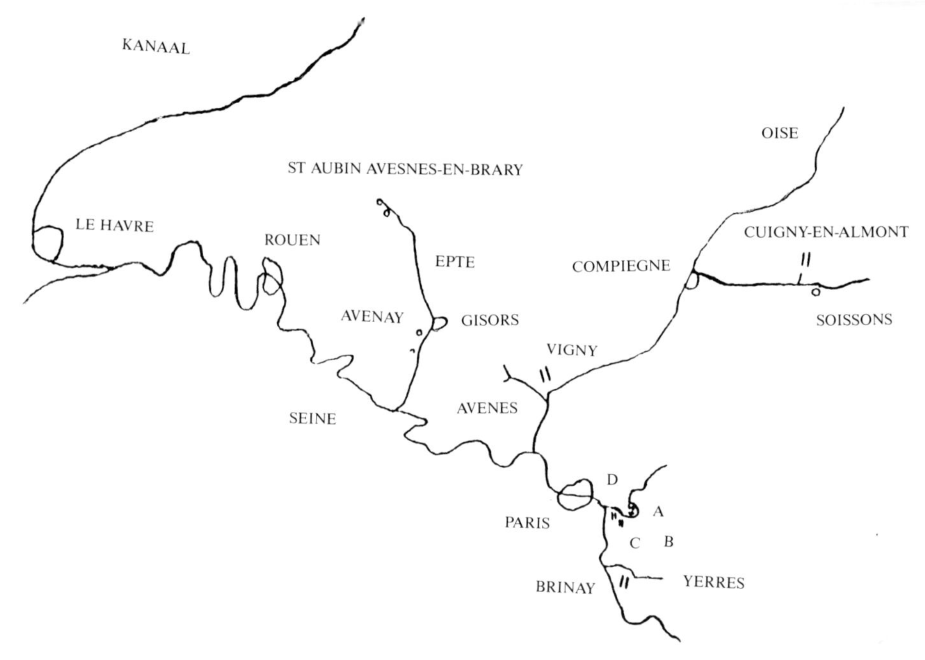

A LES PIERRES DE CHAMPIGNOL

B LES PILLIERS

C CRETEIL

D MAISON ALFORT

Fig. 34. De menhirrijen van Seine, Epte, Marne, Yerres, Oise en Aisne.

Seine, Epte, Marne, Yerres, Oise en Aisne

O.a. de rij in Boury-en-Vexin staat op Ovaal II, terwijl er hier zelfs rijen binnen het Centrale Koninkrijk staan. De ave-toponiemen op Ovaal II behoren tot de koninkrijken 8 en 9. St-Aubin en Avimes-en-Bray en verderop Avernes en Vigny staan langs de grens tussen deze twee koninkrijken.

Er staan dus ook rijen in het noordwestelijke deel van Koninkrijk 1, het dichtst bij de zee dus. Ze staan in twee kronkels van de Marne. Men vindt die rijen terug in Maison-Alfort, Créteil, en in St Maur-des-Fossés (Les Pierres de Champignol en Les Pilliers).
Langs de Seine, iets verder naar het zuiden, vinden we op de zijrivier Yerres nog de rijen in Brunoy.

Er zijn ook rijen langs de Oise (Forêt de la Tour du Lay) en de Aisne (Cuisy en Almont). Ze staan beide binnen Koninkrijk 8 en binnen Ovaal II.
Het zal wel geen toeval zijn dat deze toponiemen en Menhirrijen te vinden zijn langs de Seine, de rivier die toegang verleende tot de centrale stad. Aldus was het de belangrijkste rivier van Atlantis. Vandaar is het vrij duidelijk dat er uitzonderingen op de regel waren: normaal bevonden de vlootbasissen zich buiten Ovaal IV. Hier bevinden ze zich er duidelijk in.

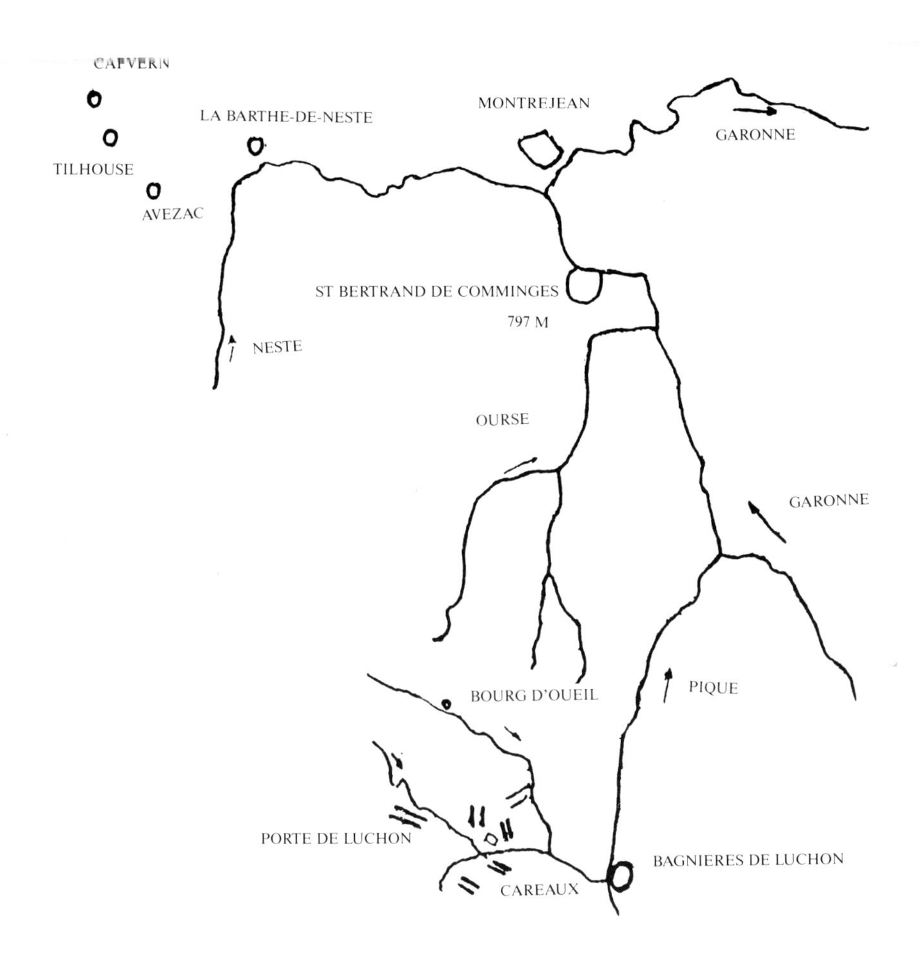

Fig. 35. De menhirrijen van de Haute-Garonne.

Haute-Garonne

Volgens A. de Mortillet zijn de 15 alignementen in de Haute-Garonne te jong en kunnen daarom niet vergeleken worden met andere megalitische bouwwerken.

Rond 1880 meende men dat men in bepaalde gebieden van de Pyreneeën eveneens een enorm aantal menhirrijen en cromlechs had gevonden. Men meent echter dat ze wel eens in te talrijke aantallen voorkomen om werkelijk als monumenten te kunnen worden beschouwd. In de Haute-Garonne alleen al heeft men 12 menhirrijen en meer dan 200 cromlechs geteld. Het merendeel van deze "monumenten" bevinden zich op zeer grote hoogte en op plaatsen waar de kudden overwinteren. Mestdagh meende dat het hier enkel ging om een vorm van omheining of dierenparken.
Ook in de Pyreneeën worden cromlechs aangetroffen. De meeste Franse archeologen vermoeden dat ook die megalietenconstructies van jongere datum zouden zijn dan de andere megalieten in West-Europa.

In het departement "Basses-Pyrénées" vindt men 51 cromlechs waarvan 43 in Billières en 8 in Laruns. In het department "Hautes-Pyrénées" staan er 77 cromlechs: 53 in Avezac-Prat (een ave-toponiem), 12 in Capevern, 4 in Labarthe-de-Neste, 6 in Tilhouse. In het department van de "Haute-Garonne" zijn het er zelfs 206! In Artigues 5, Billère 23, Benqué-d'Oueil 30, Bordes 35, Baren St Béat 4, Cazeau-Larboust 8, Estancarbon 2, Garin 50, Jurvielle 20, Oo 4, Portet-de-Luchon 18, St. Paul-d'Oueil 5. In de "Ariège" zijn het er nog slechts 2, maar gesitueerd rond "le Mas d'Azil"! In de "Pyrénées Orientales", van Andorra tot Perpignan worden geen cromlechs aangetroffen.
Dat in de oostelijke Pyreneeën geen cromlechs (meer?) bestaan, zou verband kunnen hebben met de vloedgolf die daar Atlantis binnenstroomde.

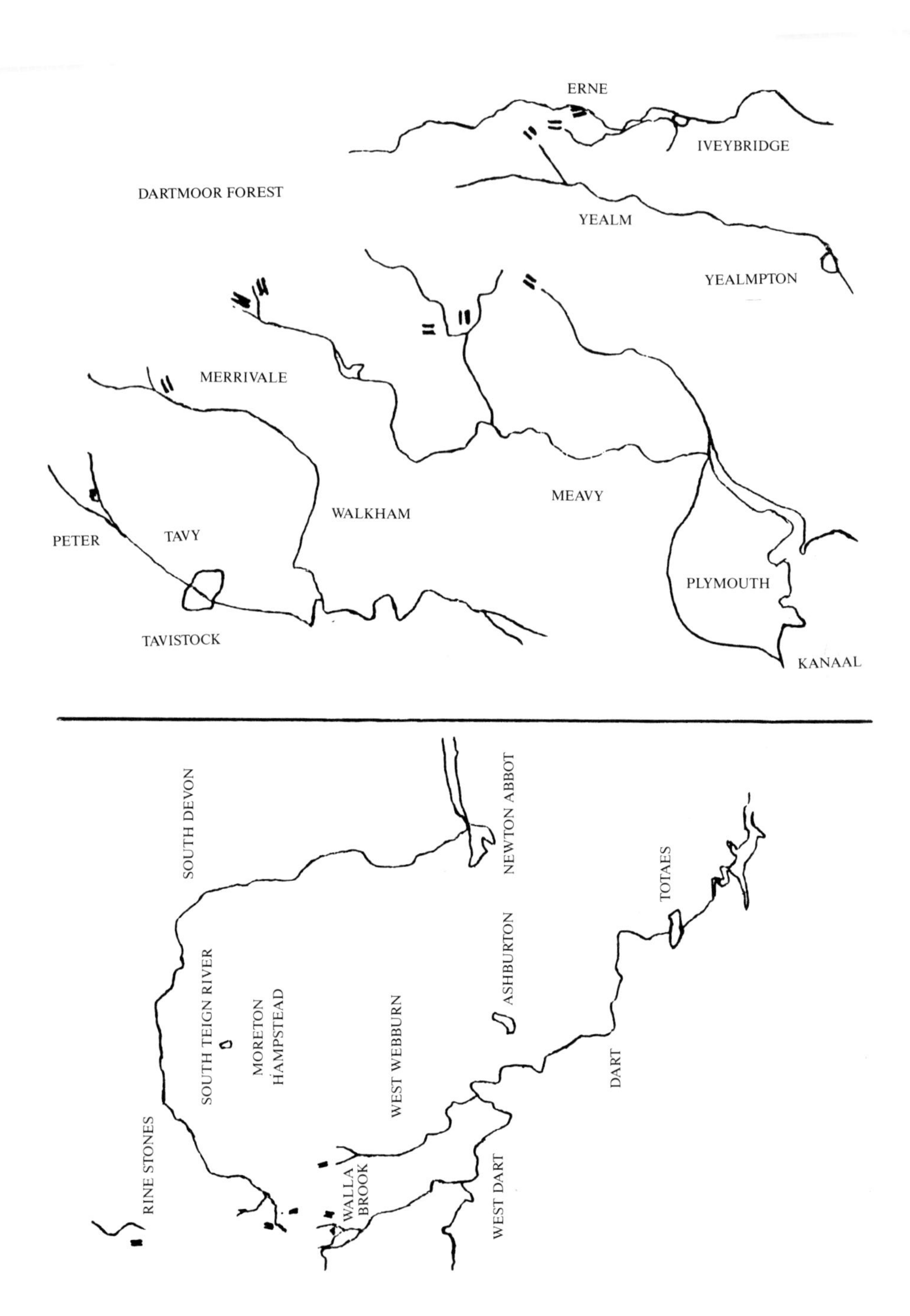

Fig. 36. De menhirrijen van Engeland (Devonshire).

Menhirrijen in Engeland

De menhirrijen in Engeland bevinden zich voornamelijk, om niet te zeggen uitsluitend, in Devonshire, duidelijk een ave-toponiem.
In Noord-Devon vinden we enkel de Rine Stones in Cawsand Hill. Dit zijn de enige rijen die staan langs een rivier die uitmondt in de Celtic Sea, nabij Bideford.
Al de andere menhirrijen staan langs rivieren die uitmonden in het Kanaal. Meest westelijk is de rivier Tavy, waar dan wel geen rijen meer worden aangetroffen, maar wat nog steeds een ave-toponiem is. Langs zijn bijrivier Walkham vinden we nabij Merrivale wel nog enkele rijen. In Dartmoor Forest, aan de monding van de rivier Meavy, treffen we weer enkele rijen aan. Ook langs de Plym, waar de Meavy in uitmondt, treffen we rijen aan. Aan de bron van de Tory Brook vinden we ook menhirrijen. Al die rivieren monden uit in het Kanaal in de onmiddellijke omgeving van de stad Plymouth.

Ook langs de Yealm en de Erne staan er enkele rijen opgesteld.
Nog meer naar het oosten vinden we menhirrijen rond Dartmoor Forest: aan de bron van de West Dart River, langs de East Dart River en nabij de bronnen van de Walla Brook en de West Webburn River. Al die rivieren monden uit in de Dart, die een beetje ten zuiden van Torbay in het Kanaal uitmondt.
Ten slotte staan er langs de bronnen van drie takken van rivieren die uiteindelijk de South Teign River vormen ook rijen opgesteld. Ook die rijen staan in de onmiddellijke omgeving van Dartmoor Forest.

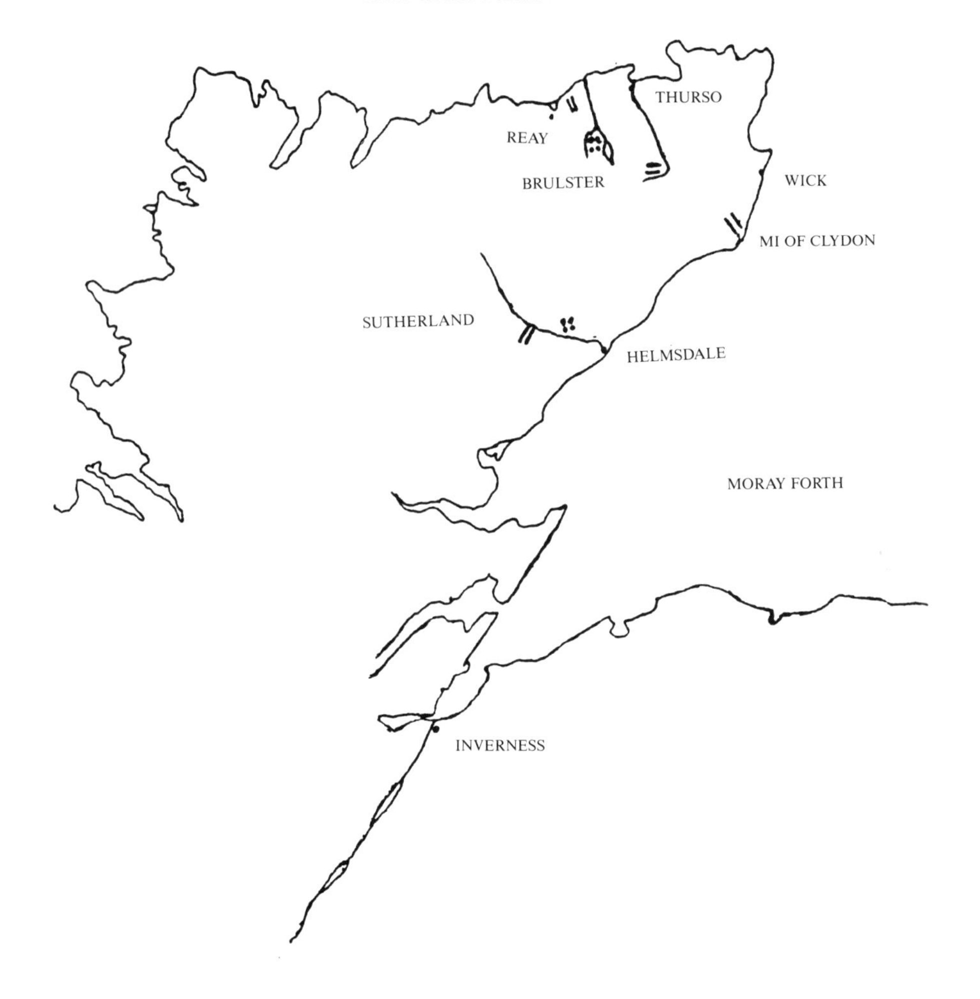

Fig. 37. De menhirrijen van Schotland. Caithness-Sutherland.

De menhirrijen van Schotland: Caithness, Lewis, Stirlingshire en Sutherland

Caithness

In Caithness vinden we de menhirrijen terug aan twee rivieren, Forss Water en River Thurso en in het kustgebied: Upper Dounreay ten noordwesten van Reay: de Mid Clyth en Garrywhin ten zuiden van Wick.

De riviersystemen

Op het "Forss Water" treffen we in Brubster of Broubster een eerste menhirrij aan. Er resten nog slechts 9 stenen van het monument dat in U-vorm was opgetrokken. Oorspronkelijk schijnen er 32 stenen te hebben gestaan met 4 m tussenruimte.
In vogelvlucht bedraagt de afstand tot de zee 10 km. De rij bevindt zich op een hoogte van 50 à 100 m tussen Loch Calder en de rivier.
Het tweede riviersysteem is dat van Dirlot op de Thurso rivier. Dit systeem bevindt zich eveneens op een hoogte van 50 tot 100 m. De afstand tot de kust bedraagt in vogelvlucht 20 km. Ook die rij bevat op haar hoogste punt twee cairns, waaruit straalsgewijze de overblijfselen van 20 rijen de heuvel afdalen naar de Thurso rivier toe. De lengte van de rijen bedraagt ongeveer 33 m en elke rij kan uit 20 stenen hebben bestaan.

De kustsystemen

De menhirrij van Upper Dounreay, op 5 km ten oosten van Reay, bevat nog een honderdtal stenen die 13 rijen hebben gevormd. De oriëntatie is noordwest-zuidoost of loodrecht op de kust. Ook hier zou elke rij oorspronkelijk uit 20 stenen hebben bestaan. Bij die rijen zijn ook enkele menhirs zo bij mekaar opgesteld dat zij als steunberen van een wachthuisje kunnen gefungeerd hebben. Het is duidelijk dat deze menhirrij de wachthaven van een noordelijk eskader van 12 schepen kan zijn.
Een tweede kustinstallatie treffen we aan in Mid Clyth, op 16 km ten zuiden van Wick, op een hoogte van 100-150 m boven de zeespiegel en op nauwelijks 700 m van de kust.
Deze menhirrij, die 22 rijen bevat, schijnt de grootste van Caithness en Sunderland te zijn. Ook die constructie bevindt zich op de helling van een heuvel en is naar de zee gericht.
De derde kustinstallatie, als we ze zo mogen noemen, is de menhirrij van Garrywhin, op ongeveer 11 km ten zuiden van Wick. Ook hier weer bestaat er een cairn van waaruit zes rijen straalsgewijze de helling van een heuvel bezetten. De langste rij meet 60 m. Ook dit systeem blijkt dus ruimte te hebben geboden aan 5 × 2 of 5 × 3 schepen.

Fig. 38. De menhirrijen op het eiland Lewis.

Lewis

Op het eiland Lewis bevindt zich het megalithisch monument van Callanish. Het bestaat uit een soort cromlech van waaruit een indrukwekkende menhirrij van 90 m lengte en 9 m breedte vertrekt. De rij is precies op 21 km ten noordnoordwesten van Stornoway gesitueerd, wat haar op de noordwestelijke kust brengt; daarenboven is zij exact op de zee gericht.

Stirlingshire

Ten zuiden van het plaatsje Dumgoyach treft men langs de Blane-rivier en op één van de hellingen die naar de Blane-vallei afdalen een menhirrij aan die nog uit vijf stenen bestaat. De richting gaat van noordwest naar zuidwest en wijst aldus in de looprichting van de rivier.

Sutherland

We willen het hier voorlopig bij twee riviersystemen houden. Op de Ullie of Helmsdale vinden we in Leirable en in Balvalaich de ons nu al vertrouwde menhirrijen terug.
In Leirable, 16 km van de kust af, zijn de rijen vergezeld van cairns en een cromlech. Ze bevinden er zich op een hoogte van 150 à 250 m.
De rijen bevinden er zich op de helling van de Learable Hill, die naar de Helmsdale-rivier afdaalt.

Het tweede systeem, dat van Balvalaich, ligt op 8 km van de kust. Ook dit systeem staat vlak bij de Helmsdale rivier.

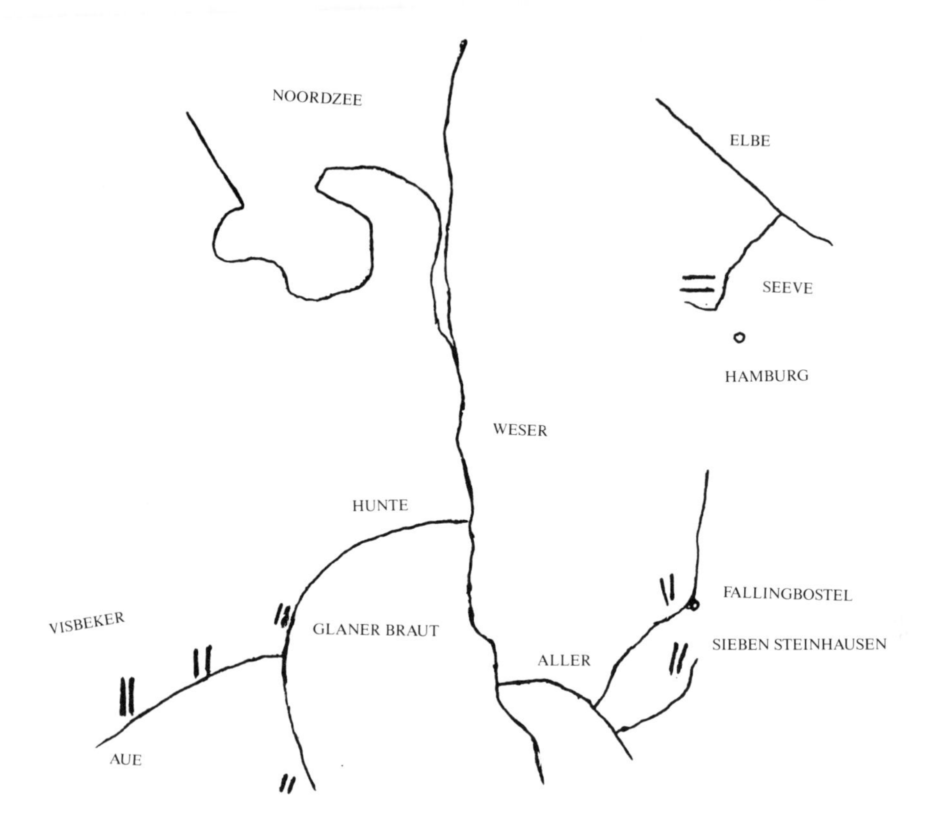

Fig. 39. De menhirrijen van Duitsland.

De menhirrijen van Duitsland: Ahlhorner-, Oster- en Lohheide, Fallingbostel en Buchholz in de Nordheide

De Duitse menhirrijen onderscheiden zich van de andere Westeuropese rijen door het feit dat zij slechts twee rijen van stenen bezitten die een lange en gesloten rechthoek aftekenen. Praktisch alle Duitse menhirrijen bevinden zich in het stroombekken van de Weser. De zijrivieren de Hunte en de Aue bedienen als het ware de menhirrijen van de Ahlhorner Heide. En een eind verder stroomopwaarts op de Weser doen de Aller, de Böhme en een derde riviertje, dat naamloos schijnt, hetzelfde met de rijen van de Osterheide en Fallingbostel.
De menhirrijen van de Ahlhornerheide heten de "Visbeker Braut", de "Visbeker Bräutigam", de "Glaner Braut", de "Hohe Steine" en de "Kleinenknetener Steine".
Ook hun ligging beantwoordt aan de door ons gestelde hypothese. De "Glaner Bräut" aan de Hunte; de "Visbeker Bräut" en de "Visbeker Bräutigam" aan de Aue, in de buurt van het plaatsje Visbek. De "Kleinenknetener Steine" verder stroomopwaarts langs de Hunte.
Het spreekt vanzelf dat ook die stenenrijen het voorwerp zijn geweest van uitgebreide onderzoekingen vanwege de astro-archeologen. Zon- en maanstanden zouden volgens die lieden door deze rijen worden aangegeven.
In het gebied van de Osterheide en Lohheide is het de buurt van Fallingbostel die ons twee rijen oplevert. De "Sieben Steinhäuser" aan de oorsprong van het naamloos zijriviertje van de Aller, en "Löns Grab" aan de oever van de Böhme, een ander zijriviertje van de Aller. De Aller mondt ten noorden van Verden uit in de Weser, die uitmondt in de Noordzee.
In de Nordheide ten slotte, even ten zuiden van Hamburg, is het de rij van Kleekerwald, in de buurt van het plaatsje Buchholz, die aan onze eisen voldoet. Die stenenrij bevindt zich echter aan de Seeve, een zijrivier van de Elbe.

De menhirrijen van Portugal

De enige ons bekende rij bevindt zich in Zuid-Portugal. Ze staat in Evora, duidelijk een ave-toponiem. De rijen bevinden zich tussen de bronnen van twee rivieren. De ene rivier is de Rio Xarrama, een rivier die ter hoogte van Torraô in de Rio Sado stroomt, die op zijn beurt ter hoogte van Sotobal in de Atlantische Oceaan uitmondt. De andere rivier is de Ribera Degebe, die samenvloeit met de Rio Guadiana en nabij Ayamonte in de Atlantische Oceaan uitmondt.

Samenvatting

Na alle Westeuropese menhirrijen te hebben doorgelicht, willen wij nu de lezer een samenvattende vragenlijst voorleggen.

- Waarom werden alle menhirrijen opgetrokken aan de kusten en inhammen, langs rivieren en dikwijls, we denken aan Devonshire, liefst nog bij de oorsprong van deze rivieren?
- Waarom werden er daarentegen nooit menhirrijen opgericht in de Westeuropese binnenlanden, verweg van zee, inhammen en rivieren?
- Waarom waren die menhirrijen steeds naar het water gericht, als waren het wichelroeden van steen?
- Waarom zijn de naar het water wijzende menhirrijen meestal ook nog op naar dit water aflopende hellingen opgetrokken?
- Waarom zijn deze menhirrijen meestal vergezeld van complexen van cromlechs, dolmens, cairns enz.?
- Waarom zijn er geen menhirrijen te vinden aan de kusten van de binnenzeeën, zoals het geval is met het belangrijkste deel van de Noordzee en het Kanaal: van Seinemonding tot Bremen, van Exmouth tot Humbermonding?
- Waarom werden de menhirrijen praktisch alleen op de voor het zeeverkeer strategische plaatsen opgetrokken?
- En hoe komt het tenslotte, dat alle menhirrijen werden opgericht in het tijdsinterval van 2000 tot 1200 v.Chr.? Interval dat precies overeenkomt met het hoogtepunt van Atlantis en waarvan het eindpunt van 1200 v.Chr. een bijzonder tragische overeenkomst vertoont met de ons reeds bekende einddatum van Atlantis.

Het antwoord op al die vragen is duidelijk en onweerlegbaar! De menhirrijen maakten deel uit van een infrastructuur die te maken had met de zee en de scheepvaart.
Zij bevinden zich waar ook hedendaagse grootmachten zoals Frankrijk en Engeland nog steeds hun vloten strategisch gaan opstellen: Brest, St-Nazaire, Scapa Flow, Plymouth e.a. Waar zij ontbreken, verraden zij het jonge karakter van de zee. Waar zij zich dieper in het binnenland aan rivieren bevinden, doen zij ons denken aan moderne bedrijven zoals de scheepswerven van Antwerpen en Temse.
Er is inderdaad niets nieuws onder de zon ...

De betekenis van de verdeling van menhirrijen over Europa

Hoewel sommigen misschien niet overtuigd zijn dat het hier inderdaad om vlootbasissen gaat, moet Mestdagh zeker en vast geprezen en gerespecteerd worden voor het feit dat hij heeft getracht om het enigma van de

menhirrijen, een onderwerp dat de meeste onderzoekers links laten liggen, op te lossen.
Wat opvalt over hun verdeling over Europa is dat de grootste concentratie van menhirrijen, buiten Ovaal IV, de grens van Atlantis, gesitueerd is. Het merendeel van de rijen liggen binnen een ovaalvormig gebied rond Sens. Dit gebied heeft een straal gelijk aan de diameter van Ovaal IV, wat betekent dat er inderdaad een verband bestaat tussen de menhirrijen en de beschaving van Atlantis.
De menhirrijen in Portugal en Schotland kunnen dan geïnterpreteerd worden als voorposten.
De militaire opvattingen van de huidige beschavingen zullen wel niet zo verschillend zijn van de opvattingen van de beschaving van Atlantis. Net als dat vandaag het geval is, zal men er in Atlantis naar gestreefd hebben om het merendeel van hun troepen buiten hun grondgebied te stationeren. De enige troepen die overal "toegelaten" zijn en gestationeerd worden in de nabijheid van de hoofdstad zijn de keurtroepen. Een blik op de kaart toont ons dat het bestuur van Atlantis er niet anders over dacht.

Wat echter ook opvalt is de vrij vreemde "gerichtheid" van die menhirrijen. De menhirrijen werden waarschijnlijk vrij "laat" gebouwd: de weinige pogingen tot datering dateren hun bouwjaar tussen 2500 en 2000 v.Chr. Op datzelfde ogenblik bloeiden er al verscheidene culturen, waaronder Egypte, in het Middellandse Zee-bekken. Nochtans hadden de Atlanten blijkbaar daar maar één enkele basis gesitueerd, op Corsica, wat dan mogelijk nog een commerciële basis (net zoals alle overige basissen, uiteraard) kan geweest zijn.
Waar zijn de menhirrijen dan wel op gericht? De Duitse en Schotse rijen konden de Noordzee beveiligen, hoewel de Schotse uiteraard ook een beveiliging kunnen hebben gevormd voor schepen die de Atlantische Oceaan kruisten via Groenland en IJsland, zoals later de Vikingen dat zouden doen. De Portugese basissen kunnen geïnterpreteerd worden als het zuidelijkste "regiment" van de troepen die in Bretagne gestationeerd waren.

Mestdagh was er dus ook van overtuigd dat de cromlechs een militaire funktie hadden en dat ze zoiets als kazernes voor de soldaten voorstelden. Bij de meeste menhirrijen zijn op het einde (en soms bij het begin) ervan inderdaad één of meerdere cromlechs gevonden. Men heeft zelfs aangetoond dat de westelijke cromlech in Le Menec gebouwd is op basis van een wiskundige stelling die toegeschreven wordt aan Pythagoras, een Griekse denker uit de zesde eeuw v.Chr., hoewel ze op vele plaatsen, zoals in Le Menec, honderden, zelfs duizenden jaren vroeger werd toegepast. Alsof de cromlech zo nog niet complex genoeg gebouwd was, waren bepaalde gedeelten vaak geplaatst met het oog op astronomische fenomenen, bij-

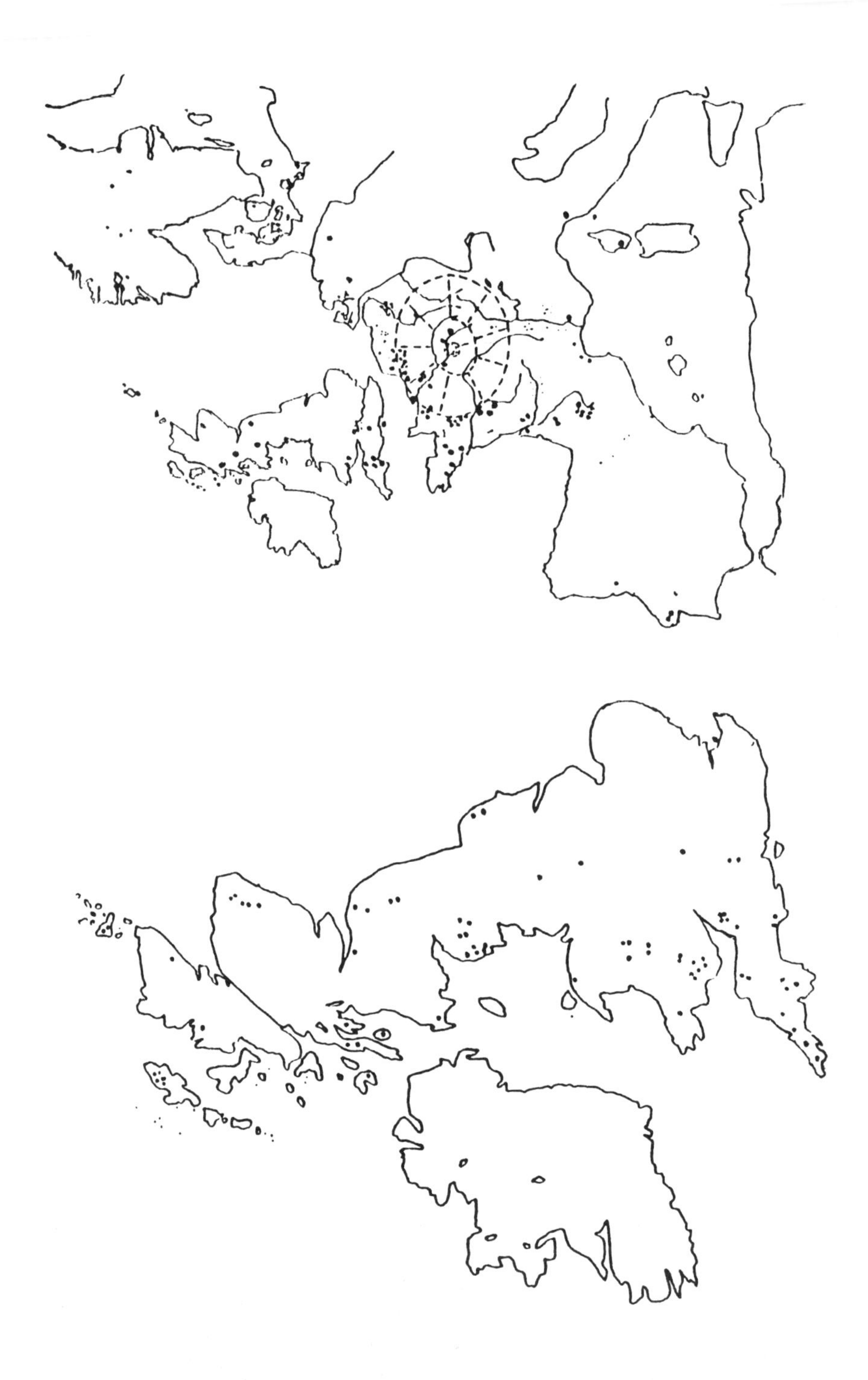

Fig. 40. De cromlechs en ave-toponiemen in Groot-Brittannië. Vergelijking (en overeenkomst) tussen de situering van de cromlechs en ave-toponiemen.

voorbeeld zonsonderopgang 21 december, zondsondergang 21 juni, ... Dit kan, uiteraard, ook een militaire/praktische funktie gehad hebben: als het garnizoen opdracht kreeg aan te vallen op (bijvoorbeeld) 21 juni moesten zij weten wanneer het 21 juni was...

Aven-toponiemen

Wanneer we de kaarten van de menhirrijen en cromlechs vergelijken met die van de Aven-toponiemen zien we dat we in feite genoeg hebben aan één kaart: de gebieden overlappen elkaar immers.

In Duitsland ontleedde Mestdagh namen zoals Seeve in Se-eve, vandaar Se-ave, waarvan volgens hem ons Nederlandse woord "zeehaven" afkomstig was. Ook de menhirrijen bij de Aue identificeerde hij als een ave-toponiem, "haven".
In Corsica vond hij namen zoals Avena, Tr-avo, F-avone, T-avignano en Tar-avo, woorden die allemaal het woordje "ave" bevatten. Hij stelde vast dat men die aantrof waar menhirrijen stonden of nog staan.
Mestdagh was ervan overtuigd dat de aven-toponiemen verbonden waren met de menhirrijen. Die aven-toponiemen betekenden volgens hem dat die plaatsen havens waren voor de schepen, de vloot van Atlantis die hij wellicht te eenzijdig interpreteerde als militaire basissen, terwijl er waarschijnlijk ook havens of gedeelten van havens bestemd waren voor de handelsvloot.

Het feit dat de menhirrijen zich op vaste grond en niet temidden van een vroegere (of huidige) zee maar wel in de nabijheid van water bevinden, kan betekenen dat deze menhirrijen een soort droogdokken waren, niet zozeer om schepen die averij hadden opgelopen weer op te lappen, wel om ongebruikte schepen uit het water te halen tot ze weer werden ingezet in de vloot.

In (verouderd) Nederlands bestaat nog steeds het woord *aveling*, wat een stuk onontgonnen land is langs een dijk, wat dus betekent dat een aveling nabij water (rivier, meer, zee) ligt. In het Frans bestaat er het woord "avenue", wat een rechte brede laan is, net zoals de menhirrijen steeds recht en vaak breed zijn. Wat nog interessanter is, is dat avenues vaak bomen links en rechts van de weg hebben staan, net zoals er "links en rechts" megalieten staan langs de menhirrijen. Het is bekend dat de Kelten geen megalieten meer bouwden, maar in de plaats daarvan bomen, vaak eiken, hebben geplant. Aan de andere kant, in het Nederlands, bestaan de woorden "averecht" en "averechts", wat het tegengestelde van "recht" en "verkeerd" betekent.

De schepen bevonden zich in de "entre-pots"

Een entrepot is een opslagplaats, een terrein of loods waar iets kan worden opgeslagen, opgeborgen totdat men dat materiaal moet gebruiken. Zo worden schepen soms op het droge gebracht als men weet dat ze lange tijd niet zullen gebruikt worden of als men herstellingen (of een opknapbeurt) moet doen aan het schip. "Entre-pot" is een samenstelling uit "entre" en "pot". Wat "entre" betekent is duidelijk: tussen. Pot is een Frans woord dat gewoon pot of kan betekent, hoewel het ook mogelijk is dat het hier gaat om een verkleinwoord van poteau, wat zuil, pilaar of kolom betekent. Dat verklaart al heel wat meer. De schepen zouden zich dus tussen palen kunnen bevinden en de menhirrijen vertonen inderdaad een grote gelijkenis met palen. Een entrepot is dus een terrein met palen erop waar men iets kan opslaan, in dit geval waarschijnlijk schepen.
"Menhir" is een Keltisch woord dat "lange steen" betekent. Waarschijnlijk gebruikten de Kelten een andere benaming voor de menhirs. Het woord is vrij recent geconstrueerd om die lange stenen een naam te geven.

In het zuiden van Europa echter noemt men menhirs "columna", wat zuil betekent. De Oude Indiërs noemden menhirs "lingam" wat "kolom van vuur", een vuurkolom betekent. Een kolom is gewoon een wat verouderd woord voor een zuil of een pilaar. Een menhirrij is dus ook een terrein met zuilen.
Het woord kolom is etymologisch nauw verwant met het woord "colonne", een woord dat in het Zuidnederlands gebruikt wordt. Een colonne is een opstelling van soldaten in een rijen-formatie, net zoals de menhirrijen opgesteld zijn in een formatie die ook wel eens door soldaten wordt gebruikt. In Carnac is er zelfs een legende dat de menhirrijen aldaar een versteend leger zouden zijn, dat de soldaten versteend werden en dat elke soldaat nu een menhir is.
De legende luidt als volgt: Sint-Cornelius, een patriarch in Rome, vluchtte met een door twee ossen bespannen wagen naar Bretagne, achtervolgd door de soldaten van Rome. Toen het leger hem in Carnac had ingehaald, keerde de heilige zich om en hief zijn hand op. De soldaten veranderden in steen en de heilige was uiteraard gered.

Het merendeel van die schepen waren waarschijnlijk militaire schepen en dus zullen er wel soldaten in de onmiddellijke omgeving verbleven hebben. Een vergelijking van de verspreiding van de cromlechstructuren door Groot-Brittannië toont inderdaad aan dat op drie plaatsen menhirrijen en cromlechs naast elkaar staan: op het Schotse eiland Lewis, in Sutherland en in het zuidwesten van Engeland. Hetzelfde patroon (menhirrijen en cromlechs op dezelfde plaats) vindt men ook terug in Bretagne, onder andere in Carnac.

“De Atlantisvloot had in de storm zware averij opgelopen”

We hebben gezien dat de menhirrijen zich voornamelijk bevinden aan een kreek of aan de oorsprong van een rivier; gegeven dat in het laatste geval automatisch een zekere hoogteligging veronderstelt. We hebben ook vastgesteld dat een hele reeks van die rivieren met menhirrijen aan hun oorsprong namen dragen als: aven, aue, aff, avon, ave, avre, avenia, enz.
Voor de menhirrijen stelden wij dat zij de oude scheepswerven en -loodsen van Atlantis voorstellen.
Voor de aven-toponiemen hebben we getracht een verklaring te zoeken in ons *haven*-toponiem.

De berichtendienst van het machtige rijk heeft dit soort boodschappen zeker te verhandelen gekregen.
En we twijfelen er niet aan dat vanuit de Centrale Stad of vanuit één der hoofdsteden dan het bevel terugkwam: Breng de schepen die averij hebben opgelopen naar die bepaalde rij op die bepaalde ave en overhandig daar dit bevel tot herstelling. Het is zo klaar als een klontje: schepen met averij moesten naar de “ave-rij”!

(Marcel Mestdagh)

DERDE DEEL

POST-ATLANTIS

HOOFDSTUK I

DE ILIAS EN DE ODYSSEE

Mestdaghs datering van de laatste overstroming op 1234 v.Chr. is voornamelijk afgeleid van de werken van twee auteurs. Auteur Mario Zanot geloofde dat de laatste zondvloed plaatsvond in 1226 v.Chr. en veroorzaakt werd door het voorbijkomen van de komeet van Halley langs de aarde wat tot de uitbarsting van de Santorini-vulkaan leidde. Auteur Immanuel Velikovsky dateerde een zondvloed in 1500 v.Chr. Volgens hem ging die gebeurtenis gepaard met een verandering van de aardas, eveneens door een komeet/planeet, die hij Phaeton doopte. Mestdagh verwijst af en toe naar die theorie wanneer hij spreekt over Phaeton en het vuur uit de hemel dat de aarde verschroeide. Velikovsky meende dat Phaeton, na ons zonnestelsel grondig door elkaar te hebben geschud, zich uiteindelijk een vast plaatsje zocht in ons zonnestelsel en vanaf dan door de mensen de planeet Venus werd genoemd. Hij baseerde zijn theorie op enkele kaarten van voor 1500 v.Chr. die volgens hem Venus niet vermelden, terwijl kaarten na 1500 v.Chr. Venus wel vermelden. Mestdagh combineerde beide *mogelijke* gebeurtenissen en dateerde het niet in 1226 maar in 1234 v.Chr.

Mestdagh sloeg een spijker op zijn kop als hij meende dat er rond 1200 v.Chr. ingrijpende veranderingen gebeurden in Europa (en zelfs daarbuiten, op het Amerikaanse continent). Maar is het correct om hier te spreken over een zondvloed (of is het slechts een vloedgolf?) en moet men er een "buitenaards element", in dit geval een komeet, bij betrekken?
De Zweedse Atlantoloog Olof van Rudbeck was zowat de eerste die een verband zag tussen de heldendichten van Homeros, de Ilias en de Odyssee, en Plato's Atlantis-verhalen, vermeld in de Timaeus en de Kritias. De meest bekende Atlantis-kenner, Ignatius Donnelly, vestigde er eveneens de aandacht op dat Poseidon, stichter van Atlantis, steeds in een strijd verwikkeld was met Odysseus in de Odyssee en geloofde daarom dat er ook een verband bestond tussen de twee verhalen. Dit zou zeker en vast niet in goede aarde zijn gevallen bij Plato die Homeros verachtte omdat die, volgens Plato, de goden te menselijk afbeeldde in zijn heldendichten. Als

Plato het had kunnen klaarspelen, had hij ervoor gezorgd dat de Atheense jeugd Homeros' "verfoeilijke" dichten nooit te horen had gekregen, hoewel hij op (veel) oudere leeftijd, tijdens het schrijven van "De Wetten" zijn visie over Homeros enigszins in gunstige zin wijzigde. Er waren echter andere vergelijkingen: zo vermeldt Homeros dat er in de strijd rond Troje 1185 schepen meededen, terwijl volgens Plato Atlantis beschikte over 1200 schepen. Toeval of ...?

Ten tijde van Plato had het Griekse volk het strijdtoneel van de Ilias en de Odyssee geïnterpreteerd alsof het had plaatsgevonden in en rond de Middellandse Zee, rond Griekenland, net zoals Heinrich Schliemann dat heeft gedaan. In en om Griekenland bevinden zich inderdaad vele plaatsnamen die ook vermeld staan in de heldendichten. Dat is echter geen vuurvast bewijs dat daarom het strijdtoneel daar ook werkelijk heeft gelegen. In de Verenigde Staten liggen zulke steden als Cambridge, Plymouth ... die hun naam kregen omdat zij door "settlers" uit die Engelse steden werden gesticht, als een soort "ode" of herinnering aan de plaats waar ze vandaan kwamen. Als men een gebeurtenis uit bijvoorbeeld 1045 n.Chr. in één van die steden beschrijft, zou men een grove fout begaan als men besluit dat het in het Amerikaanse stadje gebeurde; die stad bestond in 1045 nog niet. Indien de Indianen daar al een stadje hadden, droeg die zeker niet haar huidige Engelse naam.

Ook voor de steden in en rond Griekenland rijzen er zulke problemen omtrent hun ouderdom: vele zouden een rol hebben gespeeld in de Ilias, een geschiedenis die zeker voor 800 v.Chr. plaatsvond, maar ter plekke vindt men geen enkel archeologisch bewijs dat de stad zo oud is als ze zou "moeten" zijn. De Griekse cultuur kent immers twee belangrijke perioden: tot 1200 v.Chr., wat men vaak de Myceense cultuur noemt, dan een donkere periode tot ongeveer 800 v.Chr., wanneer men terug het schrift ontdekt en de meest bekende bloeiperiode van de Griekse cultuur, met een hoofdrol voor Athene, plaatsvindt. Tijdens deze donkere periode (moeilijke tijden niet alleen voor Griekenland maar rond de gehele Middellandse Zee) vergaten de Grieken zowat alles van de vorige grote cultuurperiode en begonnen ze ongeveer helemaal opnieuw. Dat betekent dat namen van steden die bewaard waren gebleven in vele oraal overgeleverde teksten zoals de Argonautika, de Ilias en de Odyssee daarom niet noodzakelijk op dezelfde plaats ontsproten waar ze oorspronkelijk waren geweest.

Als de steden dan al oud genoeg zijn, kloppen vaak andere beschrijvingen, zoals het landschap, niet met wat men in werkelijkheid, ter plaatse, aantreft. Om deze en nog andere redenen hebben velen gemeend hun ideeën te moeten herzien. Die revisionisten geloven nu dat Homeros mogelijk een elt was die de oorlog rond Troje zelf had gezien en dat die oorlog plaatsvond ergens in wat later Keltisch (en dus toen proto-Keltisch was) gebied zou worden: West-Europa. De Kelten stonden inderdaad dichter bij hun goden en schilderden ze daarom dus ook minder goddelijk af dan de Grieken, tot Plato's chagrijn. Bovendien had de Keltische wijsheid een grote, vrij latente invloed op de Griekse cultuur, een cultuur die, zoals de Grieken zelf zegden, ontleend was aan vele volkeren, niet een cultuur die door de Grieken zelf was begonnen. Indien die heldendichten inderdaad van Keltische oorsprong zijn, is het heel waarschijnlijk dat ze ons meer vertellen over de beschaving van Atlantis, over de voorvaderen van de Kelten. De Ilias, het verhaal van de belegering rond Troje, speelt zich af omstreeks 1200 v.Chr., toen ingrijpende veranderingen in West-Europa plaatsvonden, veranderingen die het absolute einde van Atlantis inluidden. Het is daarom niet zo gek om je af te vragen of die gebeurtenissen mogelijk zouden kunnen samenhangen.

Hoewel de Ilias werd neergeschreven in Griekenland, is er momenteel een consensus dat het daarvoor reeds mondeling werd overgeleverd in Europa, voornamelijk/waarschijnlijk in Keltisch West-Europa. Ook Plato meende dat de heldendichten niet van Griekse origine waren. Men kan zich inderdaad afvragen waarom, als de Griekse belegering van Troje zich afspeelde in Klein-Azië, er op hetzelfde moment zo'n ingrijpende veranderingen plaatsvonden in Frankrijk.

Iman Wilkens, de auteur van *Waar eens Troje lag*, plaatst die gebeurtenissen zelfs temidden van Mestdaghs ovaalstructuren in Frankrijk en in Engeland.

Om kort (doch daarom niet minder correct) te zijn: Wilkens meent dat Troje een beetje ten zuidoosten ligt van het huidige Cambridge, Engeland, in de Gog Magog heuvels, in wat nu de Wandlebury Ring heet. Mycene, de stad van Agamemnon, leider van Achaeërs, plaatst hij binnen Mestdaghs Ovaal I, waar nu Troyes staat. Troyes is gelegen aan de Seine (Wilkens vertaalt Mycene als "Mysteriën aan/van de Seine", niet ver van Sens. Na de zege van de Achaeërs zouden zij hun naam veranderd hebben in de naam van de stad die ze veroverd hadden; Mycene werd Troje. Wat hoogst interessant is, is dat Homeros inderdaad vermeldt dat Poseidon, god van Atlantis, aan de zijde van de Achaeërs, onder wie de inwoners van Mycene, stond tijdens dit conflict.

Wilkens heeft echter nog andere interessante theorieën te melden. Hij meent dat het Egypte uit de Ilias de rivier de Epte is, een zijrivier van de Seine en niet het land van de oude Egyptenaren, dat de Egyptenaren zelf Khmet noemden. Hij meent dat Europa, de dochter van de god van de Nijl, kan teruggevonden worden in de naam van de rivier de Eure, wat een zuidelijke zijrivier is van de Seine. Die zijrivier ligt binnen Ovaal II en Ovaal III, ovalen die nauw verwant zijn met wat door Mestdagh werd

Foto 6. De kust te Normandië. "Het hele gebied verrees uit de zee tot grote hoogte."

beschreven als het oog "Europa", Ovaal I. Uiteraard kan Europa rechtstreeks naar dit oog verwijzen en niet naar de rivier.

De Ilias zou dan een strijd zijn tussen een stad uit het centrale koninkrijk tegen een kolonie van Atlantis, Engeland, waarschijnlijk met kostbaar tin uit Cornwall, een metaal dat men nodig had voor het vervaardigen van allerlei gebruiksvoorwerpen, als de mogelijke oorzaak en inzet. Zoals het hoofdstuk over de menhirrijen ons getoond heeft, is deze regio, met aan de andere kant van het kanaal de menhirrijen van Bretagne, bijna letterlijk volgebouwd met menhirrijen. Misschien werden deze mogelijke vlootbasissen ook gebruikt voor het commercieel vervoer van dat kostbare tin.

Men schat dat de tien jaar durende oorlog ongeveer een miljoen doden vergde, waaronder 250.000 Trojanen en 750.000 Achaeërs, hoewel die laatsten ook met de pest in hun kamp moesten afrekenen. Misschien heeft die massasterfte ook meegespeeld in een verandering van de begrafenisriten, zoals we zullen zien in het volgende hoofdstuk. Mogelijk bewerkstelligde de afwezigheid van koningen en leiders van de Achaeërs een verval van de Achaeïsche cultuur. Kunnen we dit mogelijk verval van de zeden vereenzelvigen met een verval van de moraal in Atlantis, waarvan sprake was in Plato's Atlantisverhaal? In elk geval past de datering wonderwel aangezien rond deze tijd, kort na het verval van de zeden in Atlantis, de hele beschaving door een catastrofe van de kaart werd geveegd.

Na het verhaal van de oorlog rond Troje beëindigt Homeros zijn heldendicht echter niet. Homeros beschrijft hoe één van de helden van de Ilias, Odysseus, terug thuis tracht te geraken. Mestdagh legde vooral de nadruk op deze Odyssee eerder dan op de Ilias.
In vierentwintig hoofdstukken vertelt Homeros hoe de situatie in Odysseus' thuisland Ithaka veranderd was tijdens de afwezigheid van zijn leider (hoofdstukken 1 tot 4). Wilkens identificeert Ithaka met de Spaanse stad Cadiz, gelegen net buiten de Middellandse Zee. Cadiz is mogelijk afgeleid van Gadir. Gadir was de broer van Atlas. Plato vermeldde hoe Atlas het noorden regeerde, Gadir het zuiden. Als Gadir heerste in Spanje, dan ligt Atlantis ten noorden hiervan, in Frankrijk.

In het volgende hoofdstuk beschrijft Homeros hoe Odysseus het eiland Ogygia verlaat na een godenvergadering en hoe hij aankomt op het eiland Scheria. De hoofdstukken 6 en 12 vult Homeros met de weergave van de verhalen die Odysseus vertelt aan de Faeaken, de bewoners van Scheria. In het volgende hoofdstuk, dat de hedendaagse lezer waarschijnlijk vrij cynisch voorkomt omdat het hoofdstuk 13 is, vertelt Homeros hoe de Faeaken gestraft worden omdat ze Odysseus hebben laten vertrekken naar zijn thuisland. Vanaf hoofdstuk 14 beschrijft de Odyssee hoe Odysseus op

Ithaka aankomt en wat hem daar verder allemaal overkomt. Indien Wilkens' interpretatie van het heldendicht dus gedeeltelijk of geheel correct is, probeert Odysseus van Engeland terug naar het zuiden van Spanje te varen, een route die hem door het Kanaal voert.

Nadat de oorlog rond Troje afgelopen is, vertrekt Odysseus uit Troje, maar lijdt schipbreuk en spoelt aan op Ogygia. Daar wordt hij zeven jaar lang gevangen gehouden door de nimf Calypso, een dochter van Atlas. De grot van Calypso wordt onder andere op Malta gesitueerd, ook al vestigden de Grieken zich nooit op dat eiland in de Middellandse Zee. Iman Wilkens, zich beroepend op andere auteurs, situeert ze op het eiland St-Miguël, een eiland in de Azoren. Ogygius is echter ook de naam van het mythische koninkrijk van Thebe. Wilkens identificeerde de huidige Franse stad Dieppe als het Thebe van de Ilias. Dieppe is een zeehaven langs het Kanaal, gesitueerd op Ovaal IV, de grens van Atlantis. Let ook op het oog-toponiem in Ogygius.

Ogygius is ook het "thuis-eiland" van Bacchus, zoon van Zeus en Semele, prinses van Thebe. De Bacchus-cultus vond men ook terug op enkele eilanden tussen Groot-Brittannië en Frankrijk, ook al zijn daar waarschijnlijk geen Grieken aangemeerd. Die eilanden liggen uiterst goed om als Ogygia erkend te worden in onze alternatieve situering van de Odyssea. In het zevende jaar probeert Odysseus te ontsnappen uit de handen van Calypso en bouwt daarvoor een vlot. Na een tocht van zeventien dagen ontwaart Poseidon hem echter en ontketent nogmaals een storm waardoor Odysseus nogmaals schipbreuk lijdt. Na twee dagen te hebben ronddobberd, totaal uitgeput, spoelt hij aan op de stranden van Scheria, waar de Faeaken wonen. Olof von Rudbeck zag als eerste dat Plato's beschrijvingen van Atlantis nauw overeenkwamen met Homeros' beschrijvingen van Scheria. Zo waren beide eilanden allebei geprezen als een vruchtbare vlakte die afgelijnd werd door kliffen langs de zee. Zowel Atlantis als Scheria beriepen zich erop af te stammen van Poseidon en de inwoners werden allebei aangezien als goede zeevaarders. Mestdagh meende dat de Faeaken buren waren van Atlantis en dat Odysseus daar beter onthaald was dan in Atlantis, waar hij gevangen was genomen. Volgens Marcel was Ogygia dus Atlantis.
Zeus had dus wel ingestemd met Odysseus' terugkeer naar Ithaka, maar wou wel dat Odysseus op zijn weg naar huis aanmeerde in Scheria. De naam Scheria is wederom moeilijk te verklaren. Wilkens identificeert Scheria met Lanzarote, een eiland dat deel uitmaakt van de Canarische Eilanden. In het Fenicisch betekent "schera" markt, wat van de stad dus waarschijnlijk een belangrijke marktplaats maakt (Het is interessant op te merken dat de Feniciërs inderdaad aanwezig waren op de Canarische Eilanden, net zoals ze dat waren te Cadiz). Een andere mogelijke hypo-

these voor Scheria is de Franse stad Cherbourg (Cheria = Cher), een stad die Wilkens identificeert als Athene. Cherbourg is gelegen aan de Franse zijde van het Kanaal, net buiten de grenzen van Atlantis. Net zoals rond Dieppe was het toen waarschijnlijk gevaarlijk reizen vanwege de slijkerige en met rotsen bezaaide zee. Toen, zoals nu nog steeds het geval is, vond de scheepvaart voornamelijk langsheen de kustlijn plaats.
Cherbourg is ideaal geplaatst om handel te drijven met Cornwall en zuidwestelijk Engeland, waar dus een belangrijke tinhandel werd gedreven, zelfs ten tijde van de "moderne" Grieken uit Plato's tijd. Cherbourg ligt bovendien in de juiste richting als Odysseus naar Cadiz moest, weg van Engeland en Ogygia.

Odysseus onderhield de Faeaken met zijn verhalen, verhalen waarvan Homeros zelf vermoedde dat ze eerder verhalen dan waar gebeurde ervaringen waren. Eén van die verhalen vertelt hoe Odysseus Polyphemus, een zoon van Poseidon, een oog uitsteekt. Polyphemus is zo boos dat hij rotsen in zee gooit, daardoor reusachtige golven opwekkend. Polyphemus wordt aldus een cycloop. Men kan zich afvragen of er hier een verband is met de oogstructuren die uitgetekend zijn op het Franse vasteland en de verwoesting van Merope. Sommige Homeros-commentatoren menen inderdaad dat het cyclopen-verhaal veel ouder is dan de Odyssee en Odysseus. Zij menen dat Odysseus dit sprookje aan de Faeaken vertelt en er zichzelf een belangrijke rol in toebedeelt.
Nadat hij de Faeaken had verteld over zijn al dan niet onstuimig verleden, vroeg hij hun om een schip zodat hij naar huis kon varen. De Faeaken gaven hem een schip met een 52-koppige bemanning. Toen de goden zagen dat de Faeaken Odysseus lieten gaan, wreekte Poseidon zich op de Faeaken wegens hun vrijgevigheid. Odysseus was echter naar huis. Of Odysseus nu in Cadiz woonde of niet, als Troje in Engeland ligt, zal hij heel waarschijnlijk altijd naar het zuiden moeten hebben varen, wat hem altijd langsheen Atlantis bracht. Of Scheria nu Cherbourg of een andere plaats is, het is heel goed mogelijk dat Scheria een gebied was ergens langs de Franse kusten, in de omgeving van Atlantis. Zelfs de datering van het Iliasverhaal op ongeveer 1200 v.Chr. valt "wonderwel" samen met Mestdaghs datering van de ondergang van Atlantis.

Mogelijk bestaat er nog een derde bron van kennis in verband met Atlantis' ondergang. In Nederland bestaat er een boek, het Oera Linda Boek, waarvan de oorsprong en de geschiedenis fel gecontesteerd worden, hoewel niemand de valsheid van het werk voldoende heeft kunnen aantonen. Het Oera Linda Boek verhaalt hoe er ten westen van Engeland een land bestond dat de naam Atland droeg. Dit is uiteraard de plaats en de naam van Mestdaghs Atlantis. Het Oera Linda Boek zegt dat de oorlog rond Troje begon in 1197 v.Chr., wat dus vrijwel een identiek dezelfde datering is als de algemeen aanvaarde datering van Troje's ondergang. Het Oera Linda Boek vermeldt ook dat Engeland een strafkolonie was van Atlantis.

Indien Engeland inderdaad een kolonie was van Atlantis (al dan niet een strafkolonie, zoals het Oera Linda Boek vooropstelt), dan kan men ook wel de consternatie begrijpen toen deze kolonie rebelleerde tegen zijn moederland. Denken we maar aan de Onafhankelijkheidsstrijders in Amerika die vochten tegen de Engelsen. Is het mogelijk dat deze rebellie leidde tot de Trojaanse oorlog, uitgevochten tussen een kolonie van Atlantis tegen zijn moederland? En dat de beschaving in het moederland een duik naar beneden nam, dat de hoge beschaving in het westen al voordat de uiteindelijke vloedgolf het einde van die beschaving bezegelde, in verval was gekomen? Misschien was het verval al merkbaar toen Troje meende een kans te maken om te zegevieren, dat het zijn onafhankelijkheid kon verkrijgen omdat Atlantis al, in hun ogen, te verzwakt was om iets te doen aan hun onafhankelijkheidsbesluit.

Dit zijn vele vragen en nog meer mogelijkheden die zeker en vast nog geen antwoorden zijn. Mijns inziens heeft nog niemand een duidelijke interpretatie van de Homerische heldendichten naar voren gebracht. Ik heb hier mogelijke gelijkenissen en interpretaties naar voren gebracht, net zoals zovele anderen voor mij (en waarschijnlijk na mij) dat hebben en zullen doen. Mestdagh wilde slechts een belangrijk punt duidelijk maken: "aangezien wij er van overtuigd zijn te hebben bewezen dat het Atlantisverhaal aan een zeer ernstige realiteit beantwoordt, willen wij dan ook pleiten voor de authenticiteit van het Odysseusverhaal over het Faeakeneiland".(27)

De Ilias en de Odyssee, de verhalen van de strijd rond Troje, mogen niet vermengd raken met Plato's beschrijvingen van de strijd tussen Atlantis en Athene. De Ilias was een "intern" conflict dat zich afspeelde in West-Europa en dat later door de Grieken op hun eigen grondgebied werd gesitueerd. De strijd tussen Athene en Atlantis, net voor de vernietiging van Atlantis, had plaats in Griekenland. De Trojaanse oorlog werd beëindigd door mensenhanden; overmacht of goddelijke interventie besliste over de op handen zijnde strijd tussen Atlantis en Athene.

---

(27) Bronnen: Immanuel Velikovsky, Aarde in Beroering, Deventer 1974 – Werelden in Botsing, Deventer, 1974; Iman Wilkens, Waar eens Troje lag, Bzzztôh, 1992; Eberhard Zangger, The Flood from Heaven: Deciphering the Atlantis Legend. NY: Morrow, 1992; Mario Zannot, De Wereld ging driemaal onder. Haarlem: Holland, 1977.

HOOFDSTUK II

DE URNENVELDENLIEDEN

Definitie – Verspreiding

Het is de derde maal dat in de loop van de Atlantisboeken over de Urnenveldenlieden zal worden gehandeld.
De eerste maal gebeurde dit toen wij de ligging van de talrijke urnenvelden als bewijs gingen gebruiken voor het eertijds bestaan van onze ovaalstructuren.
Wanneer wij de Urnenveldenlieden nu opnieuw gaan behandelen is het met een meervoudige bedoeling:
• Zij zijn gewoon niet weg te denken uit het archeologisch verloop
• Zij vormen een bewijs voor de catastrofe die Atlantis deed vergaan
• Het is duidelijk dat de Urnenveldenlieden de overgang vormen tussen de Atlanten en de Kelten
• De Kelten zijn niets anders dan de door vuur en water gelouterde Atlanten. Langs hen is het "verloren gegane geheim" blijven voortleven. Geheim dat nu nog in zovele genootschappen wordt gekoesterd.

Op het ogenblik dat 1200 v.Chr. de derde en laatste fase van het Bronzen tijdperk ingaat, komen ook de eerste ijzerfragmenten te voorschijn in een periode die door sommige archeologen Hallstadt A wordt genoemd. En terzelfder tijd gaan ook de begrafenisgewoonten drastisch veranderen.
Verbranding van de overledene wordt het heersend gebruik.
De dode wordt op een brandstapel verbrand.
De as wordt in een urne in het graf geplaatst. Wapens en juwelen worden na de incarnatie bijgezet. Het graf bevindt zich meestal onder een laag heuveltje of is een kuil onder een vlak maaiveld.
Deze nieuwe begrafenisgewoonte die standhield van 1200 tot 700 v.Chr. zou een hele ontwikkeling kennen.

In de streek van Saint-Gond (Marne) bestaan er in een strook van 20 km lengte en een paar km breedte een reeks van 13 begraafplaatsen van Urnenveldenlieden. Al deze dodenvelden zijn gelegen op heuvels of op de flanken van kleine hoogten.

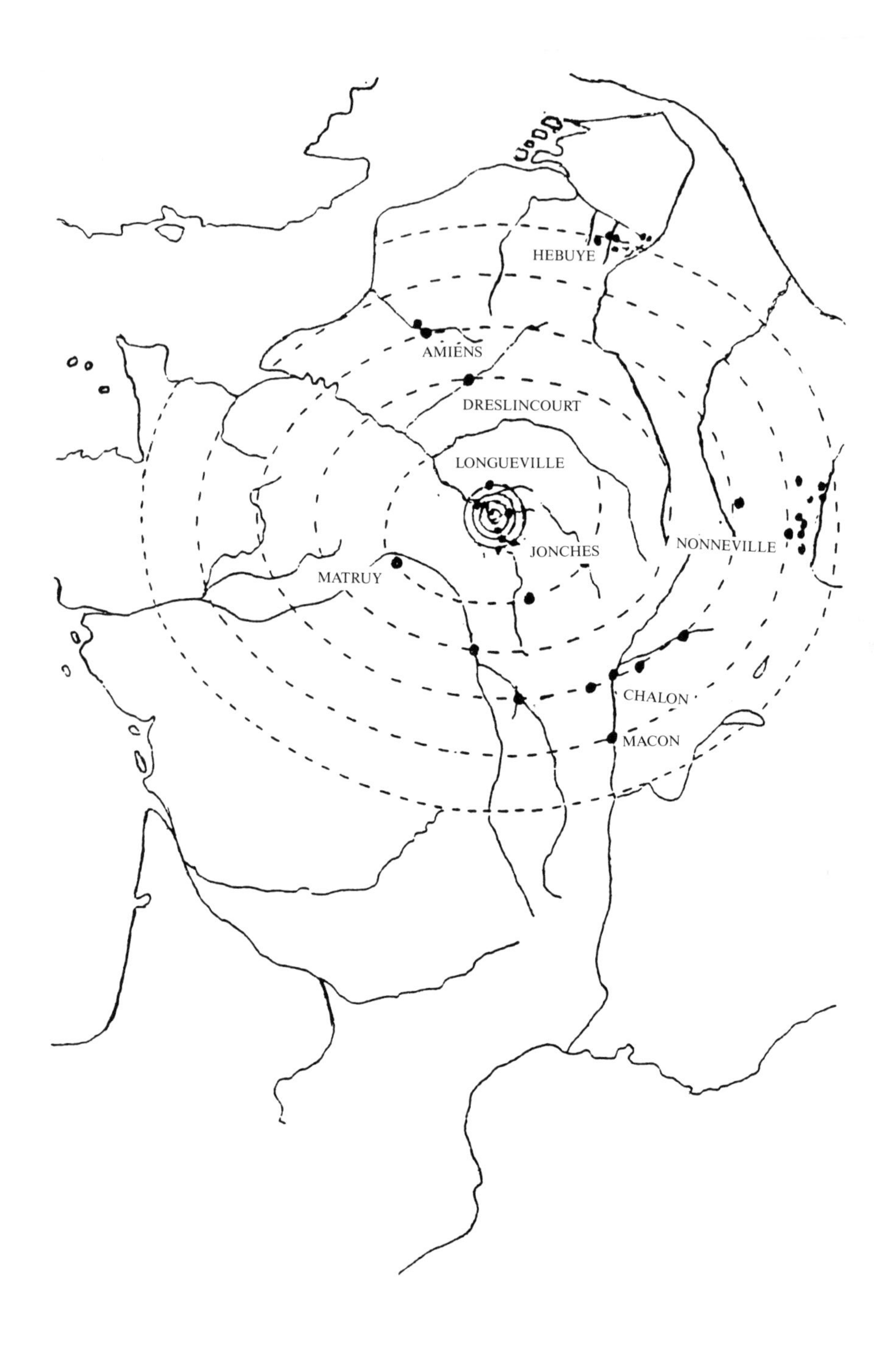

Fig. 41. Urnenvelden op de ovaal- en cirkel-structuren.

In Engeland op de South Downs, Exmoor, Dartmoor, in Nederland te Zijderveld, Dodewaard ziet men een reeks huizen, of liever plattegronden van huizen, die rond of ovaal zijn en een lange as van 6 à 8 meter hebben. Die huizen stonden op omheinde erven. Het lijkt alsof de bewoners op elk ogenblik de afbeelding van hun land willen aanschouwen en er ook in wonen. Wanneer na de catastrofe van de dertiende eeuw v.Chr. de Atlanten zich willen terugtrekken in kleinere van wallen voorziene domeinen moet het ons dan ook niet verwonderen dat deze nieuwe structuren eveneens ovalen voorstellen. Een soort luchtbellen waarin het veilig leven is, nu nog steeds herkenbaar aan de Bel- en Bail-toponiemen.

Oorsprong van de Urnenveldenlieden

Ter verklaring van de door deze lieden uitgevoerde incineratieriten hebben de archeologen meerdere theorieën ontworpen.
We moeten voornamelijk met de opvattingen van Holste en Kimmig rekening houden.
Holste meent dat de verbranding van de doden toe te schrijven is aan vreemde invallers (Fremdkulturen), die vanuit het oosten langzaam maar zeker westwaarts vooruitdrongen.
Daarentegen stelt Kimmig dat de oorsprong van de verbrandingsriten te vinden moeten zijn in de plaatselijke bevolking die daar tijdens het Bronzen Tijdperk reeds thuis was en ineens, op de overgang van Midden-Brons tot Laat-Brons, rond 1200 v.Chr., tot nieuwe begrafenisgebruiken zou zijn gekomen.
Dat ook het potwerk andere materialen en vormen vertoont, kan aan enkele inventieve kunstenaars-ambachtslieden worden toegeschreven.

De mensen in de urnenveldencultuur

Zoals gezegd geven hun graven een indruk dat we hier te maken hebben met een verarmde bevolking. Slechts zelden worden er grafgiften bijgeplaatst en als dat dan al gebeurt vertonen deze bijgaven geen enkel teken van luxe.

Men meent dat de Urnenveldenlieden leefden van de landbouw en de veeteelt, op zandgronden waarschijnlijk kleinvee. In de grotten van Han heeft men ook bronzen vishaken gevonden, wat betekent dat ze leefden van de visvangst in de Lesse. Bovendien heeft men op bepaalde plaatsen (o.a. in Lusace) ontdekt dat ze het paard gedomesticeerd hadden.

Heuvelversterkingen

Een ander bewijs dat de mensen in 1234 v.Chr. een verschrikkelijke catastrofe hadden meegemaakt is wel de manier waarop zij heuveltoppen gingen versterken door massieve omwallingen van aarde en steen. Zoals de grote ovaalvormige of andersvormige oppervlakten die wij verder zullen aanwijzen en die wij toevluchtstructuren of overlevingsstructuren zijn gaan noemen, omringden zij ook elke markante verhevenheid in het landschap door sterke raamwerken van kloeke boomstammen. Het is infantiel te denken dat die bouwwerken werden opgetrokken tegen mensen. Dit waren vluchtheuvels tegen overstromingsrampen.

Verandering van de zeden

De pracht en praal, de organisatie van het Begin- en Midden-Brons waren voorgoed voorbij. De gelukkige tijd van 1800 tot 1234 v.Chr. zou niet terugkeren. Miljoenen mensen waren in de ramp 1234 v.Chr. omgekomen. De overlevenden hadden duizenden lichamen zien rotten en vergaan. De vreselijkste taferelen moeten zich hebben afgespeeld. Het is zelfs waarschijnlijk dat miljoenen mensen nooit werden teruggevonden.
Wat door de archeologen beschreven wordt als het ontstaan van kleine koninkrijken, was niets anders dan de herinnering aan het grote rijk die voortleefde. Herinnering die terug te vinden is in de religieuze gebruiken die uniform blijken over het gehele gebied van de urnenvelden en in het gebruik van bepaalde afbeeldingen die een symbolisch-godsdienstige betekenis moeten gehad hebben.
Afgaande op wat in de grafvelden wordt gevonden, doet men de indruk op dat de mensen in de urnenveldencultuur het niet al te breed hadden. De graven zijn eenvoudig, de bijgaven doen arm aan. Ook dit komt overeen met het beeld dat wij ons vormen van die periode.

Verband met de Vloed

Wij stelden al vast dat de mensen in de urnenveldencultuur zich wel verbonden voelden aan een speciaal soort plaatsen. Op de cirkel- en ovaalstructuren vindt men ze terug op de snijpunten met rivieren, men vindt ze eveneens in een paar dolmensvelden en in enkele overlevingsstructuren. Verder schijnen zij geen bijzondere voorkeur aan de dag te hebben gelegd voor een speciaal soort bodem, men vindt ze zowel op rijke als op arme zandgronden (Vlaanderen, Kempen).

In het hoofdstuk over cataclysmen[28] toonden wij al het samengaan aan van de gebieden waar urnenveldencultuur wordt gevonden en de gebieden die het zwaarst werden geteisterd door de watervloed van 1234 v.Chr. Uit dat schema blijkt trouwens duidelijk dat die lieden slechts in schijn uit het oosten waren gekomen. Waarschijnlijk beoefenden ze "opnieuw" landbouw en veeteelt. Alles wijst op een verarming door iets gewelddadigs en een reorganisatie die heeft geleid tot zeer eenvoudige staatsstructuren en bovenal verweer tegen de natuur die een vijand was geworden. Het is duidelijk dat die mensen in die optiek weinig aandacht wilden besteden aan wapens.

Immers, niet mensen waren de vijanden, maar wel de natuurelementen. De Urnenveldenlieden hoeft men echter niet honderd procent op de ovalen, dolmensvelden of overlevingsstructuren te gaan zoeken. Ook de grotten werden door hen als woon- en begraafplaatsen beschouwd, die op dat ogenblik voldoende bescherming moeten hebben geboden.
Zo zijn voor de late Bronstijd de archeologische vondsten in de grotten van Han (Namen) zeer talrijk en ze bewijzen een nieuwe bewoning.
In wat de archeologen ons voorhouden in verband met de grotten van Han, Eprave en Sinsin, treft ons het feit dat die tijdens het Midden- en Laat-Neolithicum bewoond waren door een gemeenschap die misschien wel tot de S.O.M.-cultuur mag worden gerekend (onze megalietenbouwers). In de Oude- en Midden-Bronstijd zijn die grotten echter niet bewoond, wat met de glansperiode van Atlantis overeenkomt.
Maar na de catastrofe van 1234 v.Chr. zien wij opnieuw de bevolking – nu Urnenveldenlieden genoemd – die grotten betrekken om veiligheidsredenen.
Net zoals de bergtoppen werden bewoond en versterkt, net zoals de overlevingsstructuren werden bevolkt en de onderaardse schuilplaatsen werden aangelegd, zowel tegen het water als tegen andere kosmische dreigingen.

Waarom een zedenverandering?

Toen de vloedgolf die Atlantis vernietigde zovele slachtoffers maakte, betekende dat niet alleen het einde van een tijdperk, het betekende ook de vroegtijdige dood van zovele mensen.
Tot op heden vindt men van mensen die een te vroege of gewelddadige dood sterven dat ze "niets aan hun leven hebben gehad" of dat hun taak

(28) cfr. eerste Atlantisboek.

hier nog niet volbracht was. In de Oudheid was de moraal niet echt anders. Aangezien men meende dat mensen die vroegtijdig gestorven waren toch niet in de "hemel" konden komen, wilden men hun reïncarnatie bespoedigen. Daarom versnelde men het natuurlijk afbraakproces, het herleiden van het lichaam tot stof en as door de lichamen te verbranden. Net zoals vandaag het geval is, kon de as van de overleden persoon toevertrouwd worden aan de aarde (en aan de wind), maar kon ze ook "begraven" worden, bijeengehouden in een urne.

Die zedenverandering toont natuurlijk ook het pessimisme van die tijd aan: men had zijn cultuur en beschaving verloren en men meende dat de ziel hier op aarde ook niet veel kon leren en dat ze dus wel zou moeten reïncarneren. Tijdens die moeilijke en zware tijden was er waarschijnlijk ook een sterke daling van de levensverwachting en de levensduur, wat inhield dat nog meer zielen geen kans maakten om zich te perfectioneren hier op aarde. Vanuit cultureel standpunt trad er uiteraard ook een grote achteruitgang op rondom de gehele Middellandse Zee, zelfs in enige mate in Egypte. Van 1070 tot 712 v.Chr. kende Egypte zijn derde tussenperiode, met de 21e tot 24e dynastie. Nadien, in de Late Tijd, zou Egypte nooit meer worden als voorheen.

De donkere tijd duurde algemeen tot ongeveer 800 v.Chr., toen men er langzaam weer bovenopkwam, onder andere in Griekenland waar men het schrift herontdekte. Het is dan waarschijnlijk ook niet verwonderlijk dat de "Urnenveldenlieden" door de historici gedateerd zijn tussen 1200 en 700 v.Chr. Toen begon men opnieuw een culturele bloeiperiode te kennen en er heerste waarschijnlijk opnieuw optimisme onder de mensen. Een verandering in de begrafenisriten drong zich weer op omdat de mens waarschijnlijk meende dat de ziel opnieuw zijn werk kon vervolmaken tijdens zijn verblijf hier op aarde.

HOOFDSTUK III

DE OVERLEVINGSSTRUCTUREN VAN DE ATLANTEN IN DE VLAKTE

In het Westeuropese landschap, voornamelijk in België en in de noordelijke helft van Frankrijk, vinden we opvallende figuren terug, afgetekend door wegen, grenzen en gemeentekernen. De eerste structuur die ons opviel is de perfecte ellips met afmetingen 6,5 bij 4,5 km op de zogenaamde Romeinse weg Bavay-Vermand. Het is opmerkelijk hoe alle gemeentelijke agglomeraties van het gebied samenklitten op de omtrek van deze figuur: Poix-du-Nord, Englefontaine, Hecq, Preux-au-Bois, Bousies, Croix-Calugau, Vendegies-au-Bois. Het lanensysteem wordt duidelijk door die kleine ellipsstructuren onderbroken.
In de onmiddellijke omgeving van die structuur kunnen nog twee identieke structuren worden aangewezen: een eerste rond Solesmes, met eveneens afmetingen van 6,5 bij 4,5 km; een tweede bij Avesnes-le-Sec, met dezelfde afmetingen.
In beide nieuwe gevallen komen gemeenten en gehuchten op de omtrek voor en worden de lanen onderbroken.

Een zelfde structuur kunnen we ook aanwijzen rondom Gent. De Gentse ellips met afmetingen 16 bij 14 km trekt door de volgende gemeenten en gehuchten: Merelbeke (Mer-*lo*-beke), Lochristi, Elslo, Evergem, Kruisken, *Bel*zele, Vinderhoute, Luchteren, Baarle (Baar-*lo*), Sint-Maartens-Latem en De Pinte. Het centrum bevindt zich in Gent ter hoogte van het kruispunt van de Gouvernementstraat en de Henegouwenstraat. Daar zou een motte of een grote tumulus bestaan kunnen hebben.(29)

Ook rond Kortrijk kan dergelijke structuur worden aangewezen, zij het dan met afmetingen van 13 bij 9 km. Precies op de omtrek treffen we de

---

(29) Mestdagh vroeg zich af of deze motte ook op het hoogste punt van de ellips kon liggen.-*f.c.*

volgende gemeentekernen of gehuchten aan: Bellegem, Zwevegem, Deerlijk, Beveren, Bavikhove, Hulste, Lampernisse, St.-Katharinakapel, Gullegem, Wevelgem, Knok(ke), Aalbeke.

Het centrum bevond zich in Kortrijk op het kruispunt van de Groeningestraat en de Kleine Leiestraat. Ook daar zou een motte of een tumulus kunnen bestaan hebben. Jammer genoeg valt die plaats ongeveer samen met de noordzijde van het Noormannenkamp dat wij in Kortrijk kunnen aantonen.

Het bleef niet bij voornoemde 5 structuren; bij tientallen en tientallen bleven ze aanrukken en zich aan onze belangstelling opdringen.
De grootte-orde blijkt te variëren van 3 km tot 60 km. Naar de vorm zijn het meestal ellipsen of ovalen. Nochtans vinden we ook een paar voorbeelden van bijna vierkante structuren, zo in Croix-Moligneau en opnieuw in Bellenglise. Beide structuren bevinden zich daarenboven op een zelfde zogenaamde Romeinse weg Bavay-Vermand en het verlengde ervan. Een nieuwe variant ontdekten wij rondom Sens en in de richting noordoosten het gebied van Troyes. Aldaar bestaan de structuren uit drie boogstukken die in de hoekpunten van een gelijkzijdige driehoek samenkomen. De kromtestralen zijn 30 stadiën lang.
De Kelten die Troyes en het gebied bewoonden, werden de Tricasses genoemd. Wij zien daar een duidelijke verwijzing in naar deze driezijdige figuren.
In een hele reeks van die structuren kan een afgeronde Atlantismaat worden teruggevonden: 90, 180, 250, 300 en 350 stadiën.

Een ander opmerkelijk feit is het voorkomen van het Bel- of Bailtoponiem op de omtrekken der Ellipsstructuren en dit voornamelijk in het Belgisch en Noord-Frans gedeelte van het gebied: Bellignies, Herbelles, Bellery, Bailleul-les-Pernes, Belle-Bailleul, Baileux, Bellenglise, Bellem, Balen (Bel), Balegem, Bailiève, Belsele, Belzele, Le Plessis-Belleville, Bellegem.
Een stukje meer recente geschiedenis kan ons helpen bij de verklaring van dit nieuwe fenomeen. De Ierse Kelten kenden zeer lang een territoriale structuur van de familie die "bail" werd genoemd. Daarenboven heeft men van de Kelten steeds gezegd dat zij eens ellipsvormige gebieden hadden bewoond.
Er gingen zo'n 30 baile in 1 stam.
Zo'n baile werd in vier kwartieren onderverdeeld, zoals later de Romeinen dat ook zouden doen met hun steden. En net zoals in bijvoorbeeld Gent er door de Kelten een motte, een soort oerheuvel in het centrum van de ellips werd geplaatst, zo zouden de Romeinen een omphalos in het midden van hun stad plaatsen.
In het Nederlands wordt "bail" vertaalt als "omwalling". De Ierse naam voor Dublin is "Baile Atha Claith". Is deze "bail" onze continentale

“bel” ? De stad Belfast bevat ook dit bel-toponiem. En zo zijn er nog vele andere steden en dorpen: Ballina, Ballymena, Boyle, Belleek, Ballyshannon, Ballycastle, Balleygawley, Ballynahinch, Balbriggan, Ballybay, Ballinasloe, Ballinskelligs, Ballybunnion, Ballycot, Bailieborough, Ballyjamesduff, Belturbet, Ballinrobe enz.

Daarom stellen wij dat na de vloedcatastrofe van de jaren 1200, die het grote Atlantissysteem in de grootst mogelijke chaos had gestort, de overlevende Atlanten zich hebben gegroepeerd in kleine geometrische structuren in de vorm van ellipsen, ovalen, driehoeken, vierkanten, die ze met een wal- en grachtsysteem omringen, en die daarbij zoveel mogelijk in de buurt van een rivier waren gelegen, een hoger gelegen gedeelte bezaten en liefst ook op een verkeersweg waren gesitueerd.
Op de ellipsstructuren bleef later, en dit tot op onze dagen de naam Bel of Bail bewaard. De groepen die rond 700 v.Chr. de Bel-ellipsen verlieten, om onder leiding van de Senones mee te doen aan een grote volksverhuizing, teneinde opnieuw de Atlantisstructuren te gaan bewonen, werden dan ook later steeds Belgen genoemd.

Alle groepen die deze overlevingsstructuren verlieten werden in het vervolg Kelten genoemd. En omdat zij opnieuw tussen de wallen van de ovaalstructuren en de lanen gingen wonen kregen zij daarenboven de naam Galliërs; zij leefden binnen de wallen.
Wanneer wij stellen dat die Keltische stammen deze ellipsen, ovalen en driehoeken bewoonden en er verder rekening mee houden dat men het aantal Keltische stammen op ongeveer 500 schat, waarvan er ons slechts een honderdtal van name bekend zijn geworden via Griekse en Romeinse schrijvers, moeten wij toch zeker het aantal overlevingsstructuren ook op minstens 500 schatten.

Een onderwerp dat wij slechts even willen aanroeren is dat van de onderaardse uitgegraven schuilplaatsen die in of in de buurt van de overlevingsstructuren worden aangetroffen. Die schuilplaatsen kunnen in sommige gevallen als ware ingenieursprestaties worden beschouwd, alleen al vanwege hun prachtige overloopsystemen. Men is er veilig voor overstromingen en toch beschermd voor een gevaar uit de ruimte, of dit nu een meteorietenregen is of het vuur van Phaëton! Soms beperkt dit aspect van de overlevingsstructuren zich tot legenden over onderaardse gangen die zich onder het hele gebied binnen de ellips zouden uitstrekken. Zulke legendarische tunnels zijn daarom geen echte ondergrondse tunnels die zouden kunnen dienen als een soort van beschermde gang als er vanuit de lucht het vuur van Phaëton naar beneden dendert. Normaal gaat het hier om een “fairy pass”, een feeënpad. Dit is een (onzichtbaar) pad, een lijn dus, tussen een elfenfort of een tumulus en een religieuze plaats. Er bestond zelfs een decreet dat er op deze paden niet gebouwd mocht worden. Stond bij-

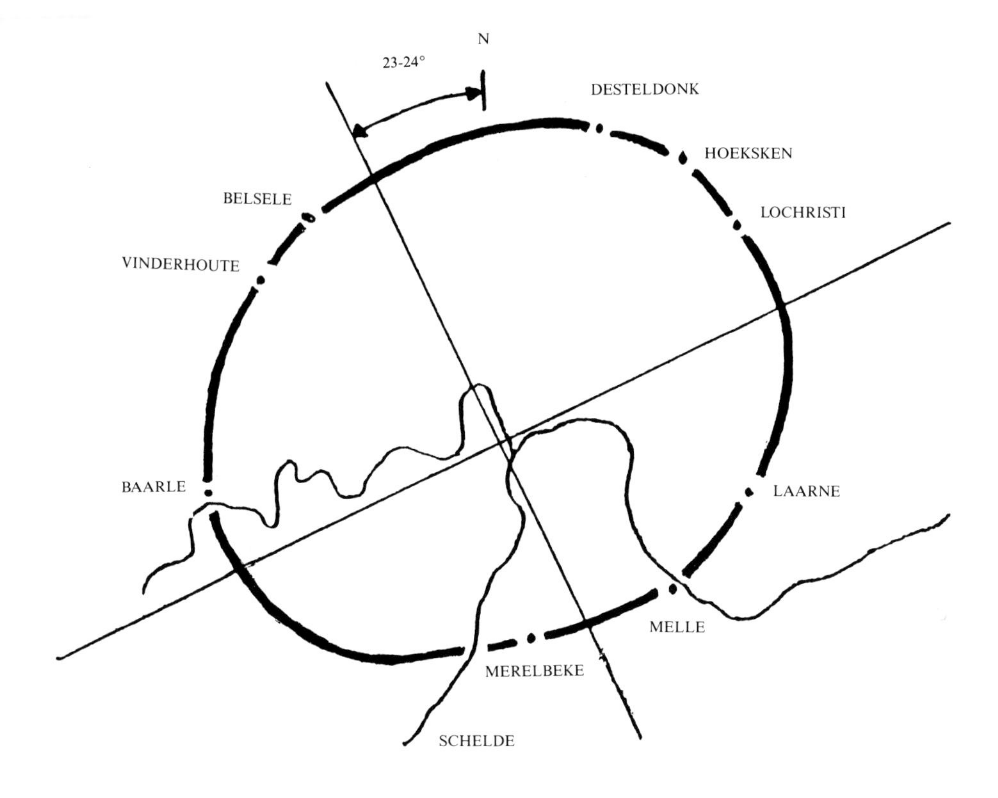

Fig. 42. De Bel rond Gent.

voorbeeld slechts een hoek van een huis op dit pad, dan kon die hoek vaak afgebroken worden door "onbekenden". Stond er een huis op dit pad, dan konden de inwoners zich verwachten aan psychische teisteringen.

Merkwaardig is ook het feit dat vanuit het centrum van sommige ellipsstructuren een stervormig net van wegen schijnt uit te gaan waarin wij een verwantschap met de door ons rondom Sens aangewezen zonnetempel bespeuren.
Dit is ook het geval voor Bavay, zoals al door de gebroeders Brou werd aangetoond, en voor nog andere plaatsen, zoals Gent.
Zijn de Gentstraat, Land van Waas-laan en V. & A. Braeckmanlaan, Brusselse steenweg overblijfselen van dit stralennet vanuit Gent?

De inwoners van Sens heetten de Senones; die van Atrecht de Atrebati, die van Parijs de Parisii. Is het mogelijk dat de inwoners van Gent de Ceutrones (of Centrones) waren? En dat zij, eeuwen na het verdwijnen van hun oorspronkelijke beschaving, een stralennet en zonnetempel aanlegden rond een motte in Gent?

HOOFDSTUK IV

EEN ATLANTENRECHT: HET LIGURISCH ERFRECHT

Het was de Nederlandse rechtsgeleerde Eduard Maurits Meijers (1880-1954) die in een monumentaal werk over een zeer oud erfrecht, door hem ontdekt en Ligurisch genoemd, de aandacht vestigde op het feit dat West-Europa overdekt is geweest met gebieden waar een eenvormig Prekeltisch erfrecht moet hebben bestaan.
Hij toonde o.a. aan dat in meerdere Nederlandse gewesten het recht van de niet-edelen zou dateren uit de tijd vóór de Germaanse invallen.
Meijers had onmiddellijk gezien dat dit oude recht, een erfrecht, niets te maken had met het recht van de Germaanse volksverhuizers die tussen 300 en 500 n.Chr. hun zeden en gewoonten hadden geprojecteerd op de bewoners van West-Europa. Als rechtshistoricus begreep Meijers terstond dat dat oude erfrecht ook niets had te maken met het Romeinse recht.
Toen kwam hij in zijn terugtellen bij de Kelten terecht, maar aangezien hij dit erfrecht ook op Corsica en in het Baskenland had aangetroffen, vermoedde hij dat hij ook de Kelten links moest laten liggen.
Zijn studie van de Prekeltische periode bracht steeds opnieuw de naam van de Liguren naar voren. En hoewel Meijers de eerste was om in te zien hoe delicaat een en ander was, besloot hij toch dit oude erfrecht Ligurisch te noemen, maar terzelfder tijd bij de lezer deze naamgeving te relativeren.

Meijers trof dit zogenaamde Ligurisch erfrecht aan in:

Frankrijk: Auvergne, Nièvre, in grote delen van Lorreinen en van het graafschap Bar, de stad Reims, de twee Bourgondiës, in Bretagne, in de Perche (voor onroerende goederen), Anjou, Maine, Poitou, Touraine, de streek van Loudun, Berry, een gedeelte van Saintonge, in zekere mate in de stad Toulouse, op het eiland Corsica en in Baskenland

Nederlanden: Zuid-Holland, Zeeland, de westelijke gebieden van Brabant met Antwerpen en Mechelen, Henegouwen, Vlaanderen en het noordelijk deel van Artesië

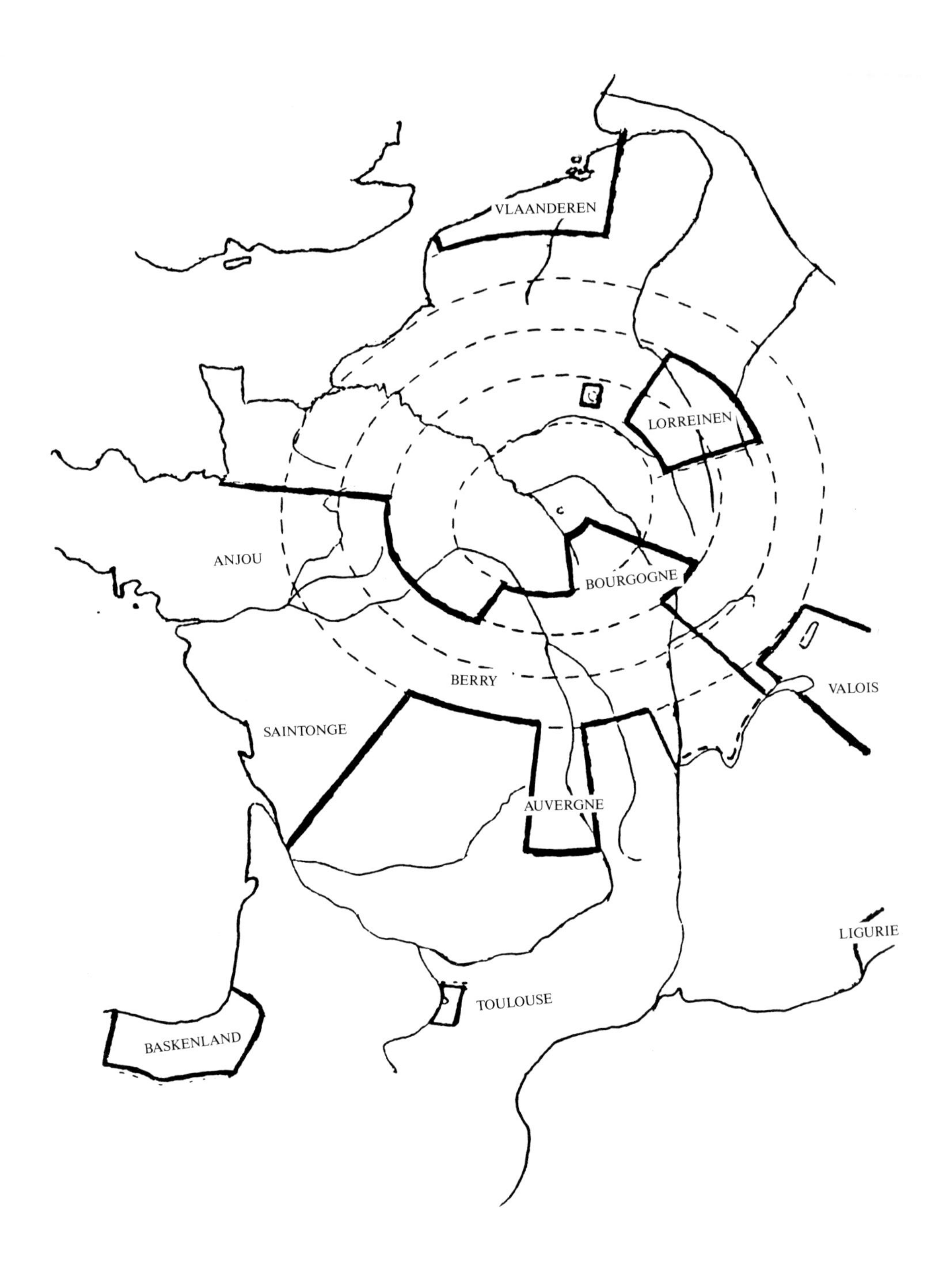

Fig. 43. Gebieden met Ligurisch erfrecht. Het verband met de ovaalstructuren is op zijn minst frappant.

Zwitserland: Valais, Grisons met aanpalende delen van Tessino en Vorarlberg, en voornamelijk in het graafschap Vaud

Oostenrijkse Alpen: Oostenrijk en Tirol

Italië: Ligurië

Spanje: Baskenland

Meijers legt de nadruk op het feit dat deze gebieden eigenlijk weinig herbergzaam zijn: het geïsoleerde en bergachtige gebied van Valais, de ruwe streken van de oostelijke Alpen, Ligurië, Auvergne, de Morvan, de Pyreneeën, de moerassen van Vlaanderen en Holland.

De vraag hoe dit recht is kunnen blijven bestaan sinds de Prekeltische periode ca. 1000 v.Chr. tot in de middeleeuwen ca. 1500 n.Chr. wordt door Meijers opgelost door te wijzen op het dogmatisch karakter van dit recht, samen met de binding met de familieorganisatie. Dit zouden de voornaamste oorzaken zijn van het buitengewone verzet die door dit recht werd geboden aan de totaal verschillende wetten en zeden der opeenvolgende veroveraars. Dit dogmatisch karakter blijkt uit het feit dat volgens Meijers heel het Ligurisch erfrecht in enkele regels kan worden samengevat.
Wij zullen de materie van het eigenlijke erfrecht zelf niet behandelen. Daarvoor verwijzen we de lezer naar het werk van Meijers. Wij willen slechts aantonen hoe de grenzen door Meijers aangetoond voor zijn erfrechtgebieden overeenkomen met de ovaal- en laanstructuren die door ons in Atlantis worden aangetoond. En hoe dit alles ook in de tijd zelf overeenkomt met de door ons gevonden beschaving.

Geografische begrenzingen van het Ligurisch erfrecht

We willen ons hier beperken tot het beschrijven van een vijftal grenzen. De rest zal op de kaarten worden aangeduid.

- In de Nederlanden en Artesië wordt het gebied begrensd door de Lanen 2 5/8 en 59. Die lanen zijn respectievelijk de mediolanen van de koninkrijken 7 en 8. De zuidelijke grens volgt nauwkeurig Ovaal V langs zijn binnenzijde.

- Maine en Perche. Dat gebied wordt aan zijn noordzijde begrensd door Laan 49 die door Lethuin en Domfront loopt. Aan de westzijde is het Ovaal II die vanaf Lethuin tot aan Laan 38 de grens vormt.

• Berry. Dit gebied bevindt zich buiten Ovaal I en ten zuidoosten van Laan 38.

• Poitou en Saintonge. Dit gebied wordt zuidoostelijk begrensd door de zeer belangrijke Mediolanum 38 van Koninkrijk 2.

• Grote delen van Lorreinen en van het graafschap Bar. Dit gebied wordt begrensd door Ovaal III en een ovaallijn tussen de ovalen I en II. De lanen worden afgetekend door de grenslanen 6 en 13, wat ons meteen de sector van het Atlantis-Koninkrijk 6 brengt.

Een bijzonder merkwaardig feit dat door Meijers wordt vooropgesteld is de overeenkomst tussen het Ligurisch erfrecht van West-Europa zoals hij dit bv. vond in het recht van Sint-Omaars en het oude erfrecht dat hij aantrof in de klassieke Griekse steden.
Een gegeven dat door ons zal worden gebruikt om de veroveringstochten van de Atlanten te bewijzen.

Wij hebben veel begrip voor Meijers en zijn pogen om voor dit zeer oude erfrecht het volk te vinden dat het tot ontwikkeling had gebracht.
Ook hij liet Germanen en Romeinen links liggen. Ook hij kwam bij de Kelten en de Liguren terecht. Tenslotte opteerde hij voor laatstgenoemden.
Wijzelf waren ter verklaring van de Noormannenportolaan en van de reusachtige structuren die eruit voorkwamen, ook de Germanen en Romeinen voorbijgegaan en eveneens bij de Kelten en Liguren terechtgekomen.
Het was slechts na het tot stand komen van de Atlantishypothese dat wij begrepen hebben dat al die volken Atlanten zijn geweest. De naam Liguren duidt een bepaalde en late verschijningsvorm van het volk van de Atlanten aan. Meijers had evengoed rekening kunnen houden met een andere oeroude naam voor ditzelfde volk, Ambrones; dan hadden wij nu over het Ambronenerfrecht gesproken.
Die toepassing van Meijers' theorie van het Ligurisch erfrecht op onze Atlantishypothese dragen wij met heel veel respect op aan de nagedachtenis van deze waarlijk grote geleerde.

HOOFDSTUK V

GLOZEL EN HET SIRIUSVRAAGSTUK

Op 1 maart 1924 deed een jonge knaap, Emile Fradin, de ontdekking van zijn leven toen hij bij het omploegen van een veld in het gehuchtje Glozel, ten noordoosten van Ferrieres-sur-Sichon, op een aantal stenen stootte waarvan sommige inkervingen droegen. Marcel achtte deze vondst zo belangrijk dat hij tweemaal naar Glozel reisde. Daar ontmoette en sprak hij enkele uren met Emile Fradin.

Hoewel bijna niemand buiten Frankrijk aan hun echtheid twijfelt, is er in Frankrijk zelf, waar ze officieel als vervalsingen worden beschouwd, rondom deze tabletten een hetze ontstaan. De controverse is terug te voeren tot vele jaren terug, toen Emile Fradin en een amateur-archeoloog, dr. Morlet, besloten een boek te publiceren over Fradins ontdekkingen in Glozel en Morlets opmerkingen en theorieën over de tabletten. Dr. Capitan, hoofd van het Museum voor Schone Kunsten in Parijs, vroeg Morlet Fradins vermelding als auteur te vervangen door zijn naam, een gunst die hij zou vergoeden door zich uit te spreken voor de echtheid van de tabletten. Dr. Morlet meende dat Fradin in elk geval als auteur vermeld moest worden en ging niet in op het voorstel van Capitan, die prompt verklaarde dat hij meende dat de tabletten onecht waren. Tot op heden blijft men van officiële zijde Capitans positie bijtreden, tot grote ergernis van velen. Momenteel is ook hun ouderdom, die zowel op 15.000 v.Chr. als op 600 v.Chr. is bepaald, een onderdeel van de strijd geworden. Het gros van de historici en archeologen is immers van mening dat de mens 15.000 jaar geleden geen geschrift had, en omdat dit één van hun stokpaardjes is, sterken zij de groep van diegenen die zich uitspreken tegen de echtheid van de tabletten. Mestdagh zelf, voorzover we kunnen nagaan, was overtuigd van hun echtheid en meende waarschijnlijk dat het een geschrift was uit de na-Atlantische periode.

Mestdagh had immers gezien dat rondom Sens bepaalde megalieten dezelfde tekens vertoonden als de tabletten van Glozel. Sens is hiermee zeker niet de enige andere plek waar zulke tekens werden gevonden. De Newton Stone in Clyde (Schotland), El Pendo in Altamira (Spanje), in de

Tabel: Proto-Keltisch

woord	symbool	betekenis	numerieke waarde
GE	L	aarde	11
RE	X	straal/beweging	50
NE	ꟸ/Ɛ	lucht/hemel	15
SE	И/Ͷ	bliksem/snelheid	7
LE	λ	licht/verering	30
BE	+	configuratie/vorm	80
DE	⌷	instinct/wereld	400
TE	T	vuur/liefde	2
CHE	<	steen/rots	70
ME	I	materie/kracht	10
FE	⊥	natuur	4
PE	H	lichaam/hoofd	8
WE	O	god	0
KE	Ψ	mens	9
MHE	↑	dier	3
NHE	1/Γ	ziel	1
NGHE	V	dood	20
NGE	^	slag/schijnsel	40
GWE	◇	vrouw/opening	600
RHE	⊢	mens/pijp/slang	6
LLE	Ł	plaats/land	12
QUE	W/Σ	water	5

Bron: Hitz, Hans Rudolf. *Les Inscriptions de Glozel.* Zurich, 1988.

grotten "Grotte-aux-Fées" te Saint-Maurice (Zwitserland), in Alvao in Portugal, in Phaistos op Kreta, ... overal werden soortgelijke tekens gevonden. Nergens echter zijn ze in zulke getallen te vinden als in Glozel, een plaatsje dat bovendien zeer dicht bij Ovaal IV gelegen is: er net buiten, om precies te zijn.

Hans Hitz(30) meent dat de tabletten in Glozel proto-Keltische lettertekens en cijfers zijn. Hitz meent dat met een aantal woorden (*cf.* tabel), een taal kan opgebouwd worden die een woordenschat heeft van ongeveer 10.000 woorden. Interessant is wel dat de uitspraak van deze "sleutelwoorden" identiek is aan de manier waarop men vandaag de dag kinderen het alfabet aanleert (be, se, de, e, fe, ge, ...). Indien die tabletten inderdaad proto-Keltisch schrift bevatten, betekent dat ook dat er een verband is tussen de Kelten en de bevolking van Glozel, iets wat niet helemaal ondenkbeeldig is als men weet dat Mestdagh ervan overtuigd was dat de Kelten afkomstig waren uit Atlantis, wat meteen de proto-Kelten bestempelt tot inwoners (als men Mestdaghs datering voor het einde van Atlantis – 1234 v.Chr. – aanvaardt) of vroegere nazaten van Atlantis.
De Keltische wijsheid werd mondeling overgedragen. Dat betekende niet alleen dat de kennis niet in de verkeerde handen kon vallen of ontvreemd worden, maar ook dat het geheugen beter geoefend werd en de kennis steeds geraadpleegd kon worden. Voor administratieve aangelegenheden of bepaalde berekeningen werd er echter wel gebruik gemaakt van een schrift.

Hans Hitz ontdekte ook dat de "Glozel-bevolking" vanop bepaalde natuurlijke "monumenten" (zoals heuvels) rondom Glozel niet alleen de zonnewendes en maanstilstanden konden waarnemen, zoals bij zovele megalitische bouwwerken, maar ook, vanaf 7125 v.Chr., de ster Sirius, de meest heldere ster aan het hemelfirmament. Eén van die alignementen rondom Glozel is gericht naar de Puy de Dôme, een vulkaan die waarschijnlijk actief was rond 7000 v.Chr., een vulkaan die eveneens opgenomen is in Mestdaghs lanenstructuur (Laan 32).
De ster Sirius, bijgenaamd de Hondster, was niet alleen belangrijk in de Oudheid omdat ze de helderste ster was; de Egyptenaren wisten dat als men de ster zag verschijnen aan de hemel, de Nijl ook weldra zou overstromen ten gevolge van de neerslag in Ethiopië. De Egyptenaren baseerden, onder andere om deze reden, hun kalender op deze ster. Dat gebruik kan

(30) Hitz, Hans Rudolf. *Les inscriptions de Glozel. Essai de déchiffrement de l'écriture.* Témoignages d'une civilisation proto-celtique. Zurich: Juris, 1988.

zijn oorsprong hebben gevonden in Atlantis, waar de basislijn van de zonnetempel rondom Sens eveneens is gealigneerd op Sirius. Bovendien was Sirius de naam van de hond van Zeus die afgericht was om zijn dochter Europa te beschermen. Toeval of opzet?

HET SIRIUS-VRAAGSTUK

De Egyptische mythologie beschouwt het "Oog van Horus" als een hemelse ladder is om het leven na de dood te bereiken op de ster Sirius. De Griekse mythologie verhaalt dat Serrios (Sirius) de hond van Orion was. Orion was de zoon van Poseidon en Euruale, een dochter van Minos. Orion was een befaamd astronoom die zijn kennis had verkregen van Poseidons zoon en heerser over Atlantis, Atlas. De legende luidt dat Orion een onderaards paleis voor Poseidon zou hebben gebouwd.
Mestdagh zinspeelde op de mogelijkheid dat deze oogstructuur werd gebouwd met de bedoeling te kunnen waargenomen worden vanuit de ruimte, de zogenaamde "kosmische betekenis". De Dogons zijn een stam in Mali die niet alleen geloven dat hun voorvaderen afkomstig zijn van het sterrenstelsel Sirius. Zij bezorgden bezoekende antropologen informatie over de ster Sirius en haar companen die op dat moment voor de wetenschap onbekend was en die pas later door de wetenschappers bevestigd is geworden. Robert Temple(31) meent dat de Dogons hun kennis verkregen van de oude Egyptenaren. Ook andere bronnen(32) menen dat wij allen afkomstig zijn van een buitenaards, reptielachtig ras van een planeet rond Sirius.

Er is echter nog meer betekenis te zoeken en te vinden achter de gerichtheid op Sirius. Net zoals de Egyptenaren en de Dogons geloven bepaalde Indianenstammen dat onze ziel na de dood een vierdagentocht begint naar Sirius.
Elk jaar houden die Indianen (of althans deden ze dat in het verleden) een ceremonie waarin ze de samenhang van de aarde, de mens en de Schepper vieren. Die ceremonie begint op 22 juni, als de ster Aldebaran net voor de zomerzonnewende aan de hemel verschijnt. Een eerste "keerpunt", de

---

(31) Temple, Robert. *The Sirius Mystery*. Destiny Books, 1987 (herdruk).
(32) P.H. Atwater. *Coming Back to Life*. R.A. Boulay (*Flying Serpents and Dragons*; *Dragon Power*) meent eveneens dat we afkomstig zijn van reptielachtigen, hoewel hij zich niet uitspreekt vanwaar ze afkomstig zijn.

helft van de ceremonie, vindt plaats 28 dagen later, rond 19 juli, als ze de ster Rigel aan de hemel waarnemen. De tweede helft van hun jaarlijkse ceremonie loopt tot ongeveer 16 augustus, als de ster Sirius aan de hemel verschijnt. Wanneer hun sjamanen die ster waarnemen, is dat voor hun het teken dat het verband tussen de Schepper, de mens en de aarde bevestigd is.(33)

De Dogons menen dat Sirius B, een witte dwergster die Sirius vergezelt, de as van het heelal is, de kosmische als het ware. Ze is de eerste ster geweest die door de Schepper gecreëerd werd en alle zielen en alle materie van het universum komen van Sirius B in een spiraalvormig patroon. De Dogons zeggen dat ze die informatie kregen van de Nommos, amfibie-achtige wezens die van Sirius naar deze aarde kwamen.(34)

De Egyptenaren meenden dat al het goede afkomstig was van Sirius (en daarom werden Isis en Osiris met deze ster in verband gebracht). De "slechte" invloeden op deze aarde (gesymboliseerd door Seth, later door Satan) werden verbonden met Orion, het sterrenbeeld waarvan de ster Rigel deel uitmaakt.

Aldebaran maakt deel uit van de stier. Mestdagh verhaalt hoe, toen de koningen (waarschijnlijk jaarlijks) vergaderden, ze een stier doodden zonder gebruik te maken van enig metaal. Het is waarschijnlijk dat deze rechtspraak begon net na het doden van de stier. Rechtspraak ging vaak gepaard met religieuze feesten en mogelijk doodde men die stier rond 22 juni, net nadat Aldebaran, een ster uit het sterrebeeld Stier, was verschenen. De stier was ook zeer prominent aanwezig in de religie van de zogenaamde Minoïsche beschaving op Kreta.

Misschien is het enkel en alleen omdat Sirius de helderste, meest stralende ster is aan ons firmament of misschien heeft het te maken met al de bovenstaande redenen, maar men noemt Sirius ook wel "het Oog aan de Hemel".

Sirius wordt ook wel (onder andere in de vrijmetselarij) de Vlammende Ster genoemd. Men schrijft het nummer vijf toe aan deze ster. Is het puur toeval dat Poseidon vijfmaal een tweeling kreeg?

Sirius werd ook de ster van de voorzichtigheid genoemd. Albert Pike(35) meende dat men daarmee Prudentia bedoelde, het voor-uit-zien, de toekomst kennen. En de toekomst kennen fungeerde zo'n beetje als symbool

---

(33) Gregory Little, *People of the Web.* White Buffalo Books, 1990.
(34) Little, o.c., pagina's 179-185.
(35) Pike, Albert. *Morals and Dogma of the Ancient Scottish Rite.* p. 506.

Foto 7. De ogen van de wereld. Weergave van de oogstructuren op een aardbol. Dit illustreert hoe het ooit misschien mogelijk was deze structuren vanuit de ruimte waar te nemen.

dat men alles kende, "zelfs" de toekomst. De Bambara-stam, een groep die verwant is met de Dogon, noemde de sterren van de Sirius-groep de "sterren van kennis". De Vlammende Ster werd zo het symbool van het Alziende Oog, vaak afgebeeld als een oog boven of in een driehoek. Dit Alziende Oog is dus Sirius, die gesymboliseerd werd door de zon, Osiris, de plaatsvervanger van Sirius tijdens de afwezigheid van de ster; zoals Osiris de god was die heer en meester was op aarde bij afwezigheid van de ware oppergod.

Sirius B, het "maatje" van Sirius, werd door de Bozo, een Afrikaanse stam die verwant is aan de Dogon, de "Oog-ster" genoemd en ook wel het "ei van de wereld".(36) Niet alleen de Bozo waren geobsedeerd door een Oog-ster, de Egyptenaren of de Assyriërs waren evenzeer door haar ingenomen. De Oog-ster werd beschouwd als de belangrijkste ster.

Isis werd, in haar zoektocht naar haar man Osiris, geholpen door Anubis, de hond, die geidentificeerd werd met Sirius, de Hondster.(37) Anubis was niet enkel de vriend en vertrouwensman (en familie) van Osiris, hij was tevens bewaker van de poorten van de hemel. Die Anubis werd door de Grieken geidentificeerd als de Griekse god Hermes, door de Romeinen als Mercurius. Mestdagh merkte op hoeveel Mercurius-tempels er aanwezig waren op het stralennet rond en vanuit Sens. Het zou ons te ver leiden om in te gaan op de mysteries van Hermes Trismegistus, die vertellen hoe Hermes hier op aarde neerdaalde, de mens cultuur bijbracht en naar de hemel terugkeerde. Ik verwijs naar Robert Temple's *The Sirius Mystery*, waarin de in dit hoofdstuk behandelde stof zeer gedetailleerd wordt weergegeven en aangevuld.

Zo belandden we opnieuw bij de twee ovaal-structuren, Ovaal I en Ovaal I*bis*. De ene ovaal stond symbool voor de zon, de andere voor de maan. De Egyptenaren meenden dat de ziel via twee poorten, de zon (Osiris) en de maan (Isis) naar de Onvergankelijke Ster zou zweven. Osiris en Isis werden trouwens zelf ook geidentificeerd als Sirius, de troon, en Sirius B, de Oog-ster. Tijdens die zieltocht zou de ziel begeleid worden door Mercurius (Hermes, Anubis), de boodschapper van de goden. Misschien is het wel om die reden dat de hond als de trouwste gezel van de mens beschouwd werd, omdat de "hondsgod" ons tijdens onze moeilijkste tocht vergezelde.

Het is dus in elk geval mogelijk dat de twee ovalen die toegangen symboliseren. Misschien waren het ooit echte toegangspoorten naar de hemel, hoe men dat ook wil interpreteren.

---

(36) Temple, Robert. *The Sirius Mystery*. p. 48.

(37) Ook wel met de ster Boötes.

Ook interessant om op te merken is hoe de alchemisten het "oog en driehoek"-symbool aanzagen als de "steen der Filosofen", het alchemische vat. Zij verbonden dit ook met de god Mercurius, Anubis dus. Ze verbonden dit ook met het gezicht en het hoofd, de zetel van de kennis. Heru, de Egyptische naam voor Horus, betekende, zoals al gezien, ook gezicht. De Engelsen hebben het vaak over "the face of the Earth" en er valt veel voor te zeggen dat de structuren op het Franse grondgebied inderdaad een gezicht voorstellen. De ogen hebben we duidelijk gevonden. De Egyptenaren identificeerden de basis van een driehoek met de mond. En ze aanzagen Sirius ook als een tand. Niet toevallig was de hiëroglief voor Sirius een driehoek. Tanden worden ook als driehoeken voorgesteld. Je zou kunnen stellen dat alleen de oren, de neus en het haar nog ontbreken. We hebben zelfs wenkbrauwen gevonden!

Bij het overlijden van een persoon werd er uit het (Egyptische) dodenboek voorgelezen door de priester. Die voordracht vervulde ongeveer dezelfde functie als het (vaak gezongen) Requiem in meer recente tijden (cf. bijvoorbeeld Verdi en Mozart): men poogde raad te geven aan de ziel van de overledene bij diens zoektocht naar de toegang tot de hemel en de hemel zelf. Een priester vroeg dus dat de poorten van de hemel, de zon en de maan, voor de overledene (vaak de farao) zouden opengaan, dat hij naar het oog van Horus zou geleid worden, daar op de hemelse ladder zou stappen en zo, in de vorm van een valk (de valk was het symbool van Horus), hemelwaarts zou stijgen naar het eeuwige leven in de "hemel", op de Onvergankelijke Ster, een ster die ik meen te mogen identificeren als de Vlammende Ster, Sirius. Daar zou Ra, de ware oppergod, hem verwelkomen:

"De poorten van de hemel staan voor U open;
De deuren van de koele plaats staan voor U open;
U zult Ra, op U staan wachtend, vinden.
Hij zal U hand vastnemen.
Hij neemt U mee naar het tweeledig schrijn van de hemel;
Hij zal U op de troon van Osiris plaatsen...
Ondersteund en uitgerust als een God zult U daar staan,
Tussen de onsterfelijken, op de Onvergankelijke Ster."

Dit Egyptische dodenboek wordt als zeer oud beschouwd. Het was bekend tijdens de eerste dynastieën en velen menen dat het zelfs voor het Dynastische Tijdperk al bestond. De bekende egyptoloog E. Wallis Budge meent zelfs dat het Dodenboek (dat in feite "Hoofdstukken over het aan het daglicht treden" heet) niet van Egyptische oorsprong is. Het is dus goed mogelijk dat dit boek meegenomen werd door overlevenden van Ovaal *Ibis*, Merope, de "maanpoort", naar Egypte en daar verder werd gebruikt.

En zo is de cirkel gesloten. We zijn terug aanbeland bij het moment waarop Ovaal *Ibis* vernietigd werd. We bevinden ons weer in Pre-Atlantis.

Sinds de jaren zestig stelt men opnieuw de thesis voorop dat de mens een kruising van buitenaardse, goddelijke wezens en homoïden zou zijn. In de Timaeus leest men hoe de goden het zaad hadden ontvangen. Een Nederlandse tekst vertaalt deze passage als "het zaad van Uw staat", terwijl een Engelse vertaling "het zaad van Uw ras" luidt. Het zaad was afkomstig van Gaia en Hephaestus. Hoe deze unie gebeurde verklaart Plato in zijn Critias: door geslachtsgemeenschap tussen Poseidon en Clito.
In Genesis 6.2 lezen we hoe de zonen van God de dochters van de mensen tot vrouw namen. Hun kinderen heetten de "reuzen", of, volgens o.a. G.H. Pember, "nefilim", de "gevallenen" (hoewel nefilim soms ook als "de wachters" vertaald wordt).

In een legende vraagt Horus hoe hij geboren is. Isis antwoordt dat zij dit niet mag verklappen, "want mogelijk zou dan de manier van geboorte van de onsterfelijke goden aan de mensheid gekend worden." De vergelijking met de Boom van het Leven in het Aardse paradijs is niet ver te zoeken. Plato vertelt wel dat Poseidon en Clito geslachtsgemeenschap hadden, hoe dit gebeurde wordt nergens verteld. Opvallend is wel dat Poseidon en Clito, net zoals de Egyptische goden, tweelingen kregen, tot vijfmaal toe.

Robert Temple: "*Werd in het verleden de aarde bezocht door intelligente wezens uit het gebied van de ster Sirius? Ik heb kunnen aantonen dat de informatie waarover de Dogon beschikken vijfduizend jaar oud is en vroeger in het bezit was van de Egyptenaren uit het pre-dynastische tijdperk, voor 3200 v.Chr., tevens het volk waarvan de Dogon cultureel en waarschijnlijk ook fysiek afstammen.*"

Plato was geen astronoom, maar toch bevatten indertijd zijn geschriften blijkbaar astronomische gegevens. Dat wordt zeer duidelijk zichtbaar als we de geschriften van Proclus, hoofd van Platonische Academie, doornemen. Proclus verwijst in zijn geschriften naar uitspraken en opvattingen van Plato die in de ons nagelaten literatuur niet werden aangetroffen. Dat is vooral frappant in de Timaeus, waarin Plato het heeft over Atlantis. Proclus stelt dat de opvattingen van Plato overeenkomen met de ideeën van de Egyptenaren en de Babyloniërs, wier kennis hen door de goden aangeleerd was en niet voortvloeide uit jarenlange observatie. Als men Proclus' astronomische besprekingen, afkomstig uit de Timaeus, leest, stelt men inderdaad vast dat Proclus het bij het rechte einde had en dat Plato inderdaad de Egyptische en Babylonische "astronomische school" volgde. Ook frappant is dat die astronomie (voornamelijk in Egypte) draait rond Sirius en zijn compaan Orion en dat verwijzingen naar de opvatting van Plato bij Proclus ook betrekking hebben op Sirius. Op de plaats waar Plato de bijeenkomst van de goden op/rond Sirius bespreekt, daar eindigt de Timaeus plots in het midden van een zin. Toeval of opzet?

VIERDE DEEL

HET ATLANTIS-EPOS BINNEN DE WERELDGESCHIEDENIS

In dit vierde deel willen wij trachten alles wat in de eerste drie delen werd onderzocht samen te brengen in één grote synthese en dit zonder al gebrachte bewijsvoeringen te herhalen. Dit moet het mogelijk maken onze westerse geschiedenis van ca. 5500 v.Chr. tot 892 n.Chr. in één doorlopend verhaal voor te stellen.

Daarmee bedoelen wij dan uiteraard de geschiedenis die in direct verband kan worden gebracht met de door ons gedane vondsten.

Circa 5000 jaar vóór het begin van de christelijke tijdrekening (of ongeveer 1750 jaar voor de aanvang van de joodse kalender) zag West-Europa er nog heel anders uit dan nu.
Het continentaal vlak, het ondiepe gedeelte van de nabije Atlantische Oceaan en van de Noordzee, stak nog in zijn geheel boven water uit. Het Kanaal was eigenlijk nog maar een soort grondverzakking. Het land was met dikke vruchtbare humuslagen bedekt. Het klimaat was warm en vochtig. De bevolking die tot de afstammelingen van de Cro-Magnonmens behoorde, was onder invloed gekomen van een groep mensen die later Bandceramisten of Donaumensen zouden worden genoemd. Deze Bandceramisten waren het die de kleinere plaatselijke bevolkingsgroepen onder hun hoede namen en ze onderwezen. Zij waren de meesters in de goede betekenis van het woord. Later zouden zij als goden worden vereerd.
Ook hun taal, de eerste verschijningsvorm van het Indo-Europees, zou door haar soepelheid en buigzaamheid bijdragen tot deze ontwikkelingshulp “avant la lettre”.

Zij verspreiden zich over West-Europa, d.w.z. niet alleen over het huidige Westeuropese vasteland, maar ook over het gebied door ons nu het “continentaal plateau” genoemd en nu deel uitmaakt van de Atlantische Oceaan, van de Manche, Kanaal en Noordzee.
Om een bepaalde reden die ons voor het ogenblik nog niet geheel duidelijk is, maar die misschien wel in verband staat met kosmische buitenaardse gebeurtenissen, besluiten zij op dit reusachtig oorspronkelijk Europees vasteland, twee niet minder reusachtige ogen af te tekenen.
Om dat plan te kunnen uitvoeren, projecteren zij op het Westeuropese landschap een meridiaansysteem dat voor hen een cartesisch coördinatensysteem zal zijn en dat door hen in een wegensysteem wordt vastgelegd.

Ditzelfde meridiaansysteem verraadt ook dat de Bandceramisten al een graadmeting hadden verricht met een resultaat van om en bij de 111 km. Een afmeting die erop wijst dat zij de omtrek van de aardbol exact hadden berekend.
Uit latere afmetingen, die tijdens de Oudheid bij de aanleg van bepaalde infrastructuren gebruikt werden, zal trouwens blijken dat zij de precieze omtrek van 40.075 km zoals wij die nu kennen ook hadden leren kennen.

Dat meridianensysteem noemen wij alternatief omdat het naar alternatieve polen, naar de magnetische polen was gericht: van de magnetische polen die in die periode (vóór 3800 v.Chr.) nog samenvielen met de rotatiepolen van de aarde. Een gegeven dat door de Voyager nog werd bevestigd voor de planeet Saturnus, alwaar de rotatie-as zich in de magnetische polen bevindt. Wij vermoeden trouwens dat de catastrofe van 3800 v.Chr. het gevolg was van een betrekkelijke brutale aardasverandering, die de aarde nieuwe rotatiepolen had bezorgd.
De nieuwe polen hebben ertoe geleid dat de plaatselijke kromming van de aardkorst zich moet aanpassen aan nieuwe kromtestraalvereisten, wat een periode van vele en zware aardbevingen zou betekenen.

Dit op het Westeuropese grondgebied geprojecteerde assenstelsel stelt de geleerden uit de Oudheid in staat om hun aardrijkskundige kennis van West-Europa, die aan het fenomenale grenst, toe te passen op het realiseren van die grootste en meest grootse opzet uit de wereldgeschiedenis.
In één slag creëren de oude meesters het hele systeem. Gevat tussen het uiterste van het Continentaal Plateau en de Vosges, tussen een eerste reusachtige grondverzakking, die later het Kanaal zal vormen en bergen als het hoogste deel der Belgische Ardennen, de Eifel, de Hunsrück, de Haardt, de Vogezen, de Jura, de bergen van de Beaujolais, de Madeleine, de Forez en het vulkanisch gebied van Auvergne.

Twee oogbollen, pupillen, oogkassen of oogbogen worden door hen in het coördinatiesysteem afgetekend. Zo komt het dat de twee oogmiddelpunten zich nagenoeg op dezelfde breedtecirkel bevinden. Rekening houdend met onze hypothese van de veranderde aardas, kunnen we zelfs stellen dat die breedtecirkel op 45° noorderbreedte was gelegen.
Ook de getallenmystiek van de ovaalstructuren wordt terzelfder tijd gecreëerd!
De kleine as van Ovaal I wordt 1000 stadiën groot. Wat gelijk staat aan 40 oude Franse gemene mijlen.
De grote as van Ovaal II wordt 2000 stadiën of 80 oude Franse gemene mijlen groot.
Het verschil tussen beide assen van Ovaal III bedraagt 500 stadiën of 20 oude Franse gemene mijlen, wat trouwens ook de afmeting is van de grote cirkel rondom het centrum van Sens.
Het gemiddelde tussen beide assen van Ovaal IV wordt 3000 stadiën of 120 oude Franse gemene mijlen, wat automatisch ook de afmeting zal worden van de rond Ovaal IV omschreven ruit, zoals Plato ons 5000 jaar later zal verhalen. Aangezien de parallelstructuren van het westelijk oog, onder dezelfde voorwaarden in het alternatief merediaansysteem waren ingetekend, is het vanzelfsprekend dat ook die structuren aan dezelfde getallenmystiek beantwoordden.

Ook de naar de ogencentra wijzende lanen worden al aangelegd en de ovalen in het landschap afgetekend.
Dit hele systeem wordt vervolgens vastgelegd door duizenden onverwoestbare "Merk"-tekens: de menhirs.
Die megalieten worden, naargelang van hun voornaamste functie, naar het centrum gericht, dat van het dichtstbijzijnde oog, ofwel in langsrichting van de cirkel- of ovaalstructuren opgesteld.
Daarbij is het opvallend, voor zover het de aanleg van het "Oostelijke Oog" of "Europa" betreft, dat de kleinste menhirs te vinden zijn in de buurt van Sens en dat die megalieten groter worden naargelang men zich van Sens verwijdert.
Andere menhirs worden op speciale geometrische plaatsen in dit reusachtig ontwerp opgesteld.

Die gigantische structuur die er uitziet als twee reusachtige in mekaar verweven spinnewebben, wordt nu planmatig bezet. Zij gaan wonen in de trapezia gevormd door de radiale lanen en concentrische ovaallijnstukken; dit in gebieden van 200 stadiën bij 200 stadiën: 35,5 km bij 35,5 km. Het zijn die laatste gebieden, door ons koloniseringsvelden genoemd, waarvan we een goed voorbeeld aantreffen in het Belgische Haspengouw.

Op de lanen tussen die koloniseringsvelden construeren zij kleine cirkelvormige structuren die door menhirs worden afgetekend: de cromlechs. Ook op de lanen die de cirkelboog rondom Sens in 9 en in 8 gelijke sectoren verdelen plaatsen zij op vaste afstanden van het centrum soortgelijke cromlechs. Zo ontstaan de structuren van Stonehenge, Carnac-l'Ile aux-Moines, Can de Ceyrac, le Puy-du Pauliac en vele anderen.

Rond 3900 v.Chr. kregen overal in de wereld wijze natuurbeschouwers de indruk dat de aarde door een ramp zou worden getroffen. De zovele Noach's trokken zich op evenveel bergtoppen terug, die zij omringden met wallen of waar zij een soort overlevingsboten gingen bouwen.

Een tijd later zouden de voorspellingen van die lieden uitkomen en overviel de oorspronkelijke grote zondvloed, zoals wij die kennen uit het Bijbels verhaal, het mensenras en alles wat leefde.
Een tijdstip dat werd vastgelegd door het feit dat het Joodse volk enkele decennia later, ergens in de Arabische woestijn, een gloednieuwe kalender laat beginnen.

Op hetzelfde moment verdwijnen in West-Europa enkele nederzettingen van Bandceramisten op geheimzinnige wijze. De eerste reactie van de Bandceramisten is ongetwijfeld het uitkiezen van hoger gelegen woonplaatsen. Zij zullen zich niet meer laten verrassen.

Als tweede reactie op de vloedcatastrofe wordt in de koloniseringsgebieden een nieuw soort megalietenconstructies opgetrokken: een door zware stenen afgesloten ruimte.
Is het een tempeltje of is het bescherming tegen iets dat voor deze lieden het waardevolst is? Feit is dat later mensen hun afgestorvenen zullen begraven in die constructie en dat anderen erin omkomen. Veel later zullen het graven worden genoemd, zoals men misschien over een paar duizend jaar ook onze kathedralen graven zal noemen.
Veel later zullen die constructies tafelstenen worden genoemd: dolmen.
Duidelijk is dat die beschermende ruimten het meest worden opgetrokken in de gebieden die de grootste kans lopen nogmaals door het water te worden overvallen. Daarom is het dat wij menen dat zij oorspronkelijk waren opgedragen aan de god Poseidon. Zij worden trouwens ook op de hoogst gelegen delen van het terrein opgetrokken. Door hun aanwezigheid in de koloniseringsvelden zijn wij ze dolmensvelden gaan noemen.

De ovaalstructuren blijven nu geen eenvoudige aftekeningen meer in het landschap. Zij worden voorzien van een grachten- en wallensysteem. Het merkwaardige is dat de wal naar de buitenzijde is opgetrokken en de gracht aan de binnenzijde; methode die nu nog wordt geïllustreerd door de gracht- en walsystemen die rond de cromlechs zijn opgetrokken.
De vijand is duidelijk niet alleen de mens, maar ook de natuur.

Zodra die basisstructuren zijn vastgelegd, trekken in het begin van het derde millennium groepen Bandceramisten oostwaarts. Sommigen blijven hangen rond de Zwarte Zee, aan de Kaukasus en op het Krimschiereiland. Anderen bereiken Indië.
Overal worden de magische vierkanten van 200 op 200 stadiën uitgezet. Die lieden zijn het die de tweede Indo-europese taalgolf vanuit het centrum van Atlantis veroorzaken.

Later zullen nieuwe expedities van deze lieden zelfs Korea en Japan bereiken. Misschien stootten zij zelfs door naar Amerika, waar eveneens megalieten worden teruggevonden die qua bouwstijl identiek zijn aan hun “buren” in West-Europa en elders. In al die gebieden zullen zij dolmens en andere megalieten gaan oprichten en dit tot het maniakale toe.

De catastrofe van 2.700 v.Chr., die waarschijnlijk het hardst toesloeg in het Middellandse Zee-gebied, in het nabije Oosten en Indië, moet ook Atlantis een ernstige verwittiging hebben gegeven.
Onmiddellijk wordt weer gestart met de dolmensaanleg. Het worden nu ware dolmengangen in elleboogvorm en overdekte gangen. Het maken van die al realistischer schuilplaatsen zal doorgaan tot rond 1800 v.Chr. Op verschillende laanstroken en voornamelijk op een paar die naar het

zuiden gericht zijn, worden koloniseringsvelden van gebeeldhouwde menhirs voorzien.

Samen met de nieuwe dolmenrage worden in alle richtingen stoutmoedige kerels rondgestuurd, waarvan de belangrijkste opdracht moet zijn geweest: het opsporen van kopererts. Men zal ze aantreffen zowel in Bretagne als in Oost-Frankrijk; ook in de Nederlanden, Centraal en Noord-Duitsland en Scandinavië komen ze. Zij zijn het makkelijkst herkenbaar aan hun bekers, de zogenaamde standvoetbekers en aan hun strijdhamers. Later, veel later, zullen zij Standvoetbekerlieden genoemd worden.

Vanaf 2200 tot 1800 v.Chr. zendt het centraal gezag vanuit de stad, dichtbij het huidige Sens, in alle richtingen ingenieurs uit ten einde behalve kopererertsen, nu ook tinertsen te gaan zoeken, inventariseren en exploiteren.
Zij zijn de prospectoren en meer nog, de managers van de industriële revolutie in Atlantis. Samen met de koperprospectoren die hen net vooraf zijn gegaan vormen zij de derde Indo-europese taalgolf die vanuit de centrale stad werd gedirigeerd.
Hun opdrachten reiken in alle richtingen tot 1500 km ver of tot het landseinde, misschien wel verder. De planning gaat daarbij zo ver dat die lieden allen een zelfde uitrusting en opleiding meekrijgen op hun tochten. Wij herkennen hen aan het speciaal soort beker, dat in hun graven wordt aangetroffen, de klokbeker. Zij zijn ook allen voorzien van een zelfde soort dolk gemaakt uit door arsenicum vervuild en verhard koper. Van hun kleren die vergaan zijn, bleven slechts de benen knopen bewaard, als waren het de koperen knopen van een soldatentuniek. Hun kortschedeligheid of brachycefalisme wijst niet op een andere mensenras van nieuwe invallers, maar wel op een keurtroep van de intelligente meesters. Of die keurtroep de opdracht kreeg toegespeeld omdat zij nog steeds de besten waren of omdat zij tot de meesters behoorden, zullen wij wel nooit weten.
Een feit is echter dat het die elementen zijn die ervoor zorgen dat Atlantis vanaf 1800 v.Chr. zijn glorietijd bereikt. Het zijn die prospectoren, ingenieurs, avonturiers, managers die veertig eeuwen later door de archeologen, Klokbekerlieden zullen worden genoemd.

In de eeuwen van 1800 tot 1500 v.Chr., de eerste Bronstijd, trekken de Atlanten buiten de ringgrachten die hun Centrale Stad omringen, de legendarische muren op.
Zij gaan er hun rijkdommen letterlijk uitstallen wanneer zij de buitenmuur totaal of gedeeltelijk met koper bedekken, de tweede muur evenzo met gesmolten tin afdekken en de binnenmuur bekleden met het legendarische orichalcum, het brons dat gloeit zoals de zon als zij achter de bergkammen ondergaat.

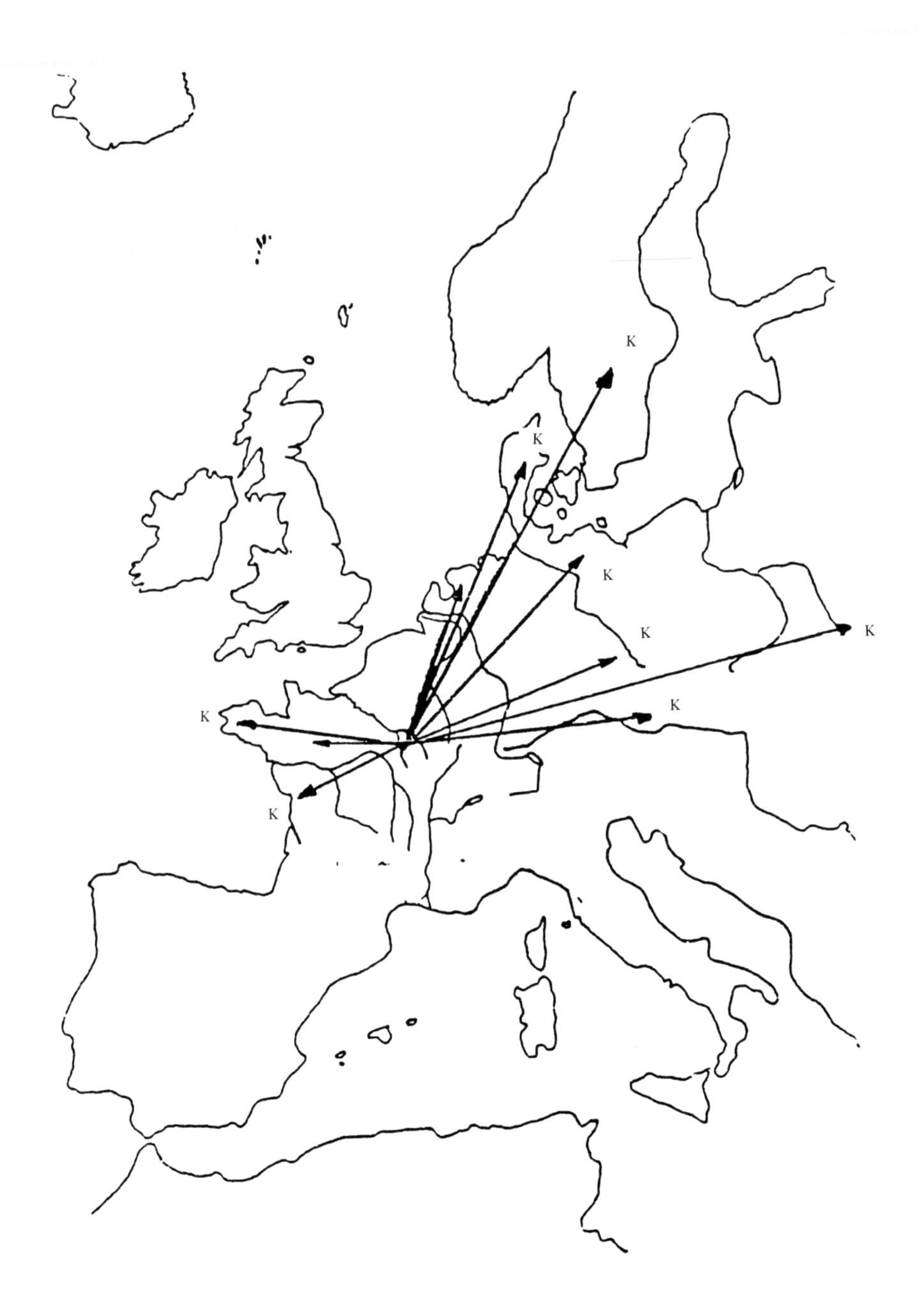

Fig. 44. De Standvoetbekerlieden op zoek naar kopererts.

Uit die tijd dateert ook een nieuwe naam voor deze mensen: de Ambrones. De Bronsmensen!
Meer dan duizend jaar later zullen de Liguren zich dit nog herinneren!

In die eerste Bronstijd gaan de Atlanten over tot het noteren en uniform maken van de rechtspraak. In de voornaamste tempel van het land berusten de bronzen tafels die de wetten bevatten. Op die tafels leggen de koningen de eed af. Er ontstaat een Atlantis-code waarvan vierduizend jaar later brokstukken zullen worden ontdekt die de naam van Ligurisch erfrecht krijgen.

In die periode zien wij op de toppen van een van Sens uitgaande golfbeweging, rijen van dezelfde voorwerpen opduiken: zogenaamde Wessex en Hilversumvoorwerpen, Wohlde zwaarden, halskettingen uit Egyptische grondstoffen vervaardigd, barnstenen halskettingen, gouden sieraden als oorringen, bronzen armbanden en spelden en andere vernuftige siervoorwerpen.

In die eerste Bronstijd begint een nu zuidwaarts gerichte interesse van de Atlanten. Die nieuwe tochten leiden tot een bezetting van de noordwestelijke kustgebieden van Afrika. De Atlanten worden de buren van de Egyptenaren, wiens leiders afstamden van het verlorengegane Merope, Ovaal I*bis*. In Noord-Afrika worden onmiddellijk de klassieke dolmensvelden opgetrokken en dit zowel tegen de zee als tegen het Tritonmeer. Dit vormt de derde voorname Atlantisexpansie.

Rond 1500 v.Chr. wordt de hele wereld en van de bekende wereld voornamelijk het Middellandse Zee-gebied geschokt door een rij van zware catastrofes.
Eilanden verdwijnen in vulkanische uitbarstingen. Egypte wordt door vele plagen geteisterd. De beschaving van Kreta en een aantal andere stedelijke beschavingen verdwijnen voorgoed.

Vlak daarna wordt het aardoppervlak getroffen door een geheimzinnig vurig verschijnsel, een meteorietenregen of een komeetinslag, dat door de Grieken later het vuur van Phaëton zal worden genoemd en door de Egyptenaren als het gevolg van een onregelmatigheid in de loop der planetenbewegingen wordt beschouwd.

Ook het reuzen-bolwerk van de Atlanten wordt ernstig op de proef gesteld. Zij overleven echter. Toch zal een indrukwekkende reeks aanpassingen er later toe bijdragen dat de volgende periode zal verschillen van de voorgaande en later dan ook de tweede Bronstijd zal worden genoemd. Een zekere onrust beheerst die periode.

De Centrale Stad wordt verder uitgebouwd maar een en ander wijst op een bang voorgevoel. Havendokken worden nu overdekt. Ook het radiaal wegen- en kanalenstelsel dat als een twaalfpuntige ster de stad omspant, wordt nu van overdekte passages voorzien. Onder die afdaken wordt de kostbare vloot in veiligheid gebracht.
Het Phaëtonvuur wordt nog steeds gevreesd!

In die jaren trekt Odysseus langs de Europese kusten, wordt smadelijk behandeld door de Cyclopen, de Atlanten, maar daarentegen liefdevol opgenomen door een vroeger buurvolk van de Atlanten, de Faeaken.

Eens de verwarring der jaren 1500 v.Chr., die aanleiding had gegeven tot de tweede Bronstijd, voorbij, blijft toch de verovering van de wereld doorgaan. Een vierde golf van Indo-europese taal en overmoed verspreidt zich over Europa.
Na interne problemen (die bezongen worden in de Ilias), trekken de Atlanten tegen de Grieken ten strijde. De stad Athene heeft de leiding van de verdediging op zich genomen. Onder de mokerslagen van de Atlanten of Doriërs, vallen de bondgenoten Athene af. Tot alleen Athene nog tegenstand biedt.
Op het ogenblik dat de expeditie van de Atlanten vóór Athene staat, doet zich de derde vloedcatastrofe sinds het begin van ons verhaal voor, de beslissende catastrofe voor Atlantis.
Verschrikkelijke aardbevingen teisteren Afrika en Europa. Het Tritonmeer wordt opgelicht en over zijn oevers getild. De vloed teistert de eilanden van de Middellandse Zee en valt Spanje, Atlantis, het Italiaans schiereiland, de Adriatische Zee en Griekenland binnen.
Het overgrote deel van de bevolking komt om. De vruchtbare aarde van Atlantis komt grotendeels in de Atlantische Oceaan en in de Noordzee terecht, die daardoor honderden jaren lang bekend zullen staan als meiren, als moerassen, wat ook de naam zal blijven: "mer".
Het Kanaal ontstaat nu definitief. Nog niet zo diep als wij het kennen, maar het is er. Het continentaal vlak is volledig onder water verdwenen. Honderden dolmens, menhirs en cromlechs zijn in het water vergaan.
Atlantis is in de Atlantische Oceaan gespoeld!

De centrale stad is verwoest. Het centraal bestuur bestaat niet meer. De staat is versplinterd. De overlevende Atlanten trekken zich overal terug in zogenaamde overlevingsstructuren, die door hun vorm de herinnering levend houden aan een groter geheel.
Tussen Sens en Troyes zijn die vormen driehoekig; later zullen daaruit de Tricasses te voorschijn komen. In de rest van Atlantis, behalve waar de vloed te erg was, zijn het ovaalstructuren met een diameter van 3 tot 60 km en die gewoonlijk per drie optreden, die een toevlucht bieden.

Opmerkelijk is het bestaan van het toponiem Bel en de stammen der Belgen die later uit die structuren zullen te voorschijn komen.

Het leven dat zich in deze overlevingsstructuren langzaam hervat, zal later de derde Bronstijd genoemd worden, te dateren tussen 1200 en 700 v.Chr. Een andere naam voor diezelfde periode is de Urnenveldencultuur. Daar waar de interferentie tussen de Atlantisbewoning en de passerende vloedgolf het grootst was, zou als logische menselijke reactie op het ontelbaar aantal rottende lichamen een nieuwe ongeschreven wet ontstaan, die bepaalde dat in het vervolg de doden zouden worden verbrand en hun asse in urnen worden bijgezet. Die urnenvelden zouden drieduizend jaar later worden teruggevonden, voornamelijk op de ovaal- en cirkelstructuren, in de dolmensvelden, in overlevingsstructuren.

Een tweede reactie wordt het opzoeken van zo hoog mogelijk gelegen plaatsen om veilige agglomeraties te bouwen: versterkingen opgericht tegen de natuurelementen, voorzien van twee en drie achter mekaar gelegen wal- en grachtsystemen. Niet tegen de mens worden deze kampen opgericht maar tegen een mogelijke herhaling van wat was gebeurd.

Rond 700 à 500 v.Chr. starten de ondertussen fel in aantal gegroeide bewoners van de overlevingsstructuren een verhuizingsbeweging. Dit onder leiding van de stam der Senones, ook de Ouden genoemd. De geparticulariseerde stammen die aan deze massale verhuis deelnemen, zullen later steeds Kelten worden genoemd. Die stammenbeweging komt neer op het opnieuw bewonen van de precieze ovaalsectoren van het oude Atlantis. Het is een soort restauratie van Atlantis, een renaissance!
Die stammen, die mensen zijn niets anders dan de door water en vuur gelouterde Atlanten!
Het zijn de oorspronkelijke wallenbouwers, die nu opnieuw min of meer bewust, tussen de wallen en de lanen gaan wonen. Vandaar de tweede naam die op hen toepasselijk wordt: Galliërs! – Walliërs!
Op de ovalen ontstaan ook versterkingen. Later kon men deze terugvinden door Bever- en Kaster-toponiemen. Deze versterkingen werden later als Keltische oppida behouden.

In navolging van de restauratie van Atlantis, worden elders gelijksoortige structuren opgetrokken.
In Engeland is dit het Nottingham-systeem met zijn "Walls of Galle". In Italië het Senigallia-systeem. In Duitsland het Berga-systeem. In Spanje het "El Barco de Avila"-systeem. In West-Afrika het Senegal-systeem.

Eens binnen het Sens-systeem elke Keltische stam op zijn plaats, begint de opbouw van de infrastructuur. Oude indelingen worden teruggevonden en vormen o.a. de mediolanums en de grenzen. Keltische stammen die vijfhonderd jaar lang, ver van mekaar afwoonden en een apart taaleigen ontwikkeld hadden, komen nu door het toeval naast mekaar, aan weerszijden van een laangrens of een ovaalstructuur, te wonen. Dit vormt daar meteen een nieuwe aftekening, een scheidingslijn tussen verschillende talen, een taalgrens tussen gebieden waar zich later zeer verschillende substraten zullen ontwikkelen. Een precieze, nu Keltische toponymie legt al die grenzen vast.

Het heilige gebied waar eens alles was begonnen, lag daar eenzaam als een vergane zeeschelp, waarvan de navel en de concentrische groeistrepen nog nauwelijks waren te onderscheiden.
Voortaan waren het de Senones die dit gebied moesten bewaken opdat het ongerept zou blijven. In dit prachtige landschap dat op een zo verschrikkelijke manier door de natuur was geteisterd, kwam men nog slechts om te mediteren en te offeren in de groeve van Poseidon, de Yonne.
Om dit mogelijk te maken hadden de Senones de Tricasses doen verhuizen in de richting van Troyes. Diezelfde Senones zouden op deze plaats de omphalos, de navel van de wereld, blijven vereren.

De Romeinen zullen later de eersten zijn, om de stenen van het heilige gebied te gaan weghalen van de plaats ten oosten van het huidige Sens op de Yonne.
Zelf vestigen de Senones hun hoofdstad in Château-Landon, het oude Vellaunodumum, een hoogte gelegen op de voornaamste straalweg vanuit het centrum.
Zij, de Senones, die misschien wel in Château-Landon het plan hebben uitgedacht voor die reusachtige stammenbeweging, behouden voor een paar eeuwen de macht over het Keltische rijk. Periode waarin zij de gangmakers zijn van het Italiaanse secundair Keltisch systeem, het Senigallia-systeem.
Aan de leiding van de Keltische staat worden de Senones opgevolgd door de Bituriges Cubi, nog later namen de Carnuti de macht over. Maar de bezielende geest is verdwenen. Het geheim blijkt verloren gegaan!
Eerst zijn het de Bituriges Cubi die de ontstellende daad stellen, de navel der wereld, het centrum van het systeem te verplaatsen naar hun gebied ergens aan de oever van de Loire. Nog later zullen ook de Carnuti dit tweede punt opnieuw verplaatsen naar een bos in hun gebied.
Dit kan bewijzen dat de Kelten in die periode nog slechts weinig meer afwisten van de grote Atlantis-structuur die eens had bestaan, ofwel dat stamrivaliteiten en hang naar suprematie belangrijker waren geworden dan de idee van de vroegere grootheid.

In de periode van 58 tot 52 v.Chr. wordt de kern van het Keltische gebied of van het vroegere Atlantis bezet door de Romeinen onder Julius Caesar.

Het is duidelijk dat de Romeinen de logische opbouw van het wegennet doorgronden. Zij hechten veel belang aan de bezetting van het gebied van de vroegere centrale hoofdstad, het huidige Sens, waaraan Julius Caesar de naam Agedincum geeft.
Na hun overwinning vervolgen zij op een meedogenloze manier de druïden. Het geheim van Atlantis en van de Kelten gaat zo nog wat meer verloren.

Toch zullen de Romeinen ongewild de Atlantis-idee doen verder leven door het vereren van de godheid Mercurius – denk aan de "Merk"stenen – en door het optrekken van een ontelbaar aantal Mercuriustempels. Zij gaan zelfs nog verder! Zij vereeuwigen Atlantis door het bestraten van een hele reeks zogenaamde Keltische wegen, zoals alleen de Romeinen dat konden. Zo zijn tot in onze tijd vele ovaalstructuren, lanen en meridianen bewaard en zichtbaar gebleven.
Dat was de eerste terugkeer van Atlanten in de recente geschiedenis!

Reeds vóór de Romeinen waren Germaanse stammen op Keltisch grondgebied doorgedrongen. In de eerste eeuwen van onze tijdrekening zou die volksverhuizing doorgaan.
De Bourgondiërs bezetten het gebied van de zuidoostelijke koninkrijken. De Wisigoten dat van de zuidwestelijke; de Alemannen de oostelijke randgebieden. De Franken bezetten het kerngebied.
Op de oude substraatgrenzen vormen zich bekende taalgrenzen en een menigte dialectgrenzen, die later zelfs één zelfde volk zullen verdelen.
Dat was de tweede terugkeer van Atlanten!

In de vijfde eeuw na Chr. is het de beurt aan de Britten om vanuit het Noorden Armorica binnen te vallen. Zij vormen aldaar een taalgrens die als het verlengde van de eerder vermelde taalgrenzen kan worden beschouwd. Het gebied zal voortaan Bretagne heten.
Dat was de derde terugkeer van Atlanten!

En ondertussen blijft Sens de geheimzinnige metropool, de stad waarvan iets machtigs, iets ondefinieerbaars uitgaat. Een stad die nu stilletjes door het christendom wordt ingepalmd.
Het christendom onderneemt vanaf de zesde eeuw ernstige pogingen om één van de voornaamste getuigenissen van Atlantis, de megalieten, op te ruimen.
De concilies en kerkvergaderingen vaardigen decreten uit, opdat die heidense monumenten zouden worden gesloopt. Maar hetzelfde christendom zal terzelfder tijd en later, op totaal onvrijwillige manier, door het oprichten van abdijen op de plaats van de omvergeworpen dolmens, bijdragen tot het bestendigen van de Atlantisstructuren.

Vanuit het Zuiden komt nu uit Noord-Afrika een nieuwe golf van invallers, de Arabieren of Sarracenen – of waren het alleen maar tot de Islam bekeerde Noord-Afrikanen? – het gebied van Atlantis bedreigen.
Het leger van de Moren slaagt erin voorbij Poitiers te komen tot in de nabijheid van Châtellerault. In Moussais-la Bataille worden zij in 732 door Karel Martel tegengehouden en verslagen.
Is het een toevallige samenloop van omstandigheden, zoals de geschiedenis ons zo dikwijls biedt, of zijn het de mensen, die ten slotte de geschiedenis maken, die onbewust aan een zeer oud bevel hebben gehoorzaamd? Feit is dat Châtellerault zich op de grote grensgracht bevindt en dat Moussais-la Bataille er net buiten gelegen is. Een aandachtig lezer zal ons nu toefluisteren dat de poort van Poitiers zich daar bevindt. Waarop wij antwoorden dat ook de poort van Poitiers een Atlantis-begrip is.
Het gros van het leger van de Sarracenen heeft dus nooit het grondgebied van het antieke Atlantis betreden! Het werd een halt toegeroepen op de grens ervan. Het noordelijkst gelegen punt dat ooit door Arabische verkenners, of waren het reeds legertroepen, werd bereikt bevond zich in het gebied van ... Sens.

Ja, opnieuw schijnt Sens het mikpunt te zijn geweest van de "vreemde" invallers. Wanneer wij er rekening mee willen houden dat alle wegen naar Sens leiden, is dergelijke belangstelling niet zo verwonderlijk.
Toch vragen wij ons zeer ernstig af, of dit niet kan betekenen dat ook de Noord-Afrikaanse Atlanten, de eerste de beste gelegenheid hebben aangegrepen om op zoek te gaan naar hun verloren paradijs.
Was dat misschien de vierde terugkeer van Atlanten?

Ondertussen, en we zijn al in de achtste eeuw, is in Scandinavië de herinnering bewaard gebleven aan een prachtig EI-LAND in het westen.
Een aards paradijs door hen Vin- of Winland genoemd.
De Scandinaven, Denen, Zweden en Noren, zijn daarenboven de dolmens en menhirs, die in hun landen zo talrijk voorkomen, blijven vereren en misschien zelfs blijven begrijpen. De Vikingen, Noormannen, Denen, Heidenen, Varangen of hoe men ze ook heten wil, hebben niet alleen de herinnering aan het EI-LAND bewaard, maar ook aan de prachtige vloot die had bijgedragen tot de glorie van Atlantis.
Nog steeds maken zij de kromgestevende schepen. Opnieuw zijn de zeeën in hun macht.

In de achtste eeuw gaan de eerste stoutmoedige Vikingen op zoek. Eerst in kleine groepjes, met één of twee schepen, zonder overwintering ter plaatse. Daarna, in de negende eeuw al, met ware legergroepen en een paar honderd schepen. De eerste golven gaan zonder veel systeem door tot in 866, tochten waarbij zij zich niet te ver van hun schepen durven wagen en zelfs bij voorkeur hun kampen oprichten op eilanden in de stromen.

In 866 gebeurt in Engeland de ommekeer!
De Noormannen van het Grote Leger ontdekken het Nottingham-systeem. Zij onderzoeken dit tot in 878. In 879 steken zij vanuit Fulham bij Londen het Kanaal over en vestigen hun eerste winterkamp op het vasteland in Gent, bij of op de Sint-Baafsabdij en waarschijnlijk bij of rond een lange steen, een menhir, die zij in hun Wy-tempel plaatsen.
In de volgende jaren, en dit tot in 892, leggen zij systematisch het hele Sens-systeem bloot.
Toch zal het tot in 886 duren eer zij een winterkamp opslaan ten oosten van Sens, op nauwelijks enkele honderden meter afstand van het centrum van Atlantis!
Zij verwoesten de stad niet!
Zij hebben ongetwijfeld in de stad Sens de Stad der Ouden herkend.
Dit was de vijfde terugkeer van Atlanten!

Sinds de finale verwoesting van Atlantis, lijkt de mens instinctief terug te willen keren naar West-Europa, bakermat van Atlantis, en dit gebied onder één centraal gezag te plaatsen.

"Elke mens heeft twee vaderlanden: het zijne en dan Frankrijk."

APPENDIX A

EEN LIJN IN DE FAMENNE

In *Atlantis* (p. 142-145) verwees Marcel Mestdagh naar het Belgisch megalietenveld van Wéris. Deze appendix is een uitbreiding bij die excursie. Het is tevens een aanvulling op het onderwerp "*Gargantua: de wandelende reus*", eerder besproken in dit boek.

Net zoals over Atlantis is er veel geschreven over leylijnen. Medio 1992 is er, dank zij het intellect van Ulrich Magin, John Palmer en Paul Devereux, verandering in deze situatie gekomen. Zij namen het "ley-debat" uit het kastje van de energie-studies waarin het enkele jaren geleden geduwd werd en situeerden het op zijn juiste plaats, te midden van de religieuze opvattingen van de primitieve volkeren. Die volkeren identificeerden rechte lijnen over het landschap niet met een vorm van energie maar met de zielereizen (buitenlichamelijke ervaringen) van de sjamaan, de "dorpspastoor" zoals men hem nu zou noemen.

Ongeveer terzelfder tijd ontdekte ik een leylijn in onze Belgische Ardennen, tot hiertoe de enige, echte leylijn van België. Het is mijn bedoeling de leylijn te interpreteren aan de hand van feiten aangehaald door de drie bovenvermelde personen.

De stad Marche-en-Famenne ligt niet alleen op lijn 5 vanuit Sens, het ligt ook op Ovaal IV, de grens van Atlantis. De naam "Marche" kan zowel worden vertaald als "grenspost" en ook als "beginplaats bij het wandelen" en beide vertalingen zijn in dit geval gepast. Vanwege zijn ligging op de grens van Atlantis is het inderdaad een grenspost; het wandelen heeft te maken met de zielereis van de sjamaan, of de wandeling van de reus Gargantua, waarover Mestdagh het had in hoofdstuk III, deel 1.
John Palmer heeft in Marche een lijkweg aangetroffen, wat in feite niet meer is dan een rechte weg die de begrafenisstoet verplicht was te volgen.(38)

---

(38) *The Ley Hunter*, 1992, nr. 117, p. 6-7.

Een beetje ten zuidwesten van Marche-en-Famenne ligt er een heuvel, officieel Cornimont genoemd, maar door de plaatselijke bevolking ook "Calvarie" genoemd omdat de kerk op de top van deze heuvel, gewijd aan de Heilige Drievuldigheid, ook een kruisweg heeft. Zoals we weldra zullen zien is er ook nog een andere reden voor die bijnaam. De heuvel vormt een uiteinde van de lijkweg in Marche-en-Famenne. De lijkweg loopt dwars door de stad, over een afstand van ongeveer anderhalve kilometer, en eindigt bij het plaatselijke kerkhof, de laatste rustplaats van de overledenen, althans: de rustplaats van hun lichamen.

Tot in de Middeleeuwen werd er op de top van deze heuvel immers geofferd aan de god Odin, een Noorse god die beschouwd werd als meester van de sjamanen en die zichzelf kruisigde gedurende negen dagen. De heldendicht gaat als volgt: "*Ik (Odin) weet dat ik hing aan de windige boom, negen nachten lang gewond door de speer...*" Toen de christelijke gemeenschap de omgeving binnenviel, duurde het waarschijnlijk niet lang om de parallellen tussen Odins en Jesus' kruisiging op te merken en de plaats te kerstenen. Net zoals Odin immers werd Jesus gestoken door een speer toen hij gekruisigd werd op een heuvel. Het woord Calvarie is afgeleid van het woord calvario (wat "kruising" betekent), wat geleid heeft tot het woord "kruisiging". Zulke heuvels werden aangezien als een "kosmische as", de verbinding tussen hemel en aarde, waarbij hemel en aarde symbool staan voor het geestelijke en het materiële, geest en lichaam. De meeste religies menen dat bij de dood de geest het lichaam verlaat. Het gaf blijkbaar een extra dimensie aan de dood van diegene die overleed op zo'n heilige heuvel.
De mythologie interpreteerde Eden (het Eran Vej van het Zoroastrianische geloof) eveneens als een kosmische as, vanwaar men naar het noorden kijkt op de "berg van justitie", vanwaar er een brug liep, de Brug van Chinvat, naar het leven na de dood. Ten noorden van Cornimont ligt er ook zo'n berg en hij draagt tot op heden nog steeds zijn oorspronkelijke naam: La Justice. Een kapelletje ten noorden van Cornimont, een beetje voor "La Justice", duidt nog steeds het noorden aan vanaf Cornimont. De mythologie identificeert het gebied tussen het noordwesten en het noordoosten als "het gebied van de voorvaderen", diegene die de stamleden zijn voorgegaan in de dood. Ook in Marche-en-Famenne vinden we op de noordwestenlijn een kapelletje dat de oriëntatie vergemakkelijkt. De lijkweg zelf vormt de noordoostenlijn.

De mythologie spreekt ook over drie bergen in Eden of Eran Vej. Men noemt die bergen "Justitie", "Berg van de Dageraad" en de berg "Hukairya". Rondom Marche zijn er inderdaad drie zulke bergen terug te vinden.

De eerste berg, Justitie, hebben wij reeds geïdentificeerd. De tweede, de Berg van de Dageraad, werd zo genoemd omdat de eerste stralen van de rijzende zon op die berg vallen. Iemand met een weinige astronomische kennis weet dat die berg dan vrij westelijk moet liggen aangezien de zon opgaat in het oosten. En inderdaad, die berg bevindt zich in het verlengde van de lijkweg, in de directe omgeving van het dorpje Marloie. Twee kilometer voorbij de Cornimont staat er een kapelletje op een heuvel die men "Au Minières" noemt. "Au Minières" betekent zoveel als "groeve" en één vereiste voor de Berg van de Dageraad was inderdaad dat er een verband bestond tussen de berg en gesteenten, vaak robijnen, hoewel de soort niet echt belangrijk was. Ten zuidoosten van Cornimont, eveneens twee kilometer verder, vindt men een steen op een heuvel die officieel geen naam schijnt te dragen, maar die de hoogste berg van deze drie bergen is, wat het mogelijk maakt hem te identificeren met de "Hukairya". Men kan deze derde berg in het aardse paradijs het best omschrijven als de "sterrenberg" omdat hij aangezien werd als de hoogste van de drie bergen en dus tot in de hemel, tot aan de sterren, reikte. Men beschouwde de berg tevens als de bron van het Levenswater en men beplantte deze berg vaak met mooie bomen, waaronder een boom die de mens (symbolisch) het eeuwige leven kon geven.

De ley-lijn

Wanneer men de lijkweg verlengt over een afstand van twintig kilometer, gaat hij ondertussen niet alleen door drie kerkcomplexen (Melreux, Biron en Weris) maar eindigt ook op de Haina-menhir. Melreux is één van de oudste christelijke centra in de omgeving en de kerk is gewijd aan Sint-Pieter, volgens de mythe degene die de toegang tot de hemel bewaakt.
Wat is nu het verband met de sjamanistische ervaring? De sjamanen gingen in trance op een heuvel, in dit geval de Cornimont, waarna zij, zoals hun voorvaderen dat hadden gedaan, het landschap doorzweefden (in een trance-toestand) langs een rechte lijn (momenteel leylijn genoemd) waarbij zij op het einde in de aarde verdwenen, zoals hun voorvaderen dat hadden gedaan. Daar verschaften zij zich ook toegang tot het dodenrijk, het rijk van hun voorvaderen.
Waarvoor dient nu een leylijn? Waarom benutte de sjamaan zich niet van de mogelijkheid om zigzaggend door het landschap te zweven? De sjamaan probeerde een buitenlichamelijke ervaringstoestand of trancetoestand op te wekken op de heuvel, vaak met hulp van zijn stamleden, die waarschijnlijk meestal dansten en zongen. Eens in deze toestand, moest de sjamaan zich voorbereiden om contact op te nemen met de doden en hun rijk binnengaan. Die voorbereiding gebeurde langs de leylijn. In Marche is nog goed te zien wat er allemaal tijdens deze voorbereiding gebeurde.

Foto 8. Menhirs te Wéris. De drie menhirs van Oppagne. Vergeleken met de Grote Beer, vormen deze menhirs de sterren Mizar en Alcor.

Aangezien men geloofde dat boze geesten zich enkel in rechte lijnen konden voortbewegen en ze zich daarom aangetrokken voelden tot leylijnen, plaatste men een poort over deze weg (de "Porte Haute" zoals ze in Marche wordt genoemd), die boze geesten scheen af te wenden. Eveneens werd de sjamaan tijdens het eerste gedeelte van zijn "trip" fysiek begeleid door de stamleden, over de lijkweg, totdat de sjamaan contact kreeg met enkele overledenen van zijn stam. Men geloofde (vrij terecht) dat men het meest kans had die te ontmoeten bij een kerkhof en we zien dan ook dat de lijkweg ophoudt bij dit kerkhof. Men geloofde waarschijnlijk dat de overledenen vanaf dat punt de bescherming van de sjamaan overnamen van hun nakomelingen, de nog levende stamleden, en hem hielpen bij de voorbereiding op het binnentreden in het dodenrijk. Dit alles impliceert dat ze geloofden dat de doden hun "thuis", hun rijk konden verlaten en dat ze dus de stamleden konden helpen, voornamelijk via een tussenpersoon, in dit geval de sjamaan. Dit is meteen ook één van de redenen waarom ze bepaalde stamleden ritueel vermoordden, een mensenoffer brachten: ze meenden dat die geofferden over het heil van de stam konden waken vanuit de dodenwereld, de wereld van de ziel, zowel door goede raad aan de sjamaan door te geven als de stam te beschermen tegen aanvallen van "boze" geesten.

Niet zo ver hiervandaan bevindt zich het befaamde megalithische complex, rond Wéris. De dolmens en menhirs, samen met twee andere structuren, namelijk de "Pas Bouhaimont" en de "Fontaine de Morville" zijn zo gesitueerd in het landschap dat, wanneer men die structuren via lijnen verbindt, men hetzelfde patroon verkrijgt als dat van het sterrebeeld De Grote Beer (Ursa Major), hoewel het in Wéris een spiegelbeeld is. Rond Glastonbury, Cornwall, hebben de Kelten eveneens dit sterrebeeld op de grond, als geoglief, afgebeeld.
Eén van die stenen is de befaamde Haina-Menhir (Haina is Keltisch voor voorvaderen) en de legende luidt dat die steen een opening naar het centrum van de aarde verspert. De duivel zou op bepaalde nachten de menhir verplaatsen en gaan liggen op de menhir ernaast, die daarom toepasselijk "Lit du Diable" (bed van de duivel) wordt genoemd.

Die menhir vormt het einde van de leylijn die begon op de Cornimont. De legende weerspiegelt duidelijk het geloof dat iemand, door de christelijke kerk geïdentificeerd als de duivel, de "aarde" binnentrad. Het was op dat punt dat de sjamaan symbolisch, misschien zelfs letterlijk, de aarde binnentrad, het rijk van de dood en de doden verkende.

APPENDIX B

DE OLIFANTEN VAN ATLANTIS

Een vermeend argument tegen Mestdaghs theorie aangaande de lokalisatie van Atlantis is dat Plato in zijn beschrijving van Atlantis vermeldt dat er olifanten leefden in Atlantis. Een aantal auteurs hebben die vermelding gebruikt om "hun" Atlantis te plaatsen ergens ter hoogte van of zelfs in Afrika of Azië, terwijl anderen dit tekstgedeelte gewoon links hebben laten liggen. Op het eerste gezicht is Plato's beschrijving inderdaad strijdig met Mestdaghs theorie aangezien de olifant geen Westeuropees inheems dier is. Mestdagh heeft het "probleem van de olifant" echter wel degelijk aangepakt. Deze appendix bevat zijn interpretatie van dat tekstgedeelte en is uitgewerkt aan de hand van zijn notities.

Mestdagh meende dat Solon en / of Plato zich vergist had(den). Het woord "elephas" waaronder recente auteurs en mogelijk Solon of Plato "olifanten" verstonden, is geen Grieks woord maar is daarentegen afgeleid van het hebreeuwse "elaphim", wat "runderen" betekent.
Mestdagh meende dat die runderen wel eens de oeros kon zijn, een dier waarover Caesar schrijft in zijn "De Bello Gallico" (VI.28). Hij beschrijft de oeros als "wat kleiner dan een olifant en... het uitzicht, de kleur en de aard van een stier". Plato beschreef de "olifant" als een dier dat bijzonder wreed was en waarvoor andere dieren op de vlucht sloegen. De olifant kan zeker niet tot de meeste afschrikwekkende dieren gerekend worden. Bovendien komen olifanten nooit echt in "zeer grote aantallen voor", zoals Plato ze typeerde. Caesar daarentegen beschreef de oeros als "groot is hun kracht en groot hun snelheid: zij sparen noch mens noch dier dat zij ontwaren. Men vangt ze behoedzaam in kuilen en maakt ze af".
De jonge Kelten oefenen zich in dit soort jacht en worden aldus gehard. Wie vele dieren gedood heeft, draagt de hoornen van het dier in het openbaar en roem verkrijgt.

De dieren temmen of aan mensen wennen kan men niet, zelfs niet wanneer ze jong zijn.
De hoornen verschilden van die van de andere runderen en werden eerst verzameld, vervolgens met zilver beslagen en bij feesten als drinkbekers gebruikt.

Oerossen, runderen, groeiden waarschijnlijk iets vlugger dan olifanten, met als gevolg dat hun aantal vrij groot kan zijn geweest.
De oeros (bos primigenius) stierf uit in de zeventiende eeuw, maar in het begin van de Middeleeuwen werd er nog op gejaagd in de Ardennen en de Vogezen, gebieden die inderdaad binnen of in de directe omgeving van Atlantis liggen.

BIBLIOGRAFIE

Deze bibliografie bevat een selectie uit de door ons geraadpleegde werken. We behouden daarbij niet de geleerdste studies, maar wel de meest verscheiden boeken, opdat de lezer zelf nog in alle richtingen zou kunnen zoeken.

Anati, E., *La civilisation du Val Camonica.* Vichy, 1960.
Arnal, J., *La mystère des statues-menhirs du midi de la France.* In: *Archeologia*, nr. 36, oktober 1970.
Arnal, J., *Sur les dolmens et hypogées des pays latins: les V-boutons.* In: *Megalithic graves and ritual.* Papers presented at the III Atlantic Colloquium, Moesgard, 1969. Kopenhagen, 1973.

Baer, F.C., *Essai historique et critique sur les Atlantiques.* Parijs, 1752.
Bailloud, G., *Le Bronze Ancien en France.* In: *Antiquités nationales et internationales*, 3, 1962.
Bailloud, G., en Mieg de Boofzheim, P., *Les civilisations néolithiques de la France.* Parijs, 1955.
Bailly, J.S., *Lettres sur l'Atlantide de Platon et sur l'ancienne Histoire de l'Asie.* Parijs, 1805.
Baudouin, M., *Abaissement Post-Neolithique du littoral du Bas-Poitou de la Loire à la Sèvre Niortaise.* In: A. Bessmertny, *L'Atlantide*, pp. 219-221.
Berlitz, C., *Het geheim van Atlantis.* Haarlem, 1976.
Bessmertny, A., *L'Atlantide. Exposé des hypothèses relatives à l'enigme de l'Atlantide.* Parijs, 1935.
Bosch-Gimpera, P., *Les Indo-Européens. Problèmes archéologiques.* Parijs, 1961.
Boulay, R.A., *Flying Serpents and Dragons.* Clearwater, 1990.
Boulay, R.A., *Dragon Power.* Clearwater, 1992.
Bourdier, F., *Préhistoire de France.* Parijs, 1967.
Braghine, A., *L'Enigme de l'Atlantide.* Parijs, 1939.
Briard, J., *L'Age du bronze.* Parijs, 1959.
Butler, J.J., *Nederland in de Bronstijd.* Bussum, 1969.

Chatelain, Maurice, *Our Cosmic Ancestors.* Sedona, 1988.
Childe, V.G., *Van vuursteen tot wereldrijk.* Amsterdam, 1952.
Clotter, J., *Inventaire des mégalithes de la France, (Quercy)*, Rijsel, 1980.
Coppens, F., *Mestdagh's theory on a lost civilization.* Sint-Niklaas, 1993.

Dames, M., *Mythic Ireland.* London, 1992.
Daniel, G., *Megalithic monuments.* In: *Scientific American*, July 1980, Vol. 243, nr. 1.
Däniken, E. von, *Die Steinzeit war ganz anders.* Munchen, 1991.
Decaux, A., *L'Atlantide.* In: *Les grands mystères du passé.* Parijs, 1964.
Déchelette, J., *Manuel d'Archéologie préhistorique, celtique et gallo-romaine.* Parijs, 1908-1910.
Derancourt, *Réconstitution des coordonnées géographiques de Ptolemée sur le littoral atlantique et variations littorales entre Loire et Gironde.* In: *Revue Archéologique*, 1930, pp. 74-92.
Devereux, P., *Symbolic Landscapes.* Glastonbury, 1992.
Dévigne, R., *Un continent disparu – L'Atlantide – sixième partie du monde.* Parijs, 1924.
Diodorus van Siculië, *Bibliothèque historique.* Parijs, 1834.
Donnelly, I., *Atlantis. The Antediluvian World.* New York, 1882. Londen, 1976.

Gattefossé, J., en Roux, Cl., *Bibliographie de l'Atlantide.* Lyon, 1926.
Gaucher, G., *L'Age du Bronze dans le bassin Parisien.* Parijs, 1976. Rijsel, 1978.
Germond, G., *Inventaire des mégalithes de la France, 6, Deux-Sèvres.* Parijs, 1980.
Gidon, F., *Les submersions Irlando-Armoricaines de l'âge du bronze et la tradition Atlantidienne.* In: A. Bessmertny, *L'Atlantide*, pp. 204-218.
Guichard, P., *Connaissance des Pays de l'Ain.* Trévoux, 1965.

Hawkes, J., *A guide to the Prehistoric and Roman Monuments in England and Wales.* Londen, 1951-1978.
Hawkins, G.S., *Stonehenge decoded.* Londen, 1966.
Hawkins, G.S., *Beyond Stonehenge.* Londen, 1973.
Helgouach, J.L., *Les mégalithes de l'Ouest de la France. Evolution et chronologie.* In: *Megalithic graves and ritual.* Papers presented at the III Atlantic Colloquium, Moesgard, 1969. Kopenhagen, 1973.
Herrmann, A., *Die Erdkarte der Urbibel. Mit einem Anhang über Tartessos und die Etruskerfrage.* Braunschweig, 1931.
Hitz, H.R., *Les inscriptions de Glozel. Essai de déciffrement de l'écriture.* Zurich, 1988.
Hoyle, F., *From Stonehenge to Modern Cosmology.* San Francisco, 1972.
Hubert, H., *Les Celtes et l'expansion celtique.* Parijs, 1932.
Hubert, H., *Les Celtes depuis l'époque de la Tène et la civilisation celtique.* Parijs, 1932.

Inventaire monuments mégalithiques de France. In: *Bulletin Société Anthropologique de Paris*, 1880, pp. 64-131.

Janssens, E., *Histoire ancienne de la Mer du Nord.* Brussel, 1943.
Joffroy, R., *La tombe princière de Vix (Côte-d'Or).* Châtillon-sur-Seine, 1974.
Jullian, C., *Histoire de la Gaulle.* Parijs, 1920-21.

Knötel, A.F.R., *Atlantis und das Volk des Atlanten.* Leipzig, 1893.

Laet, S.J. De, *Prehistorische Culturen in het zuiden der Lage Landen.* Wetteren, 1974.
Liste des Dolmens et Allées couvertes de la Gaule, In: *Revue Archéologique*, 1880, pp. 316-333.
Little, G., *People of the Web.* New York, 1990.
Longnon, A., *Les noms de lieu de la France.* Parijs, 1920-29.

Martin, Th. H., *Etudes sur le Timée de Platon.* Parijs, 1841.
Meillet, A., *Introduction à l'étude comparative des langues indo-européennes.* Parijs, 1915.
Meillet, A., *Les dialectes indo-européens.* Parijs, 1908.
Meijers, E.M., *Het Ligurische erfrecht in de Nederlanden.*
I. *Het West-Brabantsche erfrecht.* Haarlem, 1929.
II. *Het West-Vlaamsche erfrecht.* Haarlem, 1932.
III. *Het Oost-Vlaamsche erfrecht.* Haarlem, 1936. (Rechthistorisch Instituut, Leiden, Serie II, 3, 5, 7.)
Meijers, E.M., *Le droit ligurien de succession en Europe Occidentale.* I. *Les pays alpins.* (Institut historique du droit, Leiden, Serie II, 2). Haarlem, 1928.
Mestdagh, M., *De Vikingen bij Ons.* Gent, 1989.
Mestdagh, M., *Atlantis. Het Ile-de-France = het Atlantis van Plato.* Gent, 1990.
Moreau, J., *Dictionnaire de Géographie Historique de la Gaule et de la France.* Parijs, 1972.
Moreux, T., *L'Atlantide a-t-elle existé?* Parijs, 1924.
Morzadec-Kerfourn, M.T., en Monnier, J.-L., *L'Homme préhistorique en Bretagne et son environnement.* In: *Les dossiers de l'archéologie*, nr. 11, 1975.

Niel, F., *Connaissance des mégalithes.* Parijs, 1976.
Niel, F., *Dolmens et Menhirs.* Parijs, 1977.
Niel, F., *La civilisation des mégalithes.* Parijs, 1970.
Niel, F., *Stonehenge.* Parijs, 1974.

Paturi, F.R., *Monumenten uit de oertijd.* Deventer, 1978.
Peek, J., *Inventaire des mégalithes de la France. 4. Région Parisienne. 1er supplement à Gallia Préhistoire.* Parijs, 1975.

Plato, *Timée, Critias*. Vertaling A. Rivaud. Parijs, 1925.
Plato, *The works of Plato*. Vertaling Henry Davis. Londen, 1900.
Poisson, G., *L'Atlantide devant la science*. Parijs, 1953.
Poisson, G., *Le peuplement de l'Europe*. Parijs, 1939.
Proclus, *Commentaire sur le Timée*. Vertaling A.J. Festugière. Parijs, 1966.

Reinach, S., *Les monuments de pierre brute dans le langage et les croyances populaires*. In: *Revue archéologique*, 1893.
Rutot, A., *Pourrait-on retrouver les ruines de la capitale des Atlantes?* In: *Académie Royale de Belgique, Classe des Beaux-Arts, Memoires*, 8°, T.I.

Sandars, N.K., *Bronze Age Cultures in France: the later phases from the thirteenth to the seventh century B.C.* Cambridge, 1957.
Sandars, N.K., *De zeevolken. Egypte en Voor-Azië bedreigd. 1250-1150 v.Chr.* Haarlem-Bussum, 1980.
Sitchin, Z., *The Twelfth Planet*. New York, 1976.
Sitchin, Z., *The Stairway to Heaven*. New York, 1980.
Sitchin, Z., *The Wars of Gods and Men*. New York, 1983.
Spanuth, J., *Le secret de l'Atlantide*. Parijs, 1977.
Spence, L., *Atlantis in America*. Londen, 1925.
Strabo, *Géographie*. Vertaling Germaine Aujac. Parijs, 1969.

Temple, R., *The Sirius Mystery*. New York, 1987.

Valgaerts, E. en Machiels, L., *De Keltische Erfenis. Riten en symbolen in het volksgeloof*. Gent, 1992.
Velikovsky, I., *Aarde in beroering*. Deventer, 1974.
Velikovsky, I., *Werelden in Botsing*. Deventer, 1974.
Vergote, J., *De Egyptenaren en hun godsdienst*. Bussum, 1974.
Verneau, R., *L'Atlantide et les Atlantes*. In: *Revue Scientifique*, 1888, pp. 70-78.

West, J.A. *De tempel van de mens*. Amsterdam, 1990.
Wheeler, M., en Richardson, L.M., *Hill-Forts of Northern France*. Oxford, 1957.
Wilkens, I., *Waar eens Troje lag*. Deventer, 1992.

Zangger, E., *The Flood from Heaven*. New York, 1992.
Zanot, M., *De Wereld ging drie keer onder*. Haarlem, 1977.

LIJST VAN FOTO'S

De foto's 1, 3, 4, 5, 7 zijn van de hand van Marcel Mestdagh.
Foto 2: Tom Coppens
Foto 6: Leon Coppens
Foto 8: Hugo Carmeliet

LIJST VAN FIGUREN

INDEX

Namen met betrekking tot gebouwen, straten, goden, dolmens e.d. en de namen op de figuren en in opsommingen zijn hier niet opgenomen. Ook de steeds terugkerende namen Frankrijk en Sens zijn niet opgenomen. Namen van rivieren, stromen en zeeën werden cursief gedrukt.

SAMENVATTING

RÉSUMÉ

ZUSAMMENFASSUNG

SUMMARY

SAMENVATTING

In het tweede boek over Atlantis probeert Marcel Mestdagh drie periodes van de Atlantische beschaving die ooit op het grondgebied Frankrijk bloeide verder uit te diepen.
Mestdagh probeert niet alleen aan te tonen hoe de tempel van de Hyperboreeërs identiek kan zijn aan de Centrale Stad, rond Sens, hij toont tevens aan dat die stad een enorme zonnetempel bevatte. Redacteur Filip Coppens tracht aan te tonen hoe bepaalde voorstellingen van Eden, het aardse paradijs, overeenstemmen met het ontwerp van de Centrale Stad. Vooraleer Atlantis en de rest van de wereld door elkaar werden geschud door een zondvloed, bestond er nog een andere ovaal, rond Aizenay-l'Augisière, ten westen van Sens, waar ooit ook een zonnetempel bestond.

Een onderzoek van de Griekse en vooral Egyptische beschaving brengt een fantastische conclusie met zich mee: deze ovalen waren zeer waarschijnlijk de Ogen van Horus, waarvan hij er één verloor in zijn strijd met Seth. Onze aarde had dus ogen, een gezicht. De zondvloed vernietigde één van die ogen. De mogelijkheid dat die oogstructuren, misschien zelfs de hele beschaving, een buitenaardse component heeft, wordt eveneens onderzocht.
In de hoogdagen van deze beschaving was Atlantis een militaire en commerciële macht waar men rekening mee moest houden, al was het maar omwille van hun enorme vloot die 1200 schepen telde. Mestdagh toont hoe de menhirrijen (alignments) niet zozeer astronomische observatoria waren dan wel opslagplaatsen (entrepots) voor de vloot. Zelfs nu getuigt het toponiem "ave" over de plek waar vroeger, soms nu nog, zulke rijen stonden. Misschien om heel west-Europa in de gaten te houden of zelfs te controleren, bouwde men drie cromlechsystemen (waarbij de cromlech waarschijnlijk een kazerne was). Die reikten tot in noord-Italië en zelfs tot op de bodem van de Noordzee, toen nog land.

Na de vloedgolf van 1200 v.Chr. leefde Atlantis enkel verder in de herinneringen van de overlevenden en in de legendes, de overlevingen. De Ilias en de Odyssee worden in die context geïnterpreteerd en vergelijkingen tussen zijn inhoud en de beschaving van Atlantis worden opgespoord. Mestdagh leerde dat de Kelten kleinere ovalen bouwden, vooral ten noorden van het vroegere Atlantis. Zo brachten ze in miniatuur wat in realiteit verloren was gegaan.
De mensen die in deze ovalen ("bel" genoemd) gingen wonen, werden bekend als de Belgaea. In deze noordelijke gebieden en andere gebieden

die ooit onder het gezag van Atlantis vielen, zien we hoe een erfrecht-systeem, wat door de Nederlandse professor Meijers het *Ligurisch erfrecht* werd genoemd, voortleeft als een overblijfsel van het rechts-systeem van Atlantis.

Als samenvatting en testament van zijn vondsten, vertelt Mestdagh de geschiedenis van Atlantis opnieuw; van het vroegste begin tot na zijn ver-woesting, toen de Romeinen en de Arabieren bewust (of mischien per toe-val?) voor deze gebieden vochten en hoe, tweeduizend jaar na de vloed-golf, de Vikingen hun moederland, hun Walhalla, herontdekten.

RESUME

Dans son deuxième livre traitant de l'Atlantide, Marcel Mestdagh approfondit trois périodes de la civilisation atlantique qui fleurit un jour sur le territoire français. Il n'essaie pas seulement de démontrer que le temple des Hyperboréens peut être identique à la Ville Centrale, près de Sens, mais démontre aussi que cette ville possédait un énorme temple du soleil. Filip Coppens, le rédacteur, tente d'établir les correspondances entre certaines représenations de l'éden, le Paradis Terrestre, et la conception de cette Ville Centrale.
Avant que l'Atlantide et le reste du monde disparaisse engloutis dans les flots du déluge, il existait un autre ovale, près d'Aizenay-l'Augisière, à l'ouest de Sens, où avait été érigé un autre temple de soleil. Une étude des civilisations grecque et surtout égyptienne entraîne une conclusion assez fantastique: ces ovales étaient probablement les yeux d'Horus, qui en perdit un lors de son combat avec Seth. Notre terre avait donc des yeux, un visage et le déluge détruisit un de ces yeux. La possibilité qu'il entre dans cette structure en forme d'oeil – et qui sait, peut-être dans la civilisation entière – un composant extra-terrestre a également été étudiée.

Au faîte de cette civilisation, l'Atlantide constituait une puissance militaire et commerciale dont il fallait tenir compte, ne fût-ce qu'en raison de sa considérable flotte de 1.200 navires. Marcel Mestdagh explique que les alignements de menhirs n'étaient pas tellement des observatoires astronomiques mais bien des entrepôts à l'usage de cette flotte. Même aujourd'hui, le toponyme 'ave' indique les endroits où s'érigeaient jadis – ou de nos jours encore – de tels alignements. Trois systèmes de cromlech (qui faisaient probablement fonction de casernes) furent construits en Europe occidentale, peut-être dans le but de garder un oeil sur toute cetter partie du continent. Ils s'étendaient jusqu'au nord de l'Italie et même jusque'au fond de la mer du Nord qui, à cette époque, n'était pas encore recouvert d'eau.

Après un autre déluge de 1.200 avant J.-C., l'Atlantide ne continua de vivre que dans les souvenirs des survivants, les légendes et les traditions. L'Iliade et l'Odyssée sont interprétées dans ce contexte et les similitudes entre leurs histoires et la civilisation de l'Atlantide sont mises en exergue. Marcel Mestdagh a découvert que les Celtes construisaient de petits ovales, surtout au nord de l'ancienne Atlantide. Ainsi, ils représentaient en minitaure ce qui avait disparu du monde des vivants. Les hommes qui s'installèrent dans ces ovales (connus sou le nom de "bel" ou bulle) furent appelés les belgaea. Ainsi se développa dans les régions septentrionales et les autres régions ayant vécu sous l'autorité de l'Atlantide un système de droit successoral – appelé *droit successoral ligurien* par le professeur Meijers – qui est le reflet fidèle du système de droit qu'avait instauré l'Atlantide.

En guise de résumé mais aussi de testament de ses découvertes, Marcel Mestdagh nous raconte l'histoire de l'Atlantide, de ses débuts à sa destruction, lorsque les Romains et les Arabes se battirent pour ces régions (était-ce le hasard?) et comment, deux mille ans après ce déluge, les Vikings redécouvrirent leur terre mère, leur Walhalla.

ZUSAMMENFASSUNG

Im zweiten Buch über Atlantis probiert Marcel Mestdagh auf drei Perioden der Atlantischen Zivilisation, die einst auf dem Grundgebiet Frankreichs blühte, tiefer einzugehen.
Mestdagh versucht nicht nur nachzuweisen, da der Tempel der Hyperboreer mit der Zentralen Stadt rund um Sens identisch sein könnte, er zeigt zugleich, da diese Stadt einen enormen Sonnentempel umfat. Herausgeber Filip Coppens versucht zu zeigen, da bestimmte Vorstellungen von Eden, dem irdischen Paradies, mit dem Entwurf dieser Zentralen Stadt übereinstimmen.

Bevor Atlantis un der Rest der Welt durch die Sintflut durcheinander geschüttelt werden, bestand noch ein anderes Oval, rund um Aizenay-l'Augisière, im Westen von Sens, wo irgendwann auch ein Sonnentempel stand. Eine Untersuchung der griechischen und vor allem der Ägyptischen Kultur führt zu einer phantastischen Schlufolgerung: diese Ovale waren höchstwahrscheinlich die Augen von Horus, von denen er eines während seines Kampfes mit Seth verlor. Unsere Welt hatte also Augen, ein Gesicht, und die Sintflut vernichtete eines dieser Augen. Die Möglichkeit, da diese Augenstruktur, vielleicht sogar die ganze Zivilisation, eine auerirdische Komponente hat, wird ebenso kurz untersucht. In den Glanztagen dieser Zivilisation war Atlantis eine militärische und wirtschaftliche Macht, mit der Rechnung gehalten werden mute, schon allein wegen der enormen Flotte, die 1200 Schiffe zählte. Mestdagh zeigt, da die Menhirreihen nicht nur astronomische Observatorien waren, sondern vor allem Verwahrplätze bzw. Lager für diesse Flotte. Heute weist das Toponym 'ave' daraufhin, wo früher, under mitunter jetzt noch, solche Reihen standen. Vielleicht um ganz Westeuropa zu beobachten oder sogar zu kontrollieren, wurden dort drei Systeme von Kromlechen errichtet, die wahrscheinlich als Kasernen dienten. Diese streckten sich aus bis nach Norditalien und auf dem Nordseeboden, der damals noch Land war.
Nach der Flutwelle von 1200 v. Chr. bestand Atlantis nur in den Errinerungen der Überlebenden und in den Legenden fort. Die Ilias und die Odyssee werden in diesem Kontext interpretiert, und Ähnlichkeiten zwischen diesen Sagen und Atlantis werden entdeckt. Mestdagh stellt dar, da die Kelten kleinere Ovale bauten, vor allem im Norden des früheren Atlantis. So bildeten sie in Kleinformat nach, was in der Realität verlorengegangen war. Die Menschen, die sich in diesen Ovalen ("bel" genannt) niederlieen, wurden bekannt als die Belgen. Und in diesen nördlichen Gebieten und anderen Gebieten, die einst unter die Herrschaft von Atlan-

tis fielen, sehen wir, wie ein Erbrechtssystem, das vom niederländischen Professor Meijers das *Ligurische Erbrecht* genannt wurde, als ein Überrest des Rechtssystems von Atlantis fortbesteht.

Seine Funde zusammenfassend erzählt Mestdagh die Geschichte von Atlantis nach, von den ersten Anfängen bis zur Vernichtung, als die Römer und Araber bewut oder eher zufällig um diese Gebiete kämpften und als, zweitausend Jahre nach der Flutwelle, die Wikinger ihrer Mutterland, ihr Walhalla, wiederentdeckten.

SUMMARY

In his second book on Atlantis, Marcel Mestdagh tries to broaden the view on three distinct periods of the Atlantean civilization that once prospered in France.
Not only does Mestdagh try to compare the solar temple of the Hyperboreans with the central city of Atlantis, around Sens, he also shows that this central city incorporates a massive solar temple. Editor Filip Coppens tries to show links between its design and various accounts of Eden, the Paradise so many legends speak about.

Before Atlantis and the rest of the world were rocked by the Deluge, there was yet another Oval, constructed around Aizenay-l'Augisière, to the west of Sens, which also possessed a solar temple. Paging through Greek and especially Egyptian legends, a stunning picture emerges: these Ovals are most likely the Eyes of Horus, one of which was lost in battle with Seth. So the Earth indeed had a Face, one constructed by the Atlanteans, and the Deluge wiped the Face off the face of the earth. The possibility that this face, if not the entire civilization, had some extra-terrestrial component is also briefly explored.

In the heydays of Atlantis, Atlantis was a military and commercial force that had to be reckoned with, if only because of its enormous fleet, counting up to 1,200 ships. Mestdagh shows how stone alignments were not as much astronomical observatories as they were hangars for this fleet. To this day, the word "ave", still to be found in names of place where these alignments once stood or still stand and words such as "safehaven", show where these hangars once stood. Possibly to control and monitor the whole of western Europe, three systems of stone circles (considered to be military stations) were constructed. This system went as far South as northern Italy and traces might even be found on the bottom of the North Sea, in those days still dry land.

After the Flood of 1200 BC, Atlantis only lived on in the memories of its survivors and in legends. The legends of the Illyad and the Odyssea are interpreted in this context and connections between its contents and Atlantis are looked for. Mestdagh discovered that the Celts built small ovals, particularly to the north of Atlantis, thus recapturing in miniature what was lost in a grandiose reality. The people inhabiting these ovals, called "bels", became known as the Belgaea. In these northern territories and other areas that once fell under Atlantean rule, we see how a system of law, coined the Ligurian system, discovered by the Dutch Professor of Law Meyers, is also a remnant of the intricate system of law Atlantis had developed.

As a summary and legacy of his various discoveries, Mestdagh re-tells the history of Atlantis, from its very beginning to even beyond its demise, how the Romans and the Arabs conciously (or perhaps just by accident?) fought for it and how, two thousand years after the Flood, the Vikings eventually rediscovered their mother-land, their Walhalla.